U0839776

天津人民出版社

图书在版编目（CIP）数据

非婚勿扰 / 琉特琴著. —天津 ：天津人民出版社，2011.1

ISBN 978 - 7 - 201 - 06696 - 7

Ⅰ. ①非… Ⅱ. ①琉… Ⅲ. ①长篇小说 - 中国 - 当代 Ⅳ. ①I247.5

中国版本图书馆 CIP 数据核字（2010）第 147462 号

天津人民出版社出版

出版人:刘晓津

（天津市西康路 35 号　邮政编码:300051）

邮购部电话:(022)23332469

网址:http://www.tjrmcbs.com.cn

电子信箱:tjrmcbs@126.com

高等教育出版社印刷厂印刷　新华书店经销

2011 年 1 月第 1 版　2011 年 1 月第 1 次印刷

787 × 960 毫米　16 开本　15 印张　1 插页

字数:300 千字　　印数:1 - 10,000

定　价:28.00 元

目录

You are the One

第一章　我要结婚

李佳楠再过三天就二十八周岁了。她有一个相处了四年的男朋友周子阳，俩人也是经朋友介绍认识的，发展顺利，后来就住在了一起。李佳楠在广告公司当策划，周子阳是科技公司的技术主管，人长得不错，常自诩为“哥这不是帅，是英俊”，但有次两个人从超市买东西回来，发传单的小女孩儿误以为李佳楠是周子阳的外甥女之后，这“熟男”的外号就一锤子砸踏实了。

李佳楠和周子阳工资加一起也七八千块，这温饱问题解决了，人在精神生活上的需求就开始蠢蠢欲动。虽然现在这种日子过着挺舒服，但李佳楠还是会自问：我是不是该嫁了？

结婚说起来就是俩字，但做起来可没那么容易，李佳楠想到“结婚”俩字之后的第一反应就是：钱！

李佳楠坐在床上一手执笔、一手计算器，边写边念给周子阳听，“婚宴三万、婚纱照五千、婚庆一万五、首饰一万、蜜月一万五……”

周子阳插嘴问：“蜜月用得了这么多预算么？”

“我这还没算买新房和家具的钱呢。”

周子阳放下手中捧着的饭碗，走过来拿起李佳楠写的结婚预算，苦笑着：“结婚……先发昏吧，咱有这么多钱么？”

李佳楠脸色略显不满，“我这预算多吗？这可都是按照最低的档次标准作的预算。”

周子阳挠挠头："佳楠，要不咱俩也别搞什么结婚仪式了，到民政一登记，然后拿着钱出去旅游一圈，既时尚又省钱，多好？"

李佳楠撇撇嘴角扫了一眼周子阳，"我同不同意是其次，你还是先回家问问你爸你妈，他俩能同意么？"

一提到自己父母，周子阳的表情有点儿无奈，"估计没戏，他们俩正憋着劲儿要把以前给自己老同志子女随礼的钱都捞回来呢。"

李佳楠低着头，嘴角不屑地微微牵动了两下没做声。

"那咱俩现在有多少存款？"周子阳突然问。自两个人在一年前同居到现在以来，所有的柴米油盐、房钱水电之类的琐事都是李佳楠一手包办，周子阳发了工资直接往李佳楠怀里一塞，结婚之前工资上交老妈，结婚之后工资上交老婆，反正如今他们俩也打算结婚了，周子阳也不指望自己能掌管家庭经济大权，干脆提早做了甩手掌柜。

若不是因为今天算起要结婚的这笔账，周子阳仍旧想不起来问自家存款。

李佳楠抬头看着周子阳，竖起两根手指比画着，"就两万块。"

"就这么点儿钱，还办婚礼呢，办葬礼都不够。"周子阳好像泄了气的皮球往床上一趴，"我看咱俩也别费劲了，改天各回各家，各找各妈，跟老头老太太们商量商量再说。"

"对了，你们周家娶媳妇儿，是不是该给买个新房啊？咱不能总租房住吧？"李佳楠说到这个事口气有点儿生硬，她最厌烦的就是周子阳芝麻大点儿的事情都要回家问他父母，二十八九岁的大男人一点儿主心骨都没有。有时候李佳楠很想不通，周子阳到底是给他自己活着还是给他父母活着。

周子阳也没正面回答，却是笑着反问："那你们家给什么嫁妆？"

"我爸我妈都是普通工人，没你们家有钱。"李佳楠绷着一张小脸，把做好的结婚计划放在自己包里，半晌才淡淡地说："没钱也肯定会给嫁妆，这点儿你不用担心。"

周子阳突然凑过来，一脸笑嘻嘻搂着李佳楠，"亲爱的，要不然你跟我透个底，你父母说过嫁妆的事儿么？"

李佳楠侧着头白了他一眼，"你问这干吗？怕回家跟你爸你妈不好交待怎么的？"

周子阳面色一紧，显然是被李佳楠说中了心事，有点儿尴尬地笑着，"说两句你就又撅嘴，我问问你家给陪送多少嫁妆，这不是也好回家跟他们商量买房的事儿么……不然我不好开口。"

“这有什么不好开口的啊？你不是他们儿子啊？你爸你妈就是自私，什么都可着自己，你说咱俩在一起之后，他们除了跟你这儿拿过五千块钱买了个按摩椅之外，给过咱们什么？都是高级知识分子，你爸正教授，你妈马上也要评正教授了，两个人哪个挣得不比咱们俩多啊。”李佳楠有点儿火。

周子阳也急了，“李佳楠你说什么都行，别拿我爸我妈说事儿啊，他们都老了，我出钱给买个按摩椅有什么不行的。再说了，你第一次见我妈的时候，我妈不还送你条金项链呢么。”

李佳楠冷笑不吭声，心说那金项链还没两根头发丝儿粗呢。

周子阳看气氛不对，率先赔了笑脸，“行了行了，咱俩跟这儿争什么，这周末你回你家，我回我家，都找父母商量一下，结婚毕竟是大事儿，况且……单凭咱们俩现在的经济状况是结不起这个婚的，唉，啃老吧。”

“不行！”周子阳的母亲王凤琴一口回绝了周子阳，“子阳，虽然咱们家是男方，但现在都是独生子女呀，男方跟女方是没什么区别的，你看你刘姨当初嫁女儿的时候，不也给买了个一百平米的房子吗？现在男女平等啊，为什么非要咱们家给买房子？”

“妈！”周子阳皱着眉头央求着，“你也知道佳楠她们家不富裕，根本买不起房子啊。”

“那谁让你找个穷的啊？你说你们俩人每个月工资八千一分都剩不下，逗你妈玩呢啊？都让李佳楠拿回去填补她爸她妈了，就你脑子笨。”说起这个王凤琴就开始喋喋不休地数落周子阳，“当初你这些叔叔伯伯给你介绍那么多家庭条件好的你不要，不用说别人，就那个教育局王副局长家的女儿，长得多水灵啊，人也好，工作也好，家庭更没得挑，你非不干。你要是当初点头同意了，还用得着发愁没钱买房子的事儿么？用么？”

周子阳当即脸色就沉了下来，“我去倒插门给别人家当姑爷，你们俩脸上有光怎么着？”

王凤琴用手点着周子阳的脑袋，“你这孩子，怎么跟我说话呢，我说你说得不对吗？”

周子阳的父亲周山咳嗽两声，“都是陈芝麻烂谷子了，现在说这个有什么用，早知今日何必当初！”

周山手上拿着一本《悲惨世界》的原文版，绷着一张脸，斜着眼睛

看看自己儿子，“哼，你要么就不回家，回家来就跟我们要债。现在年轻人都说结婚后不要孩子，不要孩子也对，生个孩子就是债主，从小要债要到大，现在有句话叫什么？孩子奴！哼，你说你跑回来磨叽一晚上，你这到底是想怎么着？”

周子阳低着头不敢看自己的父亲，其实他心里也窝着火，“我想买房结婚。”

王凤琴朝着周山挤眼睛，周山撇了一眼自己老婆仍旧是一脸的严肃，只是合上书，推推自己的眼镜，随后语气很是生硬地说：“如今北京的房价这么高，我跟你妈从结婚到现在住的也就是学校分的这个房子。况且我跟你妈也不是当官的，就是个大学穷教书的，没什么本事。这些年我们老两口虽然还有些积蓄，但也不可能都给你买了房子啊，我们俩也有老的那一天！现在老胳膊老腿的哪儿都疼，万一赶上个病灾的也指望不上你，不还靠我们自己吗？”

周子阳默不作声，如三十年来每次挨父母训斥一样，只当耳旁风一般的保持沉默。他自记事开始就在听从父母的安排，父母说什么，他做什么，父母安排一步，他走一步，如果有半点儿逾越和违规便立即遭来两个人一同的训斥。周子阳自幼没挨过一次打，但那无休止的训斥让他感觉自己不如挨顿揍来得痛快。

当初周子阳宣布自己跟李佳楠在一起的时候，他的父母就极力反对，不为别的，门不当户不对，没有共同语言，两个文化背景和家庭背景都不相同的人怎么能有共同语言？

而周子阳从小到大唯一一次违背父母意愿的也正是这次，他干脆一赌气搬出去跟李佳楠同居了，两位老人也是第一次没有强硬到底，默许了两个人的关系。周子阳就像一只出笼的小鸟，第一次感觉到了什么叫自由自在。

可自由了没几天，周子阳便发现其实自己并未真正自由，因为他缺的那一条腿绑在了父母这里，那就是亲情和习惯性的依赖，无论是大事小情，他早已习惯了先询问父母。

可自己父亲现在的冷言冷语让周子阳羞得无地自容，他本想辩驳两句，可一想自己本来就是来找父母讨债要房子的，还提什么以后如何孝顺啊？这种没营养的话周子阳说不出口，他暗自在心底告慰自己，总有一天他会挺直腰板站在父母面前。

周山眯着眼睛看儿子已然又是跟以往一样不吭声，只好长叹一口气，“房子呢……我们想买也买不起，顶多给你们付首付，其余的月供你们两个就自己还吧。"

周子阳依旧只是沉默，待他听到周山说出付首付款的时候，心中一块石头落了地，不管怎么说，他跟佳楠也算有个交代了。可还未等周子阳开口说"谢谢爸"呢，王凤琴立即打断了自己儿子，"子阳，我跟你爸可把养老的钱都拿出来给你了，你们做小辈儿的也不能太奢侈，若是能买个二手房也挺好，省了装修钱……面积最好别超过四十平米，北京房价贵，四十平米的房子都要不少钱了，啊？"

周子阳点头"嗯"了一声，能得到父母这应承，他心里已经很满意了，脸上也露出了笑模样，"我知道了妈，今天挺晚的了，咱们一家三口好久都没在一起吃饭了，要不今儿就出去吃一顿吧？"

"出去吃？你是大款啊，哼！"周山瞪了周子阳一眼便不再理睬，继续翻开自己的那本《悲惨世界》。

王凤琴指着自己的老公埋怨，"你这个老头子，就是死拗的脾气！"王凤琴转头跟周子阳说，"这不是新一年的学术研讨会又要开始了嘛，你爸最近在做论文，咱们就不出去吃了。"

周子阳被弄得灰头土脸，也只好退而求其次，"那我去学校食堂看看还有没有菜了。"

拎着饭盒出了门，周子阳向学校的食堂走去。周子阳心里最痛恨的就是他吃了有二十七年的食堂饭菜，闻着食堂味就想吐，李佳楠煮的方便面都比食堂的红烧肉闻着香……

周子阳在陪着父母吃了一顿不温不火的饭之后，周山回书房去写论文，王凤琴也要给自己的研究生指导作业，周子阳则灰溜溜地准备回家。他十分厌烦家中的这股清冷的气氛，多一分钟都不想待。

走到门口，王凤琴突然拽住周子阳说，"儿子，你爸虽然答应给你们付首付了，但也得让李佳楠家先出嫁妆钱，哪怕先拿到你手里也行，这样我们才能给你们买房子付首期。"

"妈！你这又是为……"周子阳面露难色。

"儿子，不是妈有私心，现在的女孩子都没准儿，今天跟你过日子那温柔得不得了，但要是过不好，立刻翻脸不认人，若是咱家先买了房子，她家一分钱不掏，万一有一天过不好，分财产的时候房子就得分给她一半！"王凤琴说得是语重心长，周子阳则是心里冰凉。

"妈，佳楠她不会……"

"别跟我说她不会，妈活了这么大岁数见过的事儿多了，就这么说定了，她家先出嫁妆钱，我们就付房子首付款。"王凤琴没容周子阳再说半句，便推着周子阳出门，“行了，我有学生要来了，你快点儿走吧。”

听着自家大门关闭的声响，周子阳忽然痛恨自己，周子阳啊周子阳，你怎么就这么没出息呢？你为什么就不能成为个有钱人呢？回家啃老你要不要脸啊你！

外面下起了雪，周子阳就这样一路走着，一路想着……

李佳楠啃着苹果倚在厨房的门口看着宋惠凡刷碗，宋惠凡则一边刷碗嘴上一边唠叨，“哼，这养闺女就是白养，养大了也是伺候人家。瞧瞧，好不容易回家吃一顿饭连碗都不刷，你个小白眼儿狼。”

“不是我不刷，是你抢着不让我刷啊，嘻嘻，妈，我知道，您这不是心疼我嘛！”李佳楠一边嚼着苹果一边笑嘻嘻地说。

“唉，你跟子阳结婚我不反对，但他们家首先得拿出点儿姿态吧？毕竟是他们周家娶媳妇儿，这要是搁过去起码还得先下聘礼呢！虽然咱家也不是什么富贵人家，但最起码他家得给你们置办个住的地儿吧？总不能结了婚还在外租房子住啊。”

眼见李佳楠不吭声，宋惠凡转头瞟了她一眼，嘴角微微一撇，“不是我说，就你未来那公公婆婆，哼，哪个都不是好相处的人，那眼睛恨不得都长到头顶上，太势利！”

李佳楠使劲儿地咬了一口苹果，其实心里也有抱怨，但她不想让父母跟着操心也就没发牢骚，只是说了一句略有点儿赌气的话：“反正我只跟周子阳过日子，我又不跟他们过。”

“你想跟人家过，人家也得要你啊？其实不在一起过也好，省得你受气。”宋惠凡语气生硬，“要不是看子阳这孩子还不错，这亲家我还真不愿意结，咱是个工人，人家是大学教授，压根就不是一路人！”

“工人怎么了？咱们又不缺鼻子少眼睛的，再说了，大学教授也不是万能的，你让他妈下厨房烙个韭菜合子试试？还真不是我瞧不起他妈，那跟您是没得比，我听子阳说，他们家从来就没起过火做过饭，平时全都吃食堂，他妈只会煮方便面。”李佳楠想起每次被周子阳拉着回他家，吃的就是那学校食堂的饭菜心里就感觉恶心。

听自己女儿这么一说，宋惠凡倒是让她给逗乐了，“行啦，这别的我也不唠叨了，你决定结婚我跟你爸不反对，嫁妆钱也早就预备下了。我们虽然没什么钱，但就你这么一个孩子，不能让那周子阳家看扁了。周子阳家给买房子，我们就给你们添补家电、家具，给你们置办屋里的，要是还能省下钱就留着给你俩将来生孩子用。”

“我还是孩子呢。”李佳楠不以为意地说。

宋惠凡扭头看着李佳楠，“不过佳楠，这事儿妈得先跟你说好了，前提得是周子阳他们家先给你们买房子，妈才能把置办嫁妆的钱给你。”

“为什么啊?”李佳楠瞪俩眼睛问。

“为什么？你傻啊？他们家娶媳妇，三媒六聘咱就不要了，连房子都没有，我闺女干吗嫁给他，我就那么上赶着人家。你看谁家娶媳妇不是排排场场的，凭什么我闺女就得受委屈。”

宋惠凡摘掉围裙擦擦手进屋，“不是我多心，子阳他们家的爹妈压根没把咱们家放在眼里，对你也不冷不热的，是不是真同意让子阳娶你都不一定！咱不能‘剃头挑子一头热’，买房是态度，他们不明确表个态，这亲事我还不同意呢！所以这个事情妈很坚定，必须让他们家先给买房子!”

“你这个老婆子不是我说你，你就不能有话好好说，小两口过日子，咱们瞎掺和什么啊?!”一直坐在客厅看报纸抽烟的李父李大友不禁笑着插了一句嘴，但马上就遭到了宋惠凡的反击，“我怎么瞎掺和了？我这说的才是真的呢，我养大的闺女白给了他们家我还不舍得呢。房子是佳楠应得的，现在不都讲权益么？这是咱佳楠应该维……维护的权益。再说了老头子，这不咱俩早就商量好的么，这时候你倒在你闺女面前装起好人了!”

“行行行，我不跟你争，呵呵呵，佳楠啊，虽然你妈说的话是糙，但还是有点儿道理的，不管什么时候你都要为自己打算，让他们家有了态度我和你妈就放心了。再说你们年轻人的婚姻，实在是……多的我也不说了，你结婚的钱我跟你妈都备下了，等子阳家买了房子咱立马就去买家电、家具，全都买最好的，咱绝不能让他家人瞧不起，最主要也是不能亏着你，啊?”李大友说话还咳嗽两声，李佳楠赶紧给他倒杯水。

“爸，您气管炎又犯了啊?”李佳楠赶紧拿来药，李大友忙喝水服下，“老毛病啦，一到冬天就犯，没事儿。”

“也不去医院看看，彻底地查查啊，都说了多少次了怎么就是不听呢？讳疾忌医可不是好习惯啊!”李佳楠顺嘴埋怨着父亲，可余光一扫，看到宋惠凡那欲言又止的憔悴，李佳楠心里立刻明白了，这哪是父亲讳疾忌医啊，这是父母不舍得吃、不舍得穿，现在连医院都不去，为的就是给自己攒嫁妆好风风光光地嫁人……李佳楠心里一股酸楚涌

上心头，眼眶有点儿发红，“爸……您别舍不得钱啊……”

“哎，哎。”李大友笑着答应，可这瞬间的冷场让原本祥和温馨的气氛突然尴尬起来。

“行了行了，别跟这儿杵着了，赶紧回你自己的小窝吧，免得太晚了让子阳惦记，我唠叨了一晚上也都是为了你好，你结婚过得好了，我跟你爸也就省了大心了！”宋惠凡催促着。

李佳楠不情愿地穿上衣服，“我还没待够呢，你怎么还带撵人的啊。”

“这没良心的孩子，谁撵你啦？不是怕天黑你一个人回家晚了不安全吗？”宋惠凡细心地替李佳楠围着围巾，“咱可说好了啊？周子阳家必须先给你们把房子的事儿解决了，结婚和没结婚绝对是不一样的，等你结了婚再想提条件可没那么容易了，听妈的，没错，啊？”

李佳楠应承地点点头。

“唉，这大晚上的周子阳也没说来接你，真是的……要不然让你爸送你回去？”宋惠凡看着外面阴沉的天，心里有点儿埋怨。

“他可能还没回家呢，我爸身体不好就不用我爸送了，我一个人没事儿。”

“那你可自己小心啊！”宋惠凡不放心地一直看着李佳楠出了门，才轻轻把门关上。

走出楼道门口，李佳楠忽然发现天空飘起了细小的雪花，洋洋洒洒甚是好看，但空气中也多了一丝清冷。李佳楠拽拽衣领，心下不免埋怨道，这该死的周子阳也不说来接我，下雪路上人少还真有点儿害怕。

李佳楠还没走出两步，忽然从墙边上蹿出一个人来，她吓得刚要大喊，却发现这人是周子阳！

“哎哟，你吓死我了你！”李佳楠拍着胸口，但脸上却露出了美滋滋的笑，柔声问：“你怎么来了？也不打个电话。”

周子阳挠挠头，“天太晚我不放心你一个人，正准备打电话呢你就下来了。”周子阳其实本是打算和父母出去吃一顿好好聊聊的，但谁知提前就被撵出来了，他很想快点儿见到李佳楠。

李佳楠羞答答地踮起脚用双手为周子阳暖着耳朵，轻声说，“你真好。”

周子阳一笑，使劲儿搓搓自己的手，然后牵着李佳楠的手揣进自己的衣服兜里，“咱回家吧。”

天气虽冷，李佳楠的心里却是异常的温暖。周子阳为人低调，不喜张扬，也不会说什么甜言蜜语，但李佳楠就喜欢他这股子默默的体贴，没有过多的言语却有着无限的温情，这种男人才最适合当老公。

夜空中只有轻轻的微风，吹拂着那零星飘落的雪花慢悠悠地在天空中游走，不自觉地飘来荡去，掉落在脸上只感觉如丝一般的清凉，随后化作一滴几乎不见的雪水消逝而去。街上的行人格外少，只有偶尔与他们擦身而过的路人急匆匆地赶路。李佳楠和周子阳却都没有坐车回家的意思，就这样慢慢地往家的方向走去，天虽有些寒，两个人的心里却暖融融的。

"咱们的事儿跟你父母说了么？他们怎么说的？"李佳楠侧着头看着周子阳。

"佳楠……"周子阳想起晚上在父母家的事有些不知如何开口。"我妈今天已经答应帮咱们首付房款了，我心想反正就咱俩住也用不着买太大的。对了，你说咱们直接买个二手房好不好？还省得装修了。"

"首付？"李佳楠的面色有点儿不悦，"首付几成啊？干嘛要买二手房啊？现在二手房跟新房价格没什么区别啊，临了咱还住个旧的。"

周子阳心里叹气，嘴上说："二手房不省得装修了么？装修浪费钱不说，还浪费时间，你看咱俩谁能有时间看着工人装修？要是直接外包给装修公司那就太贵了，再说，现在的涂料虽然是有国家严格控制的，但新房装修完就搬进去住还是对人身体不好，若是买二手房倒是省了这个担心了。"

"那也得买个两室一厅吧？要不然将来有孩子了，孩子睡哪儿？"李佳楠嘟嘟着小嘴，侧着脸看周子阳。

周子阳搂着她，凑在李佳楠的耳朵边上甜蜜地刮了一下她的脸，"将来有孩子再说有孩子的嘛，反正现在就我们俩住，有个四十平米左右的也就够了。"

李佳楠忽然停下脚步站在原地看着周子阳，"周子阳，今天你妈你爸到底说什么了？有什么话直说就好，何必在这里故意哄着我？看你那一脸的心虚。"

周子阳赶紧上前抓着她的手，"你看你又多心，我爸我妈真没说什么，都主动要求给咱们付个首期买房了。我琢磨着反正咱们也能自己还得起贷款何必让老人操太多的心，大不了咱们贷款时限长一点儿不也行么？"

李佳楠定定地看着周子阳的脸，“行啊，那让你妈掏钱吧，马上买房子。”

“那……你今天跟你父母都怎么谈的？”周子阳抓着李佳楠的手继续往前走。

“我妈说了，给新房置办家电、家具。”李佳楠没好气地说。

“佳楠……我看这买东西的事儿还是咱们俩人跑，别让老人们跟着转悠了，一来是他们的身体不好，再说他们跟咱们的喜好不一样，到时候再因为意见不合耽误工夫就更没必要了，你说呢？”

李佳楠直截了当地问，“你的意思是让我爸妈掏钱咱们自己买？”

周子阳立即点头，“这样也行啊。”

“那先让你妈给咱把房子买了呗，否则怎么往房子里添家具？”

“那你父母能不能先把钱给咱……”

“周子阳你过分了！”李佳楠隐忍了这一路终于爆发了。

周子阳低着头狡辩，“我怎么过分了？”

“我说你今儿怎么这么好心地来接我呢？原来你跟这儿等着我呢！我问你，这是谁家娶媳妇？有你们家这么干的么？你别以为我不知道你爸你妈那点儿心思，他们今天肯定说让我们家先掏钱垫着底，他们才肯掏钱买房子对不对？”李佳楠火气一上来有股咄咄逼人的劲儿，可周子阳显然一副被戳穿了心事的模样，“不是，你又多心，我今天真是害怕你一个人回家不安全才来接你的。”

“周子阳，我跟你在一起四年多了，我还不知道你什么样？你看你这一脸心虚的德性，我现在就告诉你，你们家要是不先买房子，这婚我就不结了！你摸着自己的良心问问，你爸你妈这么做对么？我们家怎么着？我们家穷，我们家不是大学教授，不是住着高教公寓、享受国家高级津贴待遇的教育骨干，但我们家也不是穷要饭的，非巴结着你们！”

“佳楠，你别总说话这么刻薄啊，怎么说着就急啊！我爸我妈真没那个意思，你这个人就总不把事情往好处想。”周子阳也有些恼火。

“我还冤枉你了怎么着？”李佳楠一脸怨气地看着周子阳，“我不问你别的，你就说这婚结不结？”

“结。”

“房子买不买？”

“买！”

短暂的寂静后，周子阳脸色忽然一沉，突然在大街上开始猛抽自己嘴巴，而且边抽边喊："要怪你就怪我，谁让我没本事挣钱给你买房子！没本事让你吃好的穿好的！没本事让你享福，还得回家啃老，怪我，怪我……"周子阳一句一个嘴巴，抽得"啪啪"直响，他今天积蓄了一晚上的抑郁终于在这个时候爆发了。周子阳感到心里着实地憋屈，特想仰天大喊，特想朝天痛哭，只可惜，他是个男人，他要忍着，而这种积郁便转换成如今这种自虐的方式。

李佳楠一看周子阳突然发狂，立刻上前拦着他，"你干吗呀子阳！你疯了啊你，这大马路上的……"

"佳楠……"周子阳猛的一把抱住李佳楠，"佳楠……对不起，我答应你的事儿没办成，对不起！都是我没用，可我是真的爱你，我真的想跟你结婚……都是我没用!"周子阳心里的憋闷在这一刻宣泄而出……

李佳楠看着他那一脸的愧疚和近乎歇斯底里的疯狂，眼泪也禁不住掉下来，搂着周子阳开始哭，"你这是干什么啊你！这也不能都怪你，不能都怪你……"

"佳楠，我是真的爱你，真的……你相信我，将来我一定能让你幸福!"周子阳的声音哽咽，紧紧地抱着李佳楠不肯松手。

李佳楠伸手擦了擦眼泪，任周子阳抱着，"子阳……靠咱们自己也一样能行的，肯定能行的，不就是结婚么，不就是钱么，总能有办法的，啊?"李佳楠就受不了周子阳这般的痛苦，她本来坚硬的心此刻也软了，如今说的这话似乎是宽慰周子阳，其实也是在说给自己。

天空中的雪花逐渐大起来，不大一会儿，路上就撒上了一层白，而李佳楠跟周子阳就这样抱着也顾不得冷。李佳楠心底说不出的五味杂陈，结婚，本来应该是一件高兴的事儿，可为何自从决定结婚之后，心里总是沉甸甸的?

"结婚无非也就是那么几样事儿，领证、仪式、洞房，这不就完了么，还有什么可说的?"周子阳的大学同学顾新宇在一旁大大咧咧地数着三根手指头。

"你一边儿凉快去，结婚怎么可能这么简单?"李佳楠的闺蜜聂美娜也掰着手指头数，"首先结婚要先买婚房吧？要装修吧？就算这些都办完了，那还有就是拍结婚照、新娘子要选婚纱，婚礼仪式要定酒席、定婚庆，晚上的娘家答谢宴要准备吧？此后就是闹洞房，新人三天回门之后又要去度蜜月，但度蜜月你要选地方吧？是去日本泡温泉还

是去马尔代夫潜水？是去希腊爱琴海日光浴还是去澳大利亚赛袋鼠？是去斐济寻珊瑚还是去拉斯维加斯赌钱？”

李佳楠翻了个白眼，连连摇头，“还出国游？不行不行，价钱太贵了，别把你心里那点儿美好憧憬都放我身上。”

聂美娜退而求其次，“那就算在国内转悠一圈你也得提前挑旅行社吧？如今旅行社猫腻多着呢，最愿意蒙的就是结婚蜜月的小两口，这你提前都得挑好旅行社选好路线，否则到时候就是抓瞎。”

李佳楠点头应着。今天是星期六，李佳楠和周子阳商量了半天把自己的闺蜜和朋友全都给找来一起出主意操办婚事。可大家坐在一起开始讨论的时候，李佳楠忽然意识到一个问题，她最好的闺蜜聂美娜是一个大龄剩女，比自己剩的还干脆，眼看着奔三去的人了，居然没有正正经经地谈过一次恋爱，要说相亲也相了无数次了，可每次都以失败而告终。

而周子阳最好的朋友顾新宇更是个纨绔子弟，除了喝酒、泡吧之外最大的爱好就是交女朋友，结果女朋友不少，能结婚的却没有。除了这两个人之外就只有跟李佳楠一个办公室的赵丽娟似乎是唯一一个已婚的，而且还能够出一些正经主意的人了。

“佳楠，你们首先应该确定一件事情，那就是选用什么形式的婚礼。是西式婚礼，在露天自助餐？还是依照最传统的形式在酒店里摆酒席？或者就是教堂。这些婚庆策划公司都能做，关键是你们倾向于哪一种。”最终还是赵丽娟提到了正题上。

“婚庆策划公司现在都蒙事儿，而且只能免费咨询一次，第二次就开始收费，否则我也不用把你们都找来想主意了，我平日里参加的婚礼都是传统型的，也不知道其他形式的婚礼要多少预算啊？”李佳楠手上摆弄着笔，郁郁地说着。

“还是教堂吧？多浪漫啊！”聂美娜忽闪着大眼睛一脸的兴奋。

顾新宇立即出言讥讽地笑着，“聂美娜，你懂不懂啊？他们俩都不是基督徒怎么去教堂结婚啊？”

“你才不懂，有的教堂也对外开放给不是基督教徒的人，但好像要多给点儿钱。”聂美娜没好气地瞪了一眼顾新宇，随后拉着李佳楠的胳膊，“前阵子我们公司就有一个在教堂结婚的，那场面可庄重啦！佳楠，不行你就去信基督教呗，听说婚礼仪式上好像能省一大半呢！”

“是吗？那我去。”李佳楠的心思有点儿动摇。

还未等李佳楠确定这个主意，周子阳立刻一盆冷水泼了过来，“就为了结婚去信基督？你也太不虔诚了吧？耶稣心里得多窝火啊！”

“要我说结婚就俩人领个结婚证就得了，费这个劲干吗啊！劳民伤财，一点儿都不划算。”顾新宇在一旁不以为然地说着，边说还边发着短信。

“这可是结婚，怎么能马虎？你以为谁都像你似的喜欢 onl(one night love 一夜情)啊？”聂美娜不屑地反驳。

“onl 有什么不好？难道跟你一样当‘剩斗士’就好？真逗。”顾新宇摇了摇头。

“你……哼！”聂美娜别过头不吭声。

“不然就按自助餐的形式在露天办呢？”周子阳忽然提议。

李佳楠摇摇头，“自助餐形式？你指望着你父母的那群老同学、老战友、老领导都几十岁的人了端着盘子看咱们俩婚礼？”

周子阳立即耸耸肩膀，“那是不行。”

“是啊，其实哪一种方式都不省啊。”聂美娜边说边算账，“摆酒席就是按桌收钱，而且现在婚宴都是一千五起价，我没听说有比这个再低的，若是档次再低长辈的脸上也过不去。而且如今的婚宴每桌还限制人数只能坐十个，多一双筷子酒店都不给加，对了，若是星级酒店还收服务费。”

“教堂的形式其实也不省钱，不但要付给教堂费用，而且婚庆车队多跑了一个地方肯定要加收费用，婚庆公司也会多一份布置的费用。若是有长辈在的话，摆席这一程序就省不下，我看还是按照传统婚礼的形式办吧。”周子阳叹了一口气。“若是按照纯西方的形式，教堂只提供给宾客圣餐，就一个面包、一杯牛奶之类的点心。”周子阳一脸的苦笑。

“这在长辈那一关就过不去，你就甭想了。”赵丽娟不免笑着说。

李佳楠闭目揉揉太阳穴，长叹一口气，“其实哪种形式都不省钱，我现在是明白了，结婚就俩字：烧钱。”

第二章 拼婚吧

“结婚要想省钱拼婚哪！”跟李佳楠坐对面办公桌的张晓茹说。

“拼婚？拼婚什么意思？拼命结婚？”李佳楠立刻探头问道。

张晓茹抻着脖子朝经理办公室的方向看看，随后悄声地跟李佳楠说，“什么拼命结婚啊，佳楠姐，拼婚你都不知道？看来你还真不经常上网，拼婚的‘拼’不是拼命的‘拼’，是‘拼凑’的意思，不光省钱，也很时尚，其实说白了就是找人一起办婚礼！”

“那不成了集体婚礼了么……”李佳楠纳闷地问。

“什么集体婚礼啊！”张晓茹看经理办公室暂时没什么动静儿，干脆探起身子跟李佳楠小声地唠上了。

“拼婚就是筹备结婚的时候找伙伴跟你一起置办物品，团购你总该知道吧？买的人多了不是能跟商家讲价嘛！我知道的最多的就是拼婚纱照、拼婚纱、拼婚庆什么的。”张晓茹说得认真。

李佳楠忽然心里一亮，“敢情是个时髦字眼儿，小茹，那能打多少折？”

“肯定是人越多折扣越多，我以前有个同学就是这么结的，她跟别人拼的蜜月旅游和结婚照，好像光这两项就省了两三千呢。”

“那可真的不少。”李佳楠顿时来了兴趣，“可是拼婚的伙伴不好找吧？”

“上网寻啊，到拼婚论坛发帖子，肯定有愿意跟你搭伙的，同等的钱可以获得更多的服务多好啊？我上次还说要……”

“咳咳……”

一声低沉沙哑的咳嗽。

李佳楠和张晓茹回头一看，两个人先是木讷，随后两张脸笑得像花似的，“王总。”

王春和狠狠地白了张晓茹一眼，背着手扫视了项目部所有人一遍，最后才走到李佳楠跟前，“李佳楠，你到我办公室来一趟。”

李佳楠偷偷朝张晓茹吐了吐舌头，张晓茹则一脸同情地看着她跟王春和回办公室了。

“坐下说吧。这里有个比较大的案子，你看看，若是你认为自己能行就交给你来做。”

李佳楠心里一怔，本以为王春和会批自己上班不务正业聊天，没想到会是这事儿。看着王春和那张面带微笑的脸李佳楠也不敢心里乱犯嘀咕，赶紧打开项目书，刚看到第一页的标题，她的眉头就皱了起来，“王总，这颂创集团可是大公司，怎么会把项目给咱们呢？”

王春和点起一支烟，往老板椅后面一靠，“颂创集团的招商部项目总监是我老同学，这次也是他主动找的我。如果能做成颂创集团这单生意，起码够咱们这小公司吃半年的。”

李佳楠心里有点儿顾虑，一边看项目书一边心里合计，这王总历来是雁过拔毛、无利不起早的人啊，怎么会把这单大项目交给自己来做？李佳楠自诩工作上兢兢业业，还算有那么点儿小才能，但这种项目……不应该是项目部部长领头做么？

李佳楠低着头仔细地看了一遍项目书之后说：“王总，虽然颂创集团是大公司，但他们的要求按照我们项目部现在的水准应该可以顺利完成，咱们邹部长在广告圈里也有点儿小名气，给‘颂创’这款电子产品做策划是绝对没问题的。”

“不！”王春和马上打断了李佳楠的话，“这个案子我不打算交给邹部长做。”

“为什么？”李佳楠没意识到自己问得有些突兀，“这个项目为什么不交给邹部长带领整个项目部做呢？”

王春和把脸凑近李佳楠，“佳楠啊，说心里话，凭借邹部长的本事，你觉得他能在咱们公司长久地干下去么？他到咱们‘华新’来也不过是做个跳板，早晚是要跳槽的。我承认在这件事情上我很有私心，我不能把这么大的客户交给他，万一哪天他带着我的大客户跳槽了，那我就只有等着哭的份儿了!”

李佳楠只是听着没有发表任何的意见,王春和起身走到她身后,那肥厚的手掌拍拍她的肩膀,“佳楠啊,你是咱们‘华新’培养出来的自己人,从你大学毕业到‘华新’工作已经有四年了吧?当初我就看好你,虽然你那时候只是个大学毕业生,没什么经验,可经过这四年多的历练,你早已成为一个很出色的策划了,我王春和现在就敢拍着胸脯说,即使有一天不在我‘华新’干下去,你李佳楠到任何一家广告公司都能够拿到六万以上年薪。”

“王总,我可没有要跳槽的心思。”李佳楠赶紧回了一句,脸上赔着笑。

“我没说你要跳槽,这事我也跟你明说了,这单生意你来领头做,做成了我提你做项目部的副部长,按照你现在的资历和水平升任项目部的副部长绝对没问题,你看怎么样?”王春和一副拿棒棒糖诱惑小女生的眼神看着李佳楠。

李佳楠浑身一个激灵,心里却在盘算着这老家伙打的什么鬼主意,可眼下又不能不马上给他一个答复,“王总您说笑了,拿公司发的工资自然做好老板交代的任务,当然升职加薪那是所有人都想的事儿,我看这么棘手的单子,我还是回去好好研究研究,总不能给公司丢脸。”

李佳楠这话说得不疼不痒,王春和脸上没表露出来心里却有点儿不大乐意,“行,那你先去看看吧,有什么不明白的可以随时找我,咱们一起探讨探讨。”

李佳楠应和了一句就出了王春和的办公室,她心里的一个小算盘开始七上八下地算上了,王总是指望着自己对他感激涕零而投桃报李?这王春和显然是因为邹部长的提成比例太高,“华新”给不起怕人家跳槽,就想自己扶持一个能代替邹部长干活的人,而项目部如今要么就是只想拿钱不想出力的大嫂,要么就是刚毕业聘来当使唤的潮女怨男,都没本事撑起这么大一个摊子。让自己当项目部的副部长肯定比邹部长的薪水低得多,但干的活可是一样的!

至于王春和为什么选自己?李佳楠把项目部所有人想了一个遍,还真就是自己最适合这个位置,也看着最好下手了。

李佳楠心里是想明白了,拿起项目书仔细研究起来。拿人钱财替人消灾,不管王总为何要提拔自己,这工作还得干啊,不然拿什么吃饭?拿什么结婚?

李佳楠桌面上虽然摆着那“颂创集团”的项目书，脑子里却突然想起刚才张晓茹说的“拼婚”。她本想再问问张晓茹，但看她一直埋头工作也就没好意思开口，刚刚都已经因为聊天被王春和抓了一次了，她不能为了自己的事儿再拉别人下水，否则扣了工资算谁的？

回到家，李佳楠便把“拼婚”这事儿跟周子阳说了，周子阳似乎也很感兴趣，赶紧打开电脑输入了“拼婚”二字，果然出现了一堆关于“拼婚”的网页，两个人心中一喜。

拼婚针对的就是他们这些积蓄不多、经验不足还想把婚礼办得风风光光的上班族，能够用更少的钱置办更多的东西，这也是拼婚最终的目的。

拼婚大多数包括拼酒席、喜糖烟酒等物品的采购、婚纱摄影、蜜月旅游等项目……

“这个行啊！咱们能省不少的钱。”周子阳语气略带兴奋，“其实就是找团购，你看，这还有拼婚网，找找有没有北京的。”

“这不过是一个途径，可以好好研究一下。”李佳楠一屁股坐在床上，“子阳，我今天接了一个项目，没那么多工夫研究这些事情，要不然你抽空看看？”

周子阳马上摇头，“这种琐事儿我可来不了，这些事情还是女人拿手，你看好的自己做主就行了，我公司最近下来一批软件开发的任务，我从明天开始就得天天加班赶工了。”

“给不给加班费啊？”李佳楠皱着眉问。

周子阳抱起李佳楠坐在自己腿上，苦笑一声，“天晓得给不给加班费。但我们项目总监倒是提了一句，这批任务完成之后，老总许诺给我们补助，但能给多少就是另说了。嘿嘿，告诉你个事儿，我最近还接了个私活，到时我私下请我们总监吃两顿再塞给他点儿，那事儿跟这个项目掺和在一起做绝对没问题。”

“你至于要这么辛苦么？”李佳楠心疼地看着周子阳。

“不辛苦。”周子阳微微一笑，那笑容里有点儿苦涩。

“子阳，那……咱们结婚买房子的事儿，到底……”李佳楠还是忍不住问了一句，这一路上回来她心里就在犯嘀咕，其实她心里对周子阳父母的态度猜了个七八分。

周子阳的脸色僵了有半分钟，“佳楠，这个……我，这样吧，你这阵子先看看有没有合适的房子，咱们选好以后我再跟我父母说，行吗？”

李佳楠搂着周子阳的脖子，“你别骗我了，你妈和你爸是不是说让我家先拿钱，他们才肯掏钱买房子！”

“佳楠，没……”周子阳一脸心虚。

“没什么没，从那天你到我家来接我的时候，我就猜了个七八分，现在你一说你要接私活，我就知道肯定是这么回事，你是想先赚出一笔钱来说是我家拿的嫁妆，然后好回家让你爸你妈放心地给咱付首付买房子！”

周子阳张了张嘴没说出一句话。

李佳楠抱紧他的脖子，眼睛有些湿润，“子阳，辛苦你了！”

周子阳安慰地拍拍李佳楠肩膀，“辛苦什么，男人就应该有点儿担当，我先做事了。你要是有时间就上网看看那拼婚究竟是怎么回事，也别光盲从潮流，咱们顺顺利利地把婚结了才是最重要的。”

周子阳吃了几口叫的外卖便开始工作，李佳楠则躺在沙发上开始查关于“拼婚”这个关键词的所有资料，天快亮的时候迷迷糊糊地窝在沙发上睡着了。第二天早上闹钟一响，李佳楠睁开眼就迅即打了个喷嚏，这才发现自己一晚上都没盖被，感冒了！

李佳楠侧目一看，周子阳趴在桌子上呼呼大睡，电脑一晚上未关还在嗡嗡作响。李佳楠赶紧叫醒周子阳，两个人各自洗漱穿衣，每人拿了一盒牛奶、两块饼干直接冲向了车站。

李佳楠刚一进办公室就感觉气氛不对劲，怎么所有人看自己的眼光都那么……奇怪？平时自己人缘也不错，见了同事都客气地打招呼，可今天每个人都朝着她暧昧地笑，这是怎么回事？

“赵姐。”李佳楠看赵丽娟正在办公桌前整理资料，准备找她问问。

张晓茹正巧走到李佳楠跟前，“哟，佳楠姐来啦？听说您就快高升了？恭喜您啊。”

“什么高升？说什么呢？”李佳楠皱着眉头问。

张晓茹那眼神挑衅地上下打量了李佳楠半天，脸上皮笑肉不笑的，“佳楠姐，这事儿人家王总都已经透出风了。您何必还故弄玄虚呢？越装越假，您还是别装了。”话说完，那张晓茹扭着屁股就回自己座位了。李佳楠一头雾水地看着她，张晓茹却没再看她一眼。

李佳楠纳闷地走到赵丽娟边上。还没等她说话，赵丽娟就拉着她直奔洗手间去了。

“赵姐，怎么回事啊？”李佳楠随手关上洗手间的门，禁不住赶紧问个明白。

“佳楠，今天早上你还没来的时候，王总宣布由你接手‘颂创集团’

这个案子，让各组各部都配合你的工作。邹部长据说昨晚上就已经得知了这个消息，跟王总在办公室大吵了一架，今天早上到现在都没有来上班。”赵丽娟似乎也有些狐疑地看了看李佳楠，“佳楠，不是赵姐不信你，昨天大家都看到你进王总办公室了，然后晚上就……”

李佳楠一肚子窝火，“原来是这么回事……我说今天早上所有的人看我的眼神都跟带着软刺儿似的。赵姐，我的为人你还信不过么？王总是跟我提了把‘颂创’的案子交给我做，可他那是怕邹部长要钱太多，还容易带跑了‘颂创’这个大客户。”

赵丽娟有些恍然地点点头，“哦，反正这都是公司的安排，我看你也不要多往心里去，这项目部历来就是你争我夺、你上我下的地方，过几天也就没人提了，反正我只是个行政总管，你们这些事儿……我也操不上心，不过佳楠，你还是要多留点儿心眼儿，知道吗？”

李佳楠还想说些什么，但一看赵丽娟那表情，她那点儿为自己辩解的念头也彻底打消了。解释什么呢？这事情就是越描越黑，赵丽娟一个行政跟自己项目部没有任何的竞争关系，这也是李佳楠跟赵丽娟关系好的一个最主要的前提。

要说张晓茹，李佳楠以前跟她关系也不错，但如今……看样子那点儿散淡的交情真的散了。

李佳楠颇有点儿哑巴吃黄连的感觉，“我知道了赵姐，您放心吧。”

两个人刚回到办公室，还未等李佳楠屁股落座，王春和就把李佳楠又叫到了自己的办公室，待办公室的门关上之后，项目部的有些人不免朝着那扇不透明的实木门投去嫉妒且夹杂着不忿的目光。

李佳楠虽然心中有气，却也不敢真的得罪了眼前这个秃顶的老色狼，毕竟自己还是指着人家兜里掏钱发工资的，“王总，有什么吩咐啊？”

“佳楠啊，早上你还没来的时候我已经跟大家打了个招呼，这次‘颂创’的案子就由你全权负责，带着大家一起干，下午公司例会的时候我会正式宣布，上午你先琢磨琢磨拟个大体的规划，例会的时候也讲两句，这对你是一次难能可贵的锻炼，你可要好好珍惜啊。”

王春和一张老褶子脸说得眉飞色舞，嘴角还有星星白沫，李佳楠心里极其厌恶但表面上仍是一副认真的模样，“放心吧王总，我会努力完成这次任务，不过……王总啊，若是我完成这次任务，公司提成有多少啊？”

王春和似乎没想到李佳楠开门见山就谈钱，他略微怔了一下但转瞬就恢复了常态，“提成嘛，公司历来的提成都是千分之三，但这次我就做主了，给你千分之四，你看如何？嘿，佳楠，公司待你不薄吧？若是等你成功升任了副部长，下一单项目公司会酌情给你增加提成。”

李佳楠心说，你个老狐狸，邹部长每次任务拿利润的百分之一，而且人家底薪还是我的三倍呢，到我这里才给千分之四？李佳楠也未隐藏，面色略有不悦，“王总，是流水的千分之四啊？还是利润的千分之四？”

李佳楠在这上面留了个心眼儿，昨晚上她就已经算过，“颂创集团”这一单给了五百万的预算，若是按照流水拿提成算李佳楠能拿两万，若是按照利润算，则直接折去至少百分之六十，才八千块钱提成，八千块虽然顶得上李佳楠现在两个月的工资，但李佳楠却心有不甘，干的是一样的活，凭什么自己要比别人拿的少？

“啊？这个……那我就做主了，这次按照流水的千分之四给你提成。佳楠，公司可真的是看好你哦，为了培养自己的高层管理付出了培训费了。”王春和笑得很邪，李佳楠面上笑心里骂，是公司看好我？我看是你个老色狼想占我便宜还差不多。

“那就多谢王总提拔了。”李佳楠故作一副感激涕零地看着王春和，“既然王总没有其他吩咐，我先出去工作了。”

“去吧去吧，有问题咱们随时探讨。”王春和一副老狐狸钓鱼的表情看着李佳楠。

李佳楠走到门口，突然转回头，“对了王总，有个事情要询问您一下。”

“有什么事尽管说。”王春和堆着一脸的笑。

李佳楠故意踌躇有半分钟，“我想问问咱们公司对婚假是怎么规定的？我本来是问管行政的赵丽娟，但赵姐说公司还从未有过结婚的先例，如果按照正常标准走是给半个月婚假，但我想问问您，咱们公司有没有特殊规定？”

王春和一愣，随后笑道，“呀，佳楠要结婚了吗？那可是一大喜事哦。嗯……公司就按照正常的国家规定给婚假，你就安心地准备带薪休假吧。呵呵，咱们公司一向对员工待遇优厚，毕竟咱们公司未婚的不少，你就当个先例吧，我在这里道一声恭喜了哦！”

“谢谢王总了，那我就出去了。”李佳楠笑着出了门，可心里却纳闷，如果王春和对自己有企图的话，为何听自己要结婚的消息却一点儿反应都没有？难道是自己误会了？还是小心谨慎的好，反正自己的立场表明了，还怕这老色狼霸王硬上弓不成！

“喂，您好，请问您是王小姐吗？我看您在拼婚网上的留言……”

“喂，您好，是皇家大酒店吗？我想问下如果你们婚宴的价格……如果三对新人一起预定有没有优惠？”

“喂，请问是金夫人摄影吗？我想咨询下，你们是否有团购活动？”

李佳楠这一阵子电话费暴涨，连网上聊天的打字速度都快一倍了，总算对“拼婚”这事儿研究了个八九不离十，已经开始进入联系阶段了。打完今天最后的一个电话，电脑前敲完最后一个留言，她终于长出一口气，躺在床上懒得动弹。

李佳楠看着自己床上堆满的各种资料、宣传单、画册、随手记下的便笺，真的懒得收拾。

看了看表，李佳楠也顾不得自己蓬头垢面，赶紧起身换了件衣服。她和周子阳每个星期日都要去家乐福采购，尽管周子阳这阵子忙得也是脚不沾地，但人总得吃饭吧？也就去超市采购的两个小时时间算得上是休息了。

李佳楠赶到家乐福门口的时候周子阳还未到，她便在门口四处转转，右边是一排卖糖葫芦的，左边是抽奖的。在抽奖的一长排柜台的边上，有一个小桌子是办信用卡的。虽然桌子上摆满了各式各样的赠品，但很少有人过去填表办理的。

李佳楠看了半天，心里突然一亮，直接走到办信用卡的桌子前，盯着那各式各样的赠品，“要办信用卡才能得赠品吗？”

那办卡的是个小伙儿，看李佳楠好像有兴趣赶紧起身上前介绍，“办交通银行信用卡就可以赠送毛绒熊做礼品。”

“还有别的么？”李佳楠问。

“别的礼品就是其他银行的了，其实您要是有兴趣不妨多填几张单子，办不办得下来信用卡这赠品您都可以拿走的。”那小伙儿站了一天也没办成多少个，看李佳楠有点儿犹豫，马上把纸和笔都拿了出来，满脸堆笑说：“您要是多填几个银行的，我可以多赠送赠品给你。”

“真的？”李佳楠对那赠品表现出无限的爱。

“佳楠，你干什么呢？”周子阳转了一圈才看到李佳楠在办信用卡，纳闷地走过来。

“子阳，我想要这些赠品，你填表办几个信用卡吧。”李佳楠拿着一个保温水壶爱不释手。

周子阳一脑袋雾水，“办这个干吗啊？”

李佳楠拽着他一屁股坐在凳子上，“让你写你就写嘛！对了，身份证和工作证带了吧？”

周子阳点点头，“带了啊。”

“那就行了。”

周子阳本不想浪费这工夫，但转脸一看李佳楠跟那办卡的小伙子对赠品讨价还价去了，心里虽然有点儿纳闷，还是按照李佳楠的要求在一旁老老实实地填表，填完一张，李佳楠又塞来一张，填完一张又一张……一张又一张。

到最后，周子阳实在是忍不住了，“佳楠，要填多少是多啊？我这写了有七八张了吧？我实在写不动了。”

李佳楠一边帮周子阳揉着手腕子，一边安慰，“不写了不写了，你看我有这么多赠品了。”李佳楠狡黠地笑着，转身跟那办卡的小伙儿说，“对了，邮寄地址可都填我们家了啊，不然邮寄到公司的话，别人还以为我们两口子没钱过不上日子办信用卡过活呢。”

那小伙儿满口答应，“行行，放心吧。”

三个靠垫、三个微波炉饭盒、两个卡包、一个收纳盒……李佳楠拎着一堆赠品心里这个高兴。待两个人走远了，周子阳才问她，“就为这么点儿赠品值得么？”

“子阳，你笨呀，我是光为这点儿赠品么？咱们办这么多信用卡，不是可以来回倒着花么？一张信用卡最低透支限额就算是三千，那十张信用卡可就是三万了，每张卡的还款日期又都不一样，急用的时候咱们可以先透支然后分期还啊！”李佳楠说得是兴高采烈，周子阳则一脸木讷地吐了四个字：“你真有才。”

李佳楠很诚恳地点点头，“对啊，我聪明吧？”

周子阳哭笑不得，“亏你想得出来这馊主意，不过这只是应急而已，信用卡还有年费呢。”

“只要一家银行只办一张信用卡，那就没有年费！再说，我这主意怎么馊了？我觉得挺好，我还白得了这么多赠品呢。”李佳楠美滋滋地拎着赠品，挽着周子阳，“走，咱晚上买点儿好吃的，我今天真是太高兴了，得犒劳犒劳我自己！”

周子阳本想再说点儿什么，却被李佳楠硬拉着进了超市，看李佳楠那其实一脸憔悴但仍然充满着即为人妻的喜庆劲儿，周子阳心中说不出的酸涩。

晚上临近睡觉，李佳楠边收拾屋子边说：“子阳，我们老总最近交给我一个单子，做成了的话有两万块提成，没准我还能升职。”

“给你单子？”周子阳不禁回过身看着她，“就是那个秃顶的老头？他怎么想起提拔你了？”

李佳楠说，“我们项目部邹部长不是他从别的公司高薪挖来的么？这次的单子是一个大公司，‘颂创集团’你知道吧？这次就是跟他们合作，王总那个老狐狸其实是怕邹部长带着这个大客户跑了，所以这单子交给我了，我看啊，他是嫌人家薪水和提成拿得高。”

“这是你们王总跟你说的？”周子阳狐疑地看着李佳楠。

“他又不傻怎么会跟我说这些，当然是我自己猜的了。”李佳楠扑哧一笑。

周子阳点点头，“嗯，那你就好好干吧。”

李佳楠看着周子阳又埋头在电脑前，凑近他从身后搂住他，“子阳，要是我做成这一单，再加上咱们两万块的积蓄，我再暂时用信用卡透支出来一些，能不能说动你妈给咱们首付房子？”

周子阳浑身一怔，应付地说：“应该没问题，我这个私活接下来的话估计也能拿个三万两万的。”

“哟，能有那么多呢？”李佳楠没注意到周子阳脸上的尴尬，独自兴奋起来了，“要是那样的话，咱们结婚的钱可就富裕多了。”

周子阳只是随口应了一声，李佳楠却仍旧拽着他说个不停，“对了，我这些日子不是查拼婚的事儿么？我倒是总结了不少窍门，你不是认识个出版社的么？你帮我问问，我要是把这些窍门包装包装，能不能出版个小说？”

“一天都忙得快吃不上饭了你还有这闲工夫？”周子阳语气中带着点儿不屑，点了根烟，“再说我认识的那个是杂志社编辑，不是出版社的编辑。”

“那我就自己找，这书我都起好名字了，就叫《拼婚三十六计》，你说这名字怎么样？”李佳楠嘟囔着嘴，看周子阳对自己不理不睬的有点儿不高兴，但心里却坚定不移地要把这事儿做成，“对了，明天我去问问顾新宇，他不是跟这些媒体出版的人关系熟么。”

“那你自己找他吧，他整天除了泡妞可是一点儿正事儿都不干，还能帮你联系这事儿？你要找他喝酒他肯定马上就到。”周子阳心里压根就觉得李佳楠异想天开，话里话外都在打消她的念头。

李佳楠了解周子阳，他就是个有些孤僻的人，平日里跟人相处都秉承着君子之交淡如水，没事儿的时候老死不相往来，过年过节连个短信都不发，可唯独跟那个没心没肺的顾新宇算是铁到不能再铁的哥们儿，这点李佳楠一直很费解，可能就因为顾新宇是个不着调的。

可李佳楠是个我行我素的人啊，她想做什么事儿必须就去做，而且是不达目的誓不罢休那类。就为她这脾气，周子阳不知道跟她吵过多少回架了，说她是不撞南墙不回头的死拗，李佳楠就是不改，她自诩为这是韧性。

一只羊也是赶，一群羊也是放，李佳楠现在内外兼顾还得忙乎结婚的琐事，此时她也不怕再多一件了，反而每天忙得不亦乐乎，因为眼前这三件事都是她至关重要的大事，第一是她的终身大事，第二是赚钱，而最后一个则是她打小儿就很喜欢的事儿：写小说。

《拼婚三十六计》

第一部：全拼。

全拼顾名思义：就是寻找一群同样要结婚的人组成一个团队，从买房开始到蜜月结束，中间的一系列结婚流程便是从头拼到尾。

优点：全程搭伙组成团队省去了找伙伴等一系列的麻烦，可以广泛借用团队中的关系圈，省钱不少。

缺点：几对新人不可能品味相同，肯定有众口难调之时，需要妥协退让，预计婚礼满意度：50%。

第二部：自助拼。

自助拼顾名思义：主观选择目的物，然后再寻找与自己一起购买的同伴。

优点：可选择性比较强，所选择的事宜、物什皆是按照自我品味设计和选择，婚礼满意度比“全拼”高30%～40%左右；

缺点：每一项都要事必躬亲，寻找伙伴十分耗费时间、精力、人力，花销比“全拼”高20%～30%左右。

李佳楠把这一行字写完之后，心满意足地关上电脑，心里只想着一件事：不知道出版的话能得多少稿费？

第三章　房子之争

“妈，这次跟子阳的父母见面，您可千万别动气啊，就算她那人爱显摆点儿，咱也不能真生气，知道吗？”李佳楠和自己父母往预定的饭店包房走，边走边嘱咐。

宋惠凡拍拍自己女儿的脸蛋，“行啦，你放心吧，只要他们不过分，妈不会动气的。”

“我可不是担心他们，我是怕把您给气坏了。”李佳楠笑着哄宋惠凡。

虽然表面上看父母一脸的喜庆，但李佳楠仍是心有戚戚，她跟周子阳都相处四年了，两家父母迄今却只见过两次，这一次是第三次。前两次的见面都是以话不投机而草草收场，这一次可是关系到李佳楠和周子阳结婚的事儿，两家父母必须放下过往的不满坐下来谈谈了。

本来李佳楠是想拖后这次双方父母见面的时间，因为她现在手里还没有钱能拿去给任何一方说事儿，好让他们能够在结婚买房和嫁妆上各退一步，可这一次是周子阳的父母执意要见，而且马上就要见，说什么这次国际研讨会要在上海举行，他们大半年都要忙这个事情还要出差，所以先把周子阳和李佳楠的事情定下来，他们才能够安心准备论文，也省得周子阳经常因为结婚这个事打扰他们。

若是周家父母先跟周子阳打过招呼那周子阳肯定会给挡回去或者直接延期，可这次王凤琴居然破天荒地直接给李佳楠的父母打电话邀约，李佳楠的妈妈还居然一口就答应了，等李佳楠和周子阳知道的时候，已经是被告知在某某饭店的包房见面了。

李佳楠和周子阳只能自求多福，希望在饭桌上能够周旋得当，让双方父母和和气气地吃完这次饭，把他们俩结婚的事儿敲定下来，然后就各回各家皆大欢喜。

可惜偏偏事与愿违，两家父母刚坐下没多久，话题就转到了李佳楠和周子阳最不想提起的事儿了。

“我们子阳跟佳楠在一起都已经四年多了，这结婚的事儿其实早就应该定下来了，只是我和子阳父亲的工作一直都很忙，整天围着那群学生转啊转啊，哎呀，也没有时间替他们俩张罗婚事，这事情啊，还要靠老姐姐您多操心了。”王凤琴脸上虽然挂着笑，但她多年教学习惯了一板一眼地咬文嚼字，语气上就欠了点儿委婉，略显生硬。

李佳楠有些不安地看着自己妈，宋惠凡倒是客气，“就快成一家人了，客套话就不用多说了，只要他们两个过得好就行了。”

“是啊，上次子阳回家跟我们说了他们俩打算结婚的事儿，我跟他爸也全力支持，只是这最近我的身体啊，也是一天不如一天，天天给学生讲课、批改论文，系里的党政工作也是我一把抓，都说能者多劳，可是这也实在是累啊。这不，前些日子又下来一个任务，要我参与编纂一部大学教材，我更是没有工夫了。唉，真是操心的命啊，看着大学教授是个不错的头衔，其实就听着好听，这受的罪只有自己知道！”

宋惠凡的脸色僵了一下，这话听着可是挺刺耳的，显摆得也太明显了吧？

宋惠凡当即笑着回了一句，“再累你们那也是脑力劳动，比我们这些当工人卖力气的强。”

“你看这话说的，老姐姐，我可没有别的意思哟，您可别多心。”王凤琴连忙解释，周子阳在桌子底下偷偷地捏了她的手一下，王凤琴则丝毫没理睬儿子。

“你这个人就是不会说话，好事都让你说坏了，老姐姐，你别跟她这个人一般见识。”周山瞪了自己老婆一眼，随后看着李佳楠和周子阳说，“佳楠这孩子从跟我们子阳在一起就本本分分地过日子，我们当家长的自然也都看在眼里，当然，这也是父母教育的好啊。”周山能说这么两句客套话也着实的不易，周子阳心里也高兴，在一旁赔着笑。

“这话可真是过奖了，我们佳楠也是从小就懂事，当然，现在像子阳这样有责任心的男孩儿也不多了，现在的孩子，唉……朝三暮四的，左处一个，右拽一个，吃着碗里的还看着锅里的，哎呀，好在咱们的孩子在这方面都不用家长操心，这就行，这就是咱们的福气啊。”宋惠凡夸赞地看着周子阳，李佳楠也跟着笑。

“这倒是，现在的孩子，什么单身主义的、男孩儿整天拈花惹草的、女孩儿以傍大款当二奶为荣的，现在这个教育啊，真是个问题。”王凤琴在一旁摇头感叹，“我们整天接触的就是这二十岁左右的孩子，老姐姐你们可不知道，有的时候真是气死人啊，没规矩，没礼貌，也不懂得个尊师重道。”

“那都是家长没教育好。”宋惠凡面子上赔着笑，心里对王凤琴这趾高气扬的傲气劲儿可是烦到了心坎儿里。

周山打断了她们的话题，“咱们今天就是为了两个孩子的事来的，你扯这么远干吗？”

“都怪我，一聊起来就跑题了，子阳啊，今儿既然佳楠的父母都在，我跟你爸也商量了，你跟佳楠结婚买房子，我们老两口给你们添补十万块钱，今儿啊，我就当着佳楠妈妈的面把这十万块钱的银行卡给你和佳楠，我跟你爸，也衷心祝愿你们幸福！”王凤琴说着，把一张银行卡塞到了李佳楠的手里，李佳楠却怔怔地愣住了。

整个屋子的气氛唰的一下子降了温。

李佳楠的父母皱着眉头看自己女儿，而周子阳则一脸惊诧地看着自己的父母。李佳楠一只手悬在空中，上面就浮着那张银行卡，她此时真的不知道自己是应该收还是不收。

从一套房子变成给付三成的首期，现在又缩水成了十万块钱，在北京这地比金贵的地界，十万块钱能买什么房子？

“妈，你们这是？”周子阳有些恼，可王凤琴狠狠地瞪了他一眼之后，转过头看着李佳楠。

周子阳是真的蒙了，此时左顾右盼张口结舌不知道该说些什么。这事情他事先真的不知道，而王凤琴和周山也提都未提过，他心里不由得怨恨自己父母，这不是给自己难堪么？

此时，李佳楠的父母则一句话都未说，只是死死地看着周子阳，脸上一丁点儿表情都没有。

“佳楠啊，我跟你叔叔说是大学教授，其实不也就是工薪阶层么，攒下这十万块钱也是省吃俭用真的不容易。你们俩结婚呢也不要乱花钱，咱们毕竟都不是大款，你们俩也不是富二代，将来过的都是自己的日子，在买东西上和办事儿上也要能省则省。”王凤琴把李佳楠握着银行卡的手合上，临了还不忘嘱咐这么两句。

李佳楠站在那里，眼泪唰的一下子就掉下来了。

“砰！”一声重响，吓了所有人一跳，原来一直默不作声的李大友猛的拍了下桌子。

“你……你们家真是……”李大友气得结结巴巴说不出话，王凤琴“嗷”的一嗓子，赶紧躲到自己老公身后，“报，报110吧。”

周山瞪了自己老婆一眼没做声，只是冷冷地看着李佳楠的父亲李大友。

“咳咳……咳咳……”

李佳楠看父亲又开始咳嗽上了，赶紧跑过去劝慰，“爸，爸您别生气，您别生气啊。”

李大友指着周山和王凤琴半晌，却一个字都没说出来，最终“啪”的一个嘴巴，生生地抽在了李佳楠的脸上，愤愤地骂：“没出息！”

李大友甩身而去，宋惠凡看了李佳楠和周子阳两眼，红着眼圈摇摇头跟出去了。

包房内只剩下了李佳楠、周子阳和他的父母四个人。

“这是怎么回事啊这是？子阳，你说明白。”王凤琴一脸怒气地看着周子阳。

李佳楠的眼泪哗哗地往下流，有些止不住的趋势，周子阳想要过去哄她，却被王凤琴给拽住：“不许去。”

李佳楠独自默默地流着眼泪穿好衣服，追着自己父母出去了。

“妈！你们这是干什么？”周子阳抓着自己的头发懊恼地埋怨。

周山冷哼一声坐在边上，不说话。

“你看看你给我们找的这是什么亲家？怎么着？十万块钱少啊？十万块钱够他们攒一辈子的了，我们给钱还给出错了？你看看佳楠那是什么态度？一个小门小户出来的孩子居然这么贪财，他们家要不是为了高攀咱们家，怎么会让自己闺女没过门就同居？还家教严格呢，要我看是不要脸。”

“妈，您嘴下积点儿德吧，行吗？我求求您了。”周子阳哀求着。

“我还没说你呢，子阳，我们辛辛苦苦把你养大不是为了让你给我们添堵的。凡事就都应该靠自己，如今父母给了你们这便利的条件你们就应该感激才对，别作出一副我们委屈了你的样子，我可告诉你，这十万块钱是给你们结婚的钱，你给我看好了，不能让李佳楠一个人拿着你听到没？”王凤琴也火了，拼命数落着自己的儿子。

“是你们最早说帮我们付个首期的，怎么到现在又反悔了？你们倒是事先跟我说一声啊，现在你让我怎么办？”周子阳看着自己妈，一脸苦相。

“什么怎么办？她们家要是不愿意更好，我和你爸本来就不看好你这门亲事。你是个男人，要以事业为重，整天儿女情长能有什么出息？”王凤琴说出了心里话，她压根就不想要李佳楠这个儿媳妇。

“妈，你怎么能这样呢？你以前答应得好好的……”周子阳懊恼不已，头发被自己抓得如乱草一般。

“你就知道跟我们要钱，你还知道什么？你怎么就不问问父母最近的身体好不好，要不要买点儿补品回来孝敬孝敬我们？都说小的孝敬老的，现在都改成我们孝敬你了！”王凤琴越说越气。

周子阳站在原地听着，心里一片死灰。

“都说养儿防老，养儿防老，哼，我这还没老呢，就快被你气死了！”周山穿上衣服，回头看了看王凤琴，“走吧，人家都把咱们给晾在这儿了，还待着干吗？”

王凤琴瞪了儿眼周子阳，“你啊，就是没出息！”话说完，这老两口也出了门。

“妈，对不起。”李佳楠站在父母家里，脸上的泪痕还未消失，李大友一个人坐在那儿闷头抽烟，宋惠凡则唉声叹气地坐着。

李佳楠心如死灰，她万没有想到今天会发生这样的事情，如果早知这样，她压根就不会让自己父母去赴这个饭局，这不明摆着是周子阳的父母瞧不起自己家里人么？十万块，两个大学教授给自己儿子置办结婚只给十万块钱，还告诉自己省着点儿不要挥霍，连付房子首付款都根本没有可能，还谈什么挥霍！

李佳楠心里最难过的还是让父母跟着自己一起受到了周家的屈辱，但她现在却说不出一句话，只能呆呆地看着自己的父母，就这样保持沉默。父母虽然只是退休职工，没什么钱，可都是本本分分的过日子人，周家怎么能这样呢？

李大友“咳咳”的咳了几声，李佳楠赶紧倒水给端了过去，却不敢跟父亲说话。她没挨过父母一次打，今天却因为周子阳一家人的出尔反尔挨了这么狠狠的一巴掌，现在脸上还火辣辣的疼。

李大友沉沉地叹了一口气，穿上衣服出去了，李佳楠要追出去却被宋惠凡给叫住了。屋内现在就剩下这娘俩儿。

“妈，对不起，这次的事情我真的不知道。”李佳楠说着眼泪就往下掉。

宋惠凡拽李佳楠坐下，“还疼不疼啊？这老头子真是的，下手这么重，我弄个凉手巾给你敷敷。”

李佳楠看着母亲蹒跚的步伐，心里别提多难受了，接过母亲递过来的手巾敷在脸上，一阵冰凉的刺痛让她咧了咧嘴，可这脸上的疼却是怎么都比不上自己的心里疼，“妈，我一会儿回去收拾东西，明天就搬回来。”

“就不跟周子阳好了？”宋惠凡问。

李佳楠摇摇头，但眼泪却越掉越凶，最后止不住地嘤嘤哭了起来，“我不跟他好了，他们家根本就不想要我这个儿媳妇，我何苦呢。”

“佳楠啊，你也别怨你爸打你，其实他也是心疼你，周子阳家那两个老的压根就瞧不起咱们家，这我跟你爸早就预料得到。唉，如今说这个都没什么用，归根结底你是舍不得周子阳，这都处了四年多了，要分手还用等到今天。”自己的孩子自己最了解，宋惠凡又怎么能看不出李佳楠的心思。

李佳楠被说中了心事，嘴上却强硬，“谁离了谁活不了啊，这次我真的不跟他过了。”

“净瞎说！不跟他过了，你还想找谁啊？你已经都跟周子阳同居了，而且也都二十八了，你还以为你二十出头能随便挑呢？人是活不回去的。”宋惠凡略带训斥地说。

“我不信找不到别人，真找不到我就不嫁了。”李佳楠嘴硬。

宋惠凡摸着自己女儿的头发，“佳楠啊，别说气话了，你舍不得周子阳，时到今日妈也跟你说实话，我跟你爸不怕别的，就怕你过不好，就怕你嫁到人家受气，你说我们就你这么一个闺女，怎么舍得让你受委屈……”

李佳楠只是掉眼泪，心里说不出的难过。

宋惠凡转身从自己的床头柜里拿出一个包，一层层拆开拿出一个存折。

“这是我跟你爸这些年给你攒的嫁妆钱，你就先拿着用吧。”

李佳楠打开存折一看，差点儿惊掉了下巴，十五万！“妈，你哪攒这么多钱？”父母每个月加一起才三千多的工资，居然攒了十五万块钱，这得是多少年的积蓄啊！李佳楠看着宋惠凡那一脸的沧桑皱纹和略显花白的头发，这些年李佳楠没见自己父母穿过一件新衣服，没见他们去过一次饭店，晚上的时候他们甚至都很少点着灯，这钱不就是这么攒下的么？

李佳楠看着那存折上的数字，不由得失声痛哭，她第一次感到自己内心如此惭愧。

李佳楠一哭，宋惠凡也有些动情，眼眶泛红，“你过得好我们就知足了！别让周家的人瞧不起咱……”

“他们凭什么瞧不起咱们，凭什么……”李佳楠边哭边喊，宋惠凡就这样抱着她，娘儿俩也没有人再说话，就这么依偎着，直到听见外屋的门响。

李佳楠和宋惠凡起身，猜想可能是李大友回来了。

没想到李大友进来之后，后面又跟进来一个人，居然是周子阳。

“你来干什么？出去！”李佳楠当即就要撵周子阳走，可却推了他半天没推动，只得整个人挡在他的面前，不让他进门。

“佳楠，我……对不起。”周子阳本想解释两句，可解释再多，他也是伤了李佳楠一家人的心，又有什么用？

李佳楠一脸讽刺地看着周子阳，掏出兜里的那张银行卡塞到周子阳的手里，“你爹妈拿来的钱还给你，今天已经太晚了，我明天再回去收拾东西。周子阳咱们分手吧，以后各走各的。”

“佳楠！”周子阳焦急地叫了一声，他能感觉得到，李佳楠这次是来真的了。

“佳楠！”宋惠凡把李佳楠拽进了屋，周子阳也顺势进来了，眼神中带着无奈的尴尬，朝着宋惠凡鞠躬赔礼，“伯母，这次是我不对，对不起您跟伯父了。”

“说对不起有用吗？你们家人都是一副德行，没良心！”李佳楠的怨气都发泄到周子阳身上。

“要吵架回你们家吵去，别在这儿给我跟你爸丢人。”宋惠凡紧皱着眉头把李佳楠的外衣塞在她的怀里，还不停地摆手撵人，面子上是撵人，其实是有心在撮合。

周子阳自然明白宋惠凡的意思，连忙感激地看了看她，“谢谢伯母。”

周子阳赶紧帮李佳楠把衣服穿上拽着她就往门口走。李佳楠一脸的恋恋不舍，回头看着自己母亲，“妈，我明天再过来。”

宋惠凡没说话，只是点点头，一直看着他们二人的身影渐渐在楼道内消失，才沉沉地叹气，轻轻地关上了门。

李佳楠和周子阳回家的路上没有一句话，一进家门，李佳楠就开始收拾东西。周子阳才发现她是真的要走，赶紧上前紧紧地抱着她，“佳楠！我求求你，你别这样行不行？”

“周子阳，咱俩到此为止吧，你们家压根就瞧不上我，你何苦跟我将就呢？”李佳楠故作坚强。

“佳楠，你知道我是爱你的。”周子阳一脸心疼看着李佳楠。

李佳楠摇摇头，没有说话。

周子阳柔声说：“我不同意分手，我也不会让你离开，四年多的感情说放弃就放弃吗？你就这么狠心？佳楠，我求求你，不要走好不好？”

李佳楠仍旧是摇摇头，欲挣扎脱身收拾东西，却被周子阳抱得紧紧的。

“佳楠，我已经低三下四求你了，你给我留点儿最后的尊严好不好？不要走，行吗？”

李佳楠沉默了半晌，最终还是摇了摇头。

周子阳的手略带绝望地松开，李佳楠一样一样收拾东西，周子阳只有原地呆呆地看着。待李佳楠整理了一个箱子拖着要出门的时候，周子阳突然发疯一般头朝着墙撞去，“周子阳你没用！你个混蛋，你没用！”

李佳楠惊得扔下行李，冲过去拽住周子阳，“子阳，你干什么啊你！”

周子阳整个人面如死灰，一把甩开李佳楠，仍旧往墙上撞去，“我没用！我废物，我混蛋，我王八蛋……我什么都没有了，连你都要走！”李佳楠拼命上前拽他，周子阳最终瘫坐在地上，额头已经流出了血，李佳楠想去拿药箱却被周子阳拽进了怀里。

“别动！”周子阳厉声喊道，李佳楠整个人跌在他怀里，想要挣扎几下，可他的双臂却像铁钳似的，她动也没法动。

两个人都没有说话，只听得到屋内的时钟“滴答滴答”跳过，窗外的月亮透过云层偷偷地看着两人。李佳楠不知道时间过了多久，她只感觉得到周子阳“怦怦”的心跳和不断的喘息。

“佳楠，我求求你，我现在只有你，你别走。”周子阳声音哽咽沙哑地请求。

李佳楠坚持了一晚的心又软了，其实她的确舍不得周子阳，因为心里还有爱，她双手抱紧了周子阳，把头伏在他的怀里，“我不走。”

周子阳身体一怔，随后扶起了李佳楠，“对不起佳楠，是我没本事，我没有让你过上好日子，我让你受委屈了。”

李佳楠嘴上语气淡淡的，心里却苦苦的难受，“说这个干什么，日子是咱们俩过的，过好过坏，怨不得其他人。”

“不，我有责任。”周子阳扳过她的肩膀，一脸认真地看着她，“佳楠，你相信我，我一定会让你幸福的。”

李佳楠摸摸兜里的那个存折，又悄悄放了回去……

“佳楠，非要搬家吗?”

“必须搬!”李佳楠斩钉截铁地说。

自从那天晚上和周子阳和好以后，李佳楠就决定要搬家了，为了节约她和周子阳的日常开支，每个月的房租就必须首先减少。

李佳楠和周子阳一直住着一室一厅的公寓房，每个月光房租就两千多，加上一系列的煤气水电等基础费用，每个月要三千块的固定花销。两个人又从不起火做饭，都是在外面吃或者叫外卖，所以每月的工资加一起八千多，却一分钱都剩不下。

自从父母把那十五万的存折给了自己之后，李佳楠下定决心要改变自己的生活。她自觉现在不是过日子，是败家，她曾经自诩的孝顺其实根本就是面子货，她要将惭愧付诸行动，惭愧过后还自我放纵，那她便是不孝。

李佳楠瞒着周子阳把父母给的十五万结婚的钱分成了两个存折，一个存了八万，一个存了七万。她准备把那八万块钱瞒下来，留着给父母养老，至于结婚买房不够的钱，要靠她和周子阳自己节省出来。

“佳楠，咱们不至于吧?”周子阳仍然不甘心地在一旁劝慰。他昨天陪李佳楠看了房子，是一处民宅，还是与人合租，这让周子阳着实接受不了。

李佳楠边打包行李边说:“怎么不至于？咱们俩一个月八千多块钱工资，到月末却一分钱都剩不下，这两年若是咱们省着点儿花，还至于被结婚这几万块钱难倒？说出去都让人笑话。”

“那我们可以在其他方面节约一点儿啊？总不至于非要住那种地方吧?”周子阳看着李佳楠在屋里进进出出，不由得皱着眉。

“房租是最大的开销，换了那个房子每个月省一千多，一年就是将近两万块。而且这个房子离咱们俩的公司都近，都不用坐地铁了。”李佳楠回头看着周子阳，“对了，以后咱们自己起火做饭，你中午也不要总吃三十多块的便当了，吃个十块的盒饭就得了，晚上回家我再给你做点儿好吃的，啊？”

周子阳想说什么却说不出口，犹犹豫豫地站在那儿，模样十分僵硬。李佳楠看他那神情，“别这样，咱们最多也就是将就大半年，等我那笔提成拿到了，你给别人做的那软件也拿到钱了，咱们就能首付个便宜点儿的房子了，啊？”

“现在的钱也差不多够了吧？”

“都首付了房子咱们就没有钱办婚礼了啊，而且我听人说，过了这个年，房价有可能会降点儿，咱们也别着急这一时，等等吧。”李佳楠又埋头收拾去了。

周子阳心里别扭，可看李佳楠这劲头他劝也劝不了，只好任李佳楠自己折腾了。

“佳楠姐，我的创意你看了没啊？我昨天可就给你了啊，到时候可别说我没交上任务。”张晓茹脸上虽然带着笑，却阴阳怪气地说着。

李佳楠点点头，“我看到了，回头开会的时候咱们一起讨论。”

张晓茹看着李佳楠淡漠的模样，冷哼一声扭搭着走了。李佳楠用余光瞟了她一眼，这张晓茹刚大学毕业没多久，年轻漂亮但却不踏实，整天好高骛远，觉得自己能力很强，大材小用，但给了任务一上手就是错，佳楠以前说她两句她还听，但自从佳楠接管了“颂创集团”的这个项目以后，张晓茹便偶尔故意跟她唱反调。

李佳楠知道如今公司内都传言她和王总有暧昧关系，但她自认身正不怕影子斜，任凭你随便说又能怎么样？风言风语很快就过去了，因为谁都不想说闲话的时候不小心被老板听见炒鱿鱼，唯独这个张晓茹，始终是不依不饶几次三番挑起争端，李佳楠也很没办法。

李佳楠下班的路上买了菜。新家要共用一个厨房和卫生间，周子阳住了一个星期之后就不再抱怨了，反正他如今工作忙得也就差不多只是回来睡觉了。

李佳楠放下从公司带回的资料，直接去厨房做饭，经过了一个星期的试验，李佳楠如今的厨艺水平已经很不错了。自从高中毕业之后，李佳楠还真就很少自己下厨做饭了。

“哟，小李回来做饭啦？”

李佳楠的合租邻居孙洁进了厨房。孙洁有三十多岁，离异没孩子没老公，李佳楠当初也是因为她一个人住才同意合租，可没想到，孙洁不是个老实人，家里经常有陌生的男人出入。

李佳楠点点头，“是啊，孙姐，您也做饭啊？”

孙洁应了一声，“小李啊，你跟你们家那个结婚没呢？”

李佳楠一怔，“快了。”

“哦，其实这年头啊，结不结婚无所谓，现在这时代结了婚也容易过不长，就像我上一段婚姻似的。我那个前夫家穷得叮当响，连结婚的钱都拿不出来，我当初……唉，傻了呗，就那么跟他过了，可没想到才结婚没两年，他就在外面勾搭狐狸精。”孙洁看了看李佳楠，继续说，“其实结了婚就没那么多男欢女爱啦，整天就是锅碗瓢盆油盐酱醋，要我说，还不如不结婚。小李，看你工作也好，人长得也不错，但你家那个……我觉得配不上你。”

李佳楠一笑，“您不都说了么，婚姻就这么回事，互相看着顺眼就过呗。”

“那也不能这么说，我觉得你能找个更好的。”孙姐神神秘秘地看了看李佳楠，“上一次来我家有一个大公司的老板，才三十岁，长得也不错，家世那是没得说，他呀还跟我打听你呢。”

李佳楠一怔，“孙姐，我跟我家子阳感情很不错，就快领结婚证了，找一个这样的踏实，起码我不操心他出去拈花惹草。”

孙姐一听，尴尬地一笑，“那倒也是，你先做饭，我待会儿再来。”

看着那女人走了，李佳楠无奈地叹口气，这女人都三十多岁了，但作风实在是个问题，当初来看房子的时候也没发现她这样啊，看着挺好的一个人，真是人不可貌相。还想给自己介绍大款？李佳楠自嘲地笑了笑，什么大公司老板，估计也是个找二奶的。

李佳楠切好了菜准备炒，转身拿起油桶却发现刚买的油怎么少了半桶？油这东西还会蒸发么？火上的锅已经烧干，李佳楠没多想赶紧倒了油，可刚炒了一半要放盐的时候，却发现盐也没了！

李佳楠使劲儿在装盐的罐子里弄出来一点儿剩的，好歹是将就着放了点儿。李佳楠拽下围裙，心里郁闷，肯定是那姓孙的女的干的，偷盐偷油，这人怎么能这样呢！

李佳楠压着气，端着菜愤愤地出了厨房，可刚开厨房门，就看到那女人堵着周子阳在厕所门口说话。一见李佳楠出来了，那女人连忙说：“呀，小李都炒完菜了，那我不打扰你们吃饭，赶紧趁热吃吧。”说完就转身进屋了。

李佳楠回屋关上门问周子阳，“那女的跟你说什么呢？表情那么亲热。”

周子阳径自吃着饭，“说什么？问我每个月挣多少钱，干什么的，公司有多少人，还能问什么？”

李佳楠有点儿不高兴，“以后你少搭理她，那女人不是什么好东西。”

周子阳带着点儿讥笑，“怎么不是好东西了？你不会还吃那女人的醋吧？没发现你这么小心眼儿啊。”

“我吃她醋？你可真能开玩笑，我是说她这个人作风不好，总带陌生的男人回家不说，今天我还发现厨房的油少了半桶，刚买的盐也没了。”李佳楠一脸的愤愤不平。

周子阳趁机落井下石，“谁让你死活要搬来跟别人合租的？合租可不就这样。”

“那我还不是为了省点儿钱啊。”李佳楠放下碗筷一脸抱怨地看着周子阳。

周子阳低头吃着，“我妈不是给了咱们十万块钱结婚用么，还不是你要死要活地非搬来这里受罪，现在发牢骚了。”

“周子阳你别没良心啊，合着我这都是为我自己吗？我还不是为了咱俩过日子么。我不想整天住公寓房，洗菜洗碗有热水用吗？”李佳楠愤愤地看着周子阳。

李佳楠欲再说，却被周子阳一句话噎了回去，“行了行了，我穷我没本事，让你受苦受罪了，您吃饭吧，行吗？我这忙着呢。”周子阳一字一顿，说得李佳楠心里酸酸的，端起碗扒拉两口饭，却是一丁点儿滋味儿都品不出来了。

第四章　习惯了爱情

拼婚第一计：欲擒故纵

拼婚的伙伴选择途径多数从网络而来，可网络上有不少其实是商家发布的消息，这就需要引起人们的注意。直接联系商家是一个很便捷的方式，却极少能够砍下折扣，所以需要你与伙伴互相配合。最好提前联系一对伙伴，双方形成默契，一个十分急，一个十分缓，在讨价还价的过程中表现出犹豫不决和对商家服务满意两种态度，但不要率先签订任何的协议，而是留下联系方式给商家。如此一来，商家不愿错过这两对新人，便会为他们量身定制团购。如若是只有一对新人，商家就不会如此上心。但多寻伙伴浪费时间，两对新人便可尝试此法，此一计省时、省力、省心。

适用范围：拼结婚照、拼蜜月、拼婚庆等

李佳楠在地铁上写完这一段便合上了笔记本，她今天要独自到"颂创集团"洽谈项目，心中多少有些紧张。今天她精心打扮，一身黑白相间的职业装，高高挽起了发髻，在面颊的两侧各留了一小缕头发，脸上略微施了些淡妆，淡雅却很精致，连周子阳早上出门前都不忘多看她几眼，甚至还来了个四年前曾有过的吻别。

出了地铁口，李佳楠做了个深呼吸。她面前的便是北京金融街最高档的写字楼之一，颂创集团便独占了这写字楼的四层。李佳楠一边

往写字楼里走一边恶意地猜想，怪不得王春和自己不来谈项目，敢情是心里自卑啊，自己那小公司不过是在四环外的一个三流写字楼里占了三分之一个楼层，与这颂创集团相比，简直就是贫民窟。

李佳楠平日里自认工作努力很有冲劲儿，可现在她很有些自卑的心理，刚刚迈入颂创集团的第十三层，看到的便是一溜小跑的工作人员，氛围紧张又不失秩序。早就听说颂创集团的待遇高，都这百米冲刺一般的工作效率了，待遇能不高么？

说明了自己的来意，李佳楠填了一张会客登记表，便坐在会客室的沙发上等候。前台的女孩儿为李佳楠端来一杯果汁，“李小姐，我们徐总监正在开会，请您稍等片刻，我已经通知她您来了，会议结束之后她会立刻跟您见面。”

李佳楠道了一声谢，那前台的女孩儿便离开了会客室。

只剩下李佳楠一个人的时候，她端起果汁狠狠喝了一口，颂创集团果然是有钱，连会客的果汁都是新榨的柠檬汁。柠檬汁有助于提高人体免疫力，而且能延缓衰老，看来这颂创的老板倒是一个体恤员工的人，这么高的工作强度若是再不补充些维生素早就扛不住了。

李佳楠拿出项目书仔细温习着，这也是她第一次独自承担如此重大的项目，心里自然颇有些紧张。会客室的时钟滴答滴答地一秒一秒走过，李佳楠也记不得自己等候了多长时间，才听到门口走廊内传来一阵清脆的高跟鞋声音，紧接着，会客室的门被推开，李佳楠下意识地站起身。

“你是华新派来的代表？我是颂创集团的项目总监徐卉，你好。”

李佳楠有些发呆，她从未想到过颂创集团的项目总监居然是一个女人，而且是一个很漂亮的年轻女人。

徐卉微微皱了一下眉，李佳楠才缓过神来，伸出自己的手象征性地握了下，笑着解释了两句，“对不起，请原谅我的失态，我只是没想到颂创集团的项目总监是一个如此年轻的女……”

“您也很年轻。我们还是快点儿切入正题吧，在颂创集团工作，时间比生命更重要。”徐卉的语气冷漠，其中夹杂着些不屑和习惯性的无视。

“徐总监，这是我们华新针对颂创这个广告案的策划和一系列建议。”李佳楠递上了她准备了许久的策划方案，虽然她对徐卉的冷漠十分不满，但这毕竟是工作，而且颂创集团也有资格瞧不起她这个小公司的代表，实力证明一切。李佳楠认为这是两家公司的等级差距，她李佳楠不是自恋的人，而眼前这个年轻的徐总监也不是她能够比的，毫无意义的攀比只能说明她幼稚。

徐卉在迅速地浏览李佳楠送来的项目策划案，李佳楠也作好了千百个可能的疑问的答案。

两分钟过后，徐卉合上了李佳楠的这份策划案，“这策划很差劲，对不起，请容许我说实话。我们没有这么多的时间来替你审核这项目的策划是否能够通过，我们的时间是宝贵的，而你送来的这份策划真的很差劲。”

李佳楠凝视着徐卉，“可是您并没有全部看完。”

徐卉淡淡地摇头，“如果一份策划案在开头的三页纸就没有吸引我继续看下去，您认为它有可能通过吗？我知道你们华新项目部的邹部长，也很敬佩他，可是这绝对不是他的水准。”

李佳楠的脸上有些火辣辣地发烫，但她仍旧勇敢地点点头，“这个项目是我接手的。”

徐卉微微一怔，随即微微扬起嘴角，那笑容带着些许异样的玩味。李佳楠甚是不舒服，可是她尽量让自己保持冷静。

“年轻虽然是资本，但并不可以用来挥霍，李小姐……哦，李部长，我能够从这份策划案中看出你的用心，但是我看不到你的思想。”徐卉指了指自己的脑袋，“你没有用尽全力。”

李佳楠淡淡地笑了笑，“谢谢您的评价。”

徐卉纤长的手指轮番敲打着桌子，“我们颂创集团给别人的机会只有一次，但是鉴于这个项目是张副总推荐的，我再给你们华新一次机会，半个月后，我要看到你用心作出的策划案，当然，你要记住，这是最后一次机会。”

“谢谢。”李佳楠的情绪有些低落，她原来那点儿激情被打压得七零八碎，甚至残破不堪。

徐卉朝着李佳楠职业地伸出手，“期待下一次与你见面。”

李佳楠略显迟滞地伸手与她握了握，可徐卉却意外地没有松手，“嗯……我个人给你一个建议可以吗？”

李佳楠一愣。

“我觉得带一些颜色的职业套装会显得你更年轻一些。”徐卉的微笑在李佳楠眼里带着讽刺和嘲笑，李佳楠心底的隐忍几乎要瞬间爆发，可是还未等她爆发出来，徐卉早已经带着自己的助理离开了会客室。

“徐总监，这是刚刚销售部送过来的近一个月的各年龄段人喜好的调查报告……”

李佳楠只听得徐卉的助理汇报工作的声音渐渐离她远去，徐卉的身影却在她的心里留下了极其深刻的烙印。

李佳楠曾经是一个非常自信的女人，可是今天，就在今天，她那点儿脆弱的自信被人彻底地打碎了。

李佳楠一腔的怒火在走出颂创集团的大楼时彻底爆发出来，她对着大楼的一个阴暗的角落不停地怒骂，而且连踢带踹，仿若这角落的墙壁便是徐卉一般。

“比我长得漂亮就可以肆无忌惮地讽刺我的品位吗？比我职位高就可以藐视我的策划方案吗？比我穿得好就可以……居然说我不用心，我那可是花了心血才作出的方案，居然看了三页纸就给我毙掉了，简直就是刻薄、无耻的刁妇！”

李佳楠愤愤地骂着，周围的路人都用奇异的眼神看着她歇斯底里地自言自语，嘴角莫不带着一抹同情的嘲笑。李佳楠双手扶着膝盖，不停地喘着粗气，拍拍自己的胸口，她感觉那股子怨气已经顺畅了许多，“刁妇，本小姐这次就做出个让你目瞪口呆的方案给你瞅瞅！”李佳楠暗自给自己打气，她从小到大都没服过输，这一次也绝不例外。

顾不得周围人看怪物一样地看着她，佳楠将那策划案扔进垃圾桶，甩着自己的皮包没有一丝淑女风范地大步流星朝着地铁站走去。

“王总，这个策划案没通过，颂创集团的项目总监说因为是您的同学推荐的‘华新’，所以破例给咱们最后一次机会。”回到公司，李佳楠直接进了王春和的办公室汇报工作。没通过就是没通过，李佳楠并未给自己辩解两句，而是实话实说。

王春和并没有意外的表情，反而是淡然地靠在老板椅上把玩着手中的笔，“这次没有通过，下次继续努力。”

李佳楠有些愣住了，她本以为王春和会批评自己两句，即使不批评两句，面子上总该会有些不高兴吧？可为什么……他的反应这么从容淡定？平常公司接一个小案子，稍微有一点儿做不好，王春和都会狠狠地批两句，这颂创集团的案子可是公司这么多年来接的最大的一个了，他却如此的平静，李佳楠实在是有些丈二和尚摸不着头脑了。

李佳楠在发呆，王春和抬头看了她两眼，“小李，还有事儿吗？”

“啊？”李佳楠似从梦中惊醒一般，张了张嘴一时不知道说什么好。

王春和倒是笑了，“希望越大，失望就越大，佳楠啊，我相信你的潜力，你一定能够做好。”

“可是那徐总监提出她信任邹部长的水平。”李佳楠说起这个略微感到心里酸溜溜的。

王春和不免放下了手中的笔，神情也认真起来，“佳楠，看来今天这一趟去颂创集团对你的打击不小嘛。平日里那么信心满满的，今儿怎么有些气馁了？”

李佳楠低着头，很是郁闷地回了一句，“实力证明一切，可能是我以前过于自信了。”

王春和没有对李佳楠的自我评价表态，“你的那份策划案我也看过了，佳楠啊，我可以很负责任地告诉你，这份策划案的水准并不像你想的那般一无是处，你欠缺的只是经验，经验这个东西即使天赋再高也没用，那是时间和阅历一点点磨练出来的。”

李佳楠挑了挑眉毛，她自从上班到现在四年来还是第一次听王春和如此认真地给自己点评。

王春和习惯性地摸摸自己的秃顶，“这世界上其实没有好坏之分，有的只是适合与不适合。或许我这么说你并不能理解得很深刻，打个比方，结婚的时候要奏‘结婚进行曲’，葬礼上要奏哀乐，一个忧伤的人他绝对不会听进行曲，一个心怀喜悦的人也绝对不想看悲剧，你的这份策划案其实就差在风格上不适合颂创集团。”

“王总，您还是给我讲透彻点儿吧，只有这一次机会了，我可不想成为给公司制造负面形象的罪人。”李佳楠掏出了纸和笔将王春和的话都记录上。

“其实我心里百分之八十已经认定你今天送去的策划案会被打回来。”王春和毫不犹豫地说。

李佳楠纳闷地看着王春和，“那您……”

“你是想问我为什么没有直接让你重写是吧？”王春和点了一根烟，淡淡地吸了一口，“我只是猜测百分之八十，可不代表是百分之百。颂创集团这位新来的项目总监我也只是听闻过，没有见过面，至于她是什么风格我也不太清楚，所以我也只能按照颂创集团以往的风格来预估，看来颂创的企业文化仍旧在坚持传统。”

“你今天亲自在颂创集团里走了一圈，有什么感想？”王春和看着李佳楠问。

李佳楠思索了半分钟，在脑子里想出了几个词：“财大气粗，专业、

敬业、职业……苛刻。”

王春和笑了笑，“财大气粗是没错，但是把‘苛刻’换一个词，‘细致’，那么你就能够把握住颂创集团的企业风格了。细节决定成败，佳楠，这回你能够想到，你那份策划案为什么被拒绝了吗？”

“细节决定成败……”李佳楠不由得重复了一遍这六个字，王春和也没有催促她，任她独自思考。片刻过去，王春和掐了手中的烟，李佳楠站起身，“王总，我想我明白一些了，谢谢您的指教。”

王春和的两根手指轮番敲着自己的老板台，嘴角挂着招牌式的微笑，“那就好好工作，佳楠，我还是那句话，我看好你。”

李佳楠回以微笑，王春和的话她只能慢慢琢磨，这其中的含义实在是太过丰富。

离开王春和的办公室，李佳楠回到自己的座位上，她将颂创集团近些年所发布的所有项目统统积累起来开始研究，这一次，她一定要做好！

李佳楠今日给自己加班，反正这一阵子周子阳也不怎么回家吃饭。离开办公室之后，一路上她的脑子里也都是那项目的事，走到家门口才想起自己忘记买菜了，心中百般无奈，也只有吃方便面的命了！

开了门，一股饭菜飘香，她不觉嗅了嗅鼻子。

“哟，佳楠回来啦。”邻居孙洁很是热情地招呼着她，“我看你晚上没回来，而且你家周子阳也没找着吃的，就叫他一起吃了，你吃饭了吗？锅里还有呢。”

周子阳此时正大言不惭地端着碗一个劲儿地往嘴里送，“你怎么这么晚才回来啊？”

李佳楠这才反应过来，脸上挤不出半丝的笑容，“谢谢孙姐了，我吃过饭了，单位今天加班。”

李佳楠走过那饭桌的时候，心里恶意地猜测，这孙洁不会是给周子阳下了什么迷幻药了吧？虽然那饭菜很香，但李佳楠就是不想吃，饿也要忍着，她实在是看不明白孙洁这个女人，明明不是正经人，而且还在自己面前口口声声地说周子阳配不上自己，可如今还招呼他一起吃饭。

李佳楠心里有点儿别扭，进了屋也没再出去，直到周子阳跟孙姐吃完了饭，推开自己屋的门回来，李佳楠才轻挑眉毛，半开玩笑似的问他，“你今天怎么想起吃那个女人的饭了？你不怕她给你下了迷药啊？”

周子阳“扑哧”一声笑出来，“你不会是吃醋了吧？”

李佳楠跟看怪物似的看了看周子阳，指着自己的鼻子很不屑地说：“我吃她的醋？切，虽然我不是倾国倾城的容貌，但我也比那半老徐娘要强吧？我饿了，你给我泡包方便面吧。”

“你没吃饭啊？”周子阳瞪着眼睛问道，“那你刚才说你吃了。”

李佳楠撇撇嘴，“我那不是不想跟那女人坐一起吃饭么？更何况，我也不想欠她什么人情。”李佳楠本来欲将孙洁当初跟自己说的话告诉周子阳，可是话到嘴边她又咽了回去，这些鸡毛蒜皮的事儿她也没必要说。

周子阳一脸不能理解地看着李佳楠，“咱家可没有方便面了，要不然我还用吃她家的饭么。”

李佳楠认命地叹口气，从桌子上找出来半个面包，狼吞虎咽地吃了，又喝了一杯热水，便坐在写字台面前整理资料。这一路上她倒是捋顺了些思路，准备尽快深化下去，没准能让她就此突破这个项目的瓶颈。

周子阳悄悄从身后搂住她，用微微的胡茬磨蹭着她嫩嫩的脸蛋，痒得李佳楠直缩脖子，轻声嗔斥周子阳，“讨厌……好痒！”

“佳楠，别鼓捣你这点儿项目了，睡吧？”周子阳要抱着李佳楠到床上去，却被李佳楠给推开了，“今天不行……”

“你家亲戚来了？”周子阳掰掰手指头，“提前了？还没到日子吧？”

李佳楠叹口气，“我今天去颂创集团洽谈项目，结果我的策划书被毙掉了，我这在赶新的策划案呢。我刚刚有点儿头绪，中断了就没灵感了。”

周子阳跟泄了气的皮球一样，略带着埋怨地看着李佳楠，“不是我说你，就你这水平单独策划颂创集团的案子，你觉得这现实吗？”

“你怀疑我的能力？”李佳楠不满地挑了挑眉毛。

周子阳独自躺回床上，“我真的怀疑你们那什么王总对你有不轨的企图，那么多有实力的人不用，偏偏提拔你这么个没经验的，而且还负责这么大个案子。”

“别没事儿找事儿啊，王总这是信任我，就许你升职做技术小组的组长，我就不能当个副部长么？”李佳楠说这话的时候自己都觉得没什么底气，因为她到现在都始终未能弄明白，王春和这般的提拔她是什么目的。为了才？李佳楠承认自己有点儿小才气，但还不至于这般出类拔萃；那是为了色？她承认自己还不算丑，但至今也没见王春和有

什么不轨的表示。

既然想不通，李佳楠只能苦笑，把两万块钱赚到手才是真的。

周子阳抱着枕头一脸怨念地看着李佳楠，“你自己多留个心眼儿，别到时候被人卖了还替人家数钱！我就看你们那个王总不是好东西，一看就是个色狼，况且，你们公司能接下来颂创集团这个项目么？就那么点儿的实力，别说我瞧不起你们公司，平时跟颂创合作的公司都是哪些？你再看看你们自己，那王大色狼居然连公司唯一能够拿得出手的邹部长都不用，偏偏用你？没准压根就是个幻影的事儿，你还在这里拼死拼活地卖命，你们老板可真是找了个好员工，连下班都不休息。”

“要不是为了那两万块钱提成，我才不这么拼命呢！”李佳楠努努嘴，略带着些委屈地说，其实她心里明白，如今两万块提成虽然是第一位，但是在她的心里还有一股暗劲，那便是不蒸馒头争口气的事儿！

“算了，你继续拼命，别到时候两万块钱没拿到，自己反而被公司炒了就成。”周子阳撂下一句话扭头就睡了。

李佳楠丝毫不顾及周子阳的冷嘲热讽，继续带着充足的精神埋头苦干。

这一晚对于李佳楠来说过得极为漫长，她不知道自己是什么时候趴在桌子上睡着的，直到周子阳上班之前才把她叫起来。周子阳临走还不忘讽刺她两句才出了门。

李佳楠睡眼惺忪地跑到洗手间迅速洗漱完毕，回到房间换衣服才发觉一晚上没有吃东西的肚子早已经闹起了革命。李佳楠嗅了嗅，忽然发现桌子上摆了一杯豆浆和两张鸡蛋饼，不由得心里一暖，这一定是周子阳临上班之前去早市买回来的。李佳楠拿起鸡蛋饼狠狠地咬了两口，抹抹嘴角沾的酱，自言自语地嘀咕，“这个口硬心软的家伙……”

“晚上咱们去吃南门涮肉吧？我都馋了一个星期了。”临近下班，张晓茹早已经收拾好一切，准备一到时间立马走人，索性干脆提议晚上出去聚餐。

小王笑着回她，“南门涮肉？吃不起。”

张晓茹很不屑地嚷嚷，“我请客，又不用你掏钱，只要有人陪我去就行。”

“晓茹，你不是又跟你那个大款男朋友吹了吧？怎么想起找我们作陪了?”

张晓茹的脸色一沉,“别哪壶不开提哪壶,我跟那个人只是朋友,吹什么吹啊。”

“你们是纯洁的男女关系,行了吧?”小王一脸玩味地笑笑。谁都知道张晓茹的爱情观就是一个字:钱。最大的梦想就是在自己胳膊上戴上一块能买一栋房子的手表。

张晓茹被说到了痛处顿时有点儿火,“少说废话,到底去不去?”

“晓茹,你上次的创意没通过,你这两天重新做一个。”李佳楠突然插了一句,随即将一沓很厚的资料放在张晓茹的办公桌上,“这是我搜集的颂创集团这几年的项目资料,你看一看,争取抓住颂创集团的风格,明天开会的时候我们一起讨论。”

张晓茹瞄了两眼桌子上的资料,径自照着镜子,很不耐烦地说,“李佳楠,你想累死谁啊?我那个创意怎么就不行了?”

李佳楠无意跟她争吵,“上次去颂创集团的时候被毙掉了。”

张晓茹轻蔑地笑笑,斜着眼睛看李佳楠,“你自己愿意给公司当狗腿子卖命,我可不愿意,本小姐拒绝下班时间工作。”

“可是现在还没下班。”李佳楠语气生硬地回了她。

张晓茹盯着李佳楠,“还真把自己当根葱了,谁拿你蘸酱啊,切!”

嘴上说着,张晓茹还是开始翻着那些资料,眼睛时不时使劲儿瞪李佳楠。李佳楠自然当做没看到,继续忙着手上的工作。

“嗡嗡……”

李佳楠的手机突然震动起来,在办公桌上发出不小的声音。李佳楠看了来电显示,是周子阳,“喂。”

“我在你们公司楼下呢,今天不是约了我去找那个开婚庆的同学吗?”

“嗯,知道了。”李佳楠没多说就挂了电话。人在风口浪尖怕的就是所有人都盯着你,可有时候怕什么来什么,李佳楠刚挂了电话,便看到张晓茹在一旁皮笑肉不笑地念叨,“唉,这人就是不平等,有句话怎么说来着?己所不欲勿施于人,呵呵,可有的人就是不自觉啊。”

“晓茹。”小王朝着张晓茹使使眼色,又朝着李佳楠笑了笑。

终于下班了,李佳楠拎起自己的皮包就往外走。张晓茹眼看着李佳楠出门,三步并作两步要走在她前面,李佳楠侧身让她先过去,张晓茹趾高气扬地迈出公司大门直奔电梯而去。

李佳楠看张晓茹离开,转身回了公司,掏出兜里的卡在刷卡机上划了下，然后看着即将出门的众人，略有深意地一笑，“大家别忘记下班打卡。”

李佳楠走到公司大门口，看到了周子阳在大堂等着自己，她上前刚要说话，便看到张晓茹怒气冲冲地往回走。与李佳楠擦肩而过的一刹那，张晓茹看到李佳楠那张若无其事的脸，顿时明白自己是被李佳楠给骗了，“李佳楠，算你狠！”

李佳楠一副泰然自若的神情看着张晓茹一阵风似的往公司里走。

周子阳纳闷地拽着李佳楠的胳膊问，“这女人是谁啊？”

“张晓茹。”

“张晓茹？我记得她不是跟你关系不错吗？”

李佳楠耸耸肩膀，很是无奈地挽着周子阳出了写字楼，“那是在我还没负责这个项目之前……”

两个人到了周子阳同学开的婚庆策划公司，李佳楠看见那店面心里就有些犯嘀咕，“这么小的店面啊。”

“管他店面大小，我的老同学了，能给咱们优惠点儿就得了，小店面的成本低，又是熟人，咱们也放心啊。”周子阳不顾三七二十一拽着李佳楠就往里走。

“这是我未婚妻，李佳楠。佳楠，这个是我初中的同学，从小一起玩到大的好朋友，魏岳。”周子阳热络地介绍着，李佳楠很少看到周子阳这么热情的笑容，他见了他们公司领导都没笑得这么灿烂。

李佳楠笑着和魏岳象征性地握了下手，然后半开玩笑地看着魏岳，“魏岳的个子好高啊，以前是篮球队的？”

魏岳也是笑着回答，“我上初中就这么高，之后就再也没长。说去打篮球还矮了点儿，我这一米九六的个子，在篮球队那群人里就显得矮半截了。”

“周子阳，这么多年也没跟我联系，刚联系上没两天就说要结婚了，还找了个这么漂亮的媳妇，好福气啊你！”魏岳倒了两杯饮料递给周子阳和李佳楠，调侃着周子阳，“这婚礼啊，还得看你们心里想办成什么样子，我这婚庆策划虽然店面不大，但只要你们能想到的，我这店里没有的我也能想办法给你们办成。咱们都是哥们儿，价钱的事情都好商量，你们就尽管放心吧。”

周子阳抓着李佳楠的手，朝着她很是甜蜜的一笑。

“弟妹，呵呵，我比周子阳大，叫你一声弟妹没意见吧？你先说说你的想法，结婚这事情老爷们儿还真插不上什么话，归根结底大部分都是女人说了算。”魏岳拿出店里的画册和策划方案递给李佳楠，“这是我们店里曾经做过的婚礼策划，你边看边选，然后咱们再商量怎么能办出新意和与众不同。”

李佳楠笑着道了声谢谢。虽然这魏岳很是热情，可李佳楠总觉得这魏岳的身上没有那股子洒脱的劲头。李佳楠固然心里狐疑，却也没表现出来，跟着周子阳一起翻看着画册。

“现在好像很流行草坪婚礼啊？我看着图片上都是这类型。”李佳楠一边看一边询问。

“对，现在就流行这西式婚礼，在草坪啊，在花园啊，除此之外要是想与众不同一点儿就是教堂婚礼，北京的西什库教堂、海淀教堂都能办。”魏岳在一旁解答。

李佳楠指着一个画片上的图，“教堂就算了，毕竟不是基督教徒，为个婚礼还跑去信基督不大合适。魏哥，这个是在哪里办的？这遍地的小花真好看。”

“这个遍地野花要四月份应节气才行。这是在怀柔的度假村办的婚礼，那里的风景是真的美，这一次婚礼可算是给我们这小店创了招牌了，从那以后，有不少要结婚的新人都奔着这婚礼的模式到我们店里来咨询。我们店现在已经和怀柔的一个度假村达成了友好协作，凡是我们这家婚庆策划组织的婚礼，她们一律是八折优惠，别的婚礼策划同等的条件绝对比我们店要价格高。”魏岳指示着李佳楠，“你要是对这个模式感兴趣，你就看另外一册。”

李佳楠看着那唯美的婚纱、那遍地的绿草野花、那蓝天白云下的宣誓，有点儿心花怒放，随口问了一句，“这婚礼办下来得多少钱啊？”

“这婚礼分为几个套餐类型，第一类十万，宾客一百人以内，所有的一切我们全包。”魏岳说完这句笑盈盈地看着李佳楠。

李佳楠直接大呼，“这么贵！”

“低档一些的也有，比如八万八千八百八十八的，那婚宴的菜谱就不一样了；再有就是六万六千六百六十六的，这个就是自助餐了，只是西式冷点，红酒饮料，而且宾客人数只能控制在六十人以内；最低档的就是二万八千八百八十八，我们不管酒席饭菜，只是婚车、场地设计之类的，酒宴你们要自己去谈。”

“还是贵……看来这草坪婚礼我是办不起了。”李佳楠有些气馁地合上了画册，“还是按照传统的办吧。”

魏岳站起身甩了周子阳一根烟，“小子，你还真找了个好媳妇啊，

真会替你小子省钱,哈哈,让人羡慕。"

周子阳脸上笑了笑,笑容中却没有了刚才的自在洒脱,怎么看都不那么自然。

"传统婚礼也有套餐类型的,从三万八千八百八十八到一万八千八百八十八都有,呵呵,这都是为了讨个吉利数字,所有都用了'八'。这是套餐的所有细则,你看看。"魏岳找出一份很简陋的详单递给了李佳楠。

李佳楠接过来的时候直接皱了眉头,"这上面没有标价呀?"

魏岳一副慷慨的表情,"弟妹啊,咱们一家人不说两家话,你要是相中哪个套餐,价格我肯定按照成本给你办下来。"

"那先谢谢你了哦。"李佳楠拿出自己预先准备的小笔记本挨个与单子上的核对。她这段日子也没少咨询各大婚庆公司,所以这些个婚礼所需的条目她也心里有数,仔细核对了一遍。

周子阳则开始跟魏岳聊东聊西,说起了他们上学的事情,俩人正聊到兴头上,李佳楠找了一个与她想法差不多的套餐忽然问,"这个套餐要多少钱?"

魏岳接过来看了一眼,"弟妹可真会选,这可是性价比最高的一个套餐了,我们对外是两万六,成本价给你,你给我两万整就行了。"

"两万?"李佳楠竖着两根手指惊讶地脱口而出,随即她也意识到自己略微有些失态,只是微微牵动了嘴角,"这成本价也这么高啊,看来现在物价真的是飞涨啊。"

李佳楠的语气略显生硬了些,魏岳的脸色也有点儿不好看,瞥一眼周子阳,"这真是成本价了,弟妹要不信我就把详细的价格清单表给你写写。"

周子阳连忙摆手,"这不用,魏岳,我还能不信你么。"

"我看还是写一下吧,这样我心里也有个数啊。"李佳楠瞪了周子阳一眼,笑着把手中的套餐递给了魏岳,"魏哥,你也别多心啊,我本行也是搞策划的,对婚礼还真就没研究过,所以也跟你学习学习,没准将来咱们还能合作。"

"呵呵,原来弟妹也算是同行啊。"魏岳略微迟疑,话显得有点儿生硬,他没想到李佳楠真的会让他列详细的价格。

"什么同行啊,她就是一小广告策划而已。"周子阳笑着回答。

李佳楠极其不满地瞪了他一眼,"广告策划怎么了?拍广告的时候就用不着布景啊?"

周子阳一怔，脸色立即就沉了下来，李佳楠当着自己朋友居然如此不给他面子，他不免心里有点儿火。

“策划其实都大同小异的，算得上是同行！”魏岳在一旁解围，手上还写着各项目的价格。

待魏岳将价目表递给李佳楠的时候，李佳楠才意识到，这什么哥们儿啊，其实说到底就是宰熟！怪不得一见面李佳楠就觉得他这个人感觉上就不那么仗义呢，心下对魏岳很是鄙视。

“这舞台背景要六千块？”李佳楠撇撇嘴，像是自言自语地嘀咕，但那声音也恰好能让魏岳和周子阳都听见。

“这年头鲜花贵啊，你看舞台上的花都是百合和粉玫瑰、红玫瑰，这在鲜花里都是价格高的，而且我们店可都不用大批发市场的那种破烂鲜花，都是国外的种子，那鲜花的花朵可比咱们国内自己种的要大得多，虽然价格上贵一些，但是数量上绝对用不了那么多，反而更显得华贵、大方，绝对超值。”

“可是那舞台上也没多少花啊，就是一些曼纱之类的，再挂上几串彩灯而已，怎么也要这么多钱？”李佳楠一点儿都没客气，“要是六千块就太贵了，魏哥啊，我看其他婚庆都有自助选，你这里有吗？”

“嗯……自助选我这里倒是没有，但既然弟妹你开这个口了，你就自己选，你想要哪个项目你就记上，就不按照套餐的形式了。”魏岳递给李佳楠一支笔。

周子阳自觉有点儿尴尬，可李佳楠却没有他那么抹不开面子，几笔就划出来自己要的几个项目，“婚纱布景我准备自己单做；花门要三层鲜花就可以，我不要全鲜花的，其余的用粉色的纱抽成花就可以了；花道要八个就足够，因为我现在预选的婚宴的大厅都是长方形的，离舞台很近；婚车只要八辆奥迪 A6，头车要个加长林肯就行了，子阳也不会开车，就不要敞篷跑车了；这烛台我想要三层的；千层杯我不要了，我会自己订个三层的婚庆蛋糕。”

魏岳拿着李佳楠写出来的单子先是皱皱眉头，“你自己做布景？这东西没什么技术可言，但是很麻烦。”

“是啊，佳楠，自己做布景多麻烦啊，再说你有那么多时间么？你就都交给魏岳做得了。”周子阳一脸没面子地拽拽李佳楠。

“自己做起码能省一半的钱呢。”李佳楠小声嘀咕着，白了周子阳一眼。

“呵呵，弟妹还是不信我啊，我这给你的绝对都是成本价格，若是中间有一丝半点儿的赚了子阳的钱，我那是不要自己这张脸了。”魏岳这话虽然是说给李佳楠听的，但他看着的却是周子阳，“哥们儿，行啊，找了个这么会替你省钱的老婆，你下半辈子不用愁喽。”

周子阳咧嘴笑笑，只是笑容却比哭还难看，被魏岳挤兑的这两句更是火辣辣的不自在。

“我的花门只要三层鲜花，能不能再给点儿折扣呀？”李佳楠笑着问魏岳，魏岳连忙摇头，“弟妹啊，我这已经是赔本了。”

“不会让你赔的！”李佳楠脸上笑着，俨然拉开了一副要跟魏岳讨价还价的架势，周子阳刚才闷声不语的，这时候也有点儿沉不住气了。

魏岳接了个电话，然后转身看着俩人说：“对不住了，周子阳，我本来今天想请你跟弟妹吃饭的，但是刚才我家里来电话，来客人了，所以我这会儿得回去了。你跟你老婆好好商量商量，虽然你老婆是替你省钱，但是婚姻大事，就办这么一次，别那么抠抠唆唆的，让人看见笑话。咱们都是哥们儿我才这么提醒你，你们家两个大学教授呢，还会在乎这点儿小钱？我记得你上学的时候可不是这样啊。”魏岳颇有深意地看了周子阳一眼。

周子阳顿时憋得满脸通红，“我家佳楠就是这个脾气，呵呵。”

“那我先不送你们了，改天咱们继续商量啊。”魏岳脸上虽然笑着，可那语气却不如他们刚刚进门时候热络，反而显得冷漠。

“那魏哥咱们改天再详细谈了啊。”李佳楠笑呵呵的跟魏岳告别，周子阳则气得拽起李佳楠就走，人家这明显是嫌李佳楠左挑右挑的撵人了。

第五章　挖坟前的黑暗

周子阳的情绪很是低落，他一想起刚才魏岳对自己冷嘲热讽的样子心里就别提多不是滋味儿了。李佳楠看走远了，努着嘴唠叨着，“我看你这个什么中学同学根本就是宰熟，什么啊就要两万块，就那点儿破纱和破花，居然那么贵！还说成本价！”

“你有完没完啊？”周子阳忽然呵斥，让李佳楠吓了一跳。

李佳楠有点儿不明所以，“你怎么了？”

周子阳满脸不耐烦地看着李佳楠，“你要是不想在我同学这里办，你就直说，何必左挑刺右挑刺的？不就是两万块钱么？花就花了呗，你还自己做什么布景，我看你真是吃饱了撑的！”

“周子阳你这是什么意思？我要是不为了省钱，何苦在这里跟人砍价。再说了你那个同学根本就是宰熟，就你想充大头被人宰，我不想，我这些日子婚庆公司也没少咨询，哪个都能比他这个便宜。”李佳楠对周子阳的这股无名火很是不理解，“再说了，我花钱办婚礼，凭什么不能跟他讲价钱啊？我花钱我是顾客，我有权利选择合我心意的，你可倒好，好像你求着人家办事儿似的，你拧了吧？”

“我不想跟你说话。”周子阳冷冷地撂下这么一句，“你现在除了会算计钱之外还能不能想点儿别的？结婚本来是个挺浪漫的事情，我现在却感觉你这么庸俗。”

“你什么意思啊周子阳？我怎么着了我就庸俗了？”李佳楠不服气

地辩论。

周子阳狠狠瞪了李佳楠一眼，径自走到路口伸手招了一辆出租车，也不管李佳楠自己就上了车。李佳楠在后面追了两步，却看见周子阳让司机开车，气得李佳楠在后面跺脚骂，“周子阳，你混蛋！”

李佳楠站在原地，一直看着那出租车从自己的视线中消失。周子阳忽然走了，她也不想回家了，掏出电话约自己的死党，“美娜，在家吗？我要诉苦！”

“哎哟我滴天，明明是我来找你诉苦的，结果现在倒反过来成了我安慰你了。”李佳楠一脸苦笑地看着聂美娜。聂美娜窝在沙发里，手里捧着面巾纸的盒子，一张一张地擦眼泪，“你都要结婚的人了，还有什么苦要诉的，再说，你再苦，有我苦吗？”聂美娜不服地抗议，“我就不明白了，你说我差在哪儿啊？我名牌大学的本科学历，我家庭也不差吧？我爸妈不是当官的，但好歹做生意也有点儿小钱吧？而且我爷爷奶奶姥姥姥爷都是老一辈知识分子，我也算得上是书香门第吧？再说我自己，我长得虽然不能闭月羞花，可也不那么入不了眼啊，我怎么就到现在都找不着男人呢？”

“谁让你以前要求高啊，你要是我这个要求的，孩子不都满地跑了？”李佳楠无奈地说。

“我从来也没要求高啊！”聂美娜扔掉手中的面巾纸，“都是你们说我要求高的。”

“我找周子阳的时候你说周子阳不够英雄气概，不是八面玲珑类型的，将来容易吃亏操心；当初周倩嫁了个有钱人，你说嫁个土财主没有爱情没有品位；咱们同寝室的王阳找了个帅哥，你说小白脸都没好心眼儿。那我们自然就认为你的条件很苛刻，要不然你跟我说说，你到底想找个什么类型的？我也好帮你寻觅寻觅。”李佳楠笑着调侃聂美娜。

“你诬蔑我。”聂美娜很不满地朝着李佳楠扔了个纸团，“到现在你还笑话我，你知道我现在有多惨吗？前几天，我妈同事给我介绍个海归，我妈还特意来电话跟我说，这个小伙子她已经见过了，人很好，很有才气，长得也不错，而且三十岁了还没谈过恋爱，一心扑在事业上，我现在二十九了，跟他正好般配。”

“这不挺好的吗？”李佳楠挑了挑眉毛。

“好什么呀！我跟那个男的第一次见面，他整整迟到了一个小时不说，跟我吃饭的时候还频频看他那块破劳力士表，还把金利来皮鞋的脚伸出来好远，生怕别人看不见似的。这我都不在乎，他愿意显摆就显摆，我也不差那两个钱，也不是没见过钱，关键是你知道他什么样吗?”聂美娜提起这个声调都高了八度，放下手里的面巾纸比比画画地说，“那脸，就跟从炼丹炉里烧焦了蹦出来的瘦猴子一样！那个头儿，也就一米六出头！还动不动就跟我 sorry、ok、excuse me，他以为我是文盲听不懂呢！就这模样的，居然……他居然还没看上我!”聂美娜气得继续拿着面巾纸擦红得跟小白兔一样的眼睛，“我实在是不能接受，连这样一个不知道从哪个小破国家跑回来的‘海龟’都看不上我，居然，居然还说我穿得没有品位，我一身的香奈儿没有品位！我现在就搞不明白这到底是怎么了。”

李佳楠听完之后也不知道自己是应该笑好，还是应该替她感到悲哀，只能听着聂美娜自言自语地倾诉。

“我跟这个男人见面之后就给我妈打电话，我妈居然还说了我一顿，说我挑三拣四将来剩到家里嫁不出去，再找就只能找二婚的了，你说我可怎么办啊！佳楠，我有那么差吗?”聂美娜眼泪汪汪地看着李佳楠，李佳楠心里也酸酸的，“其实你挺漂亮的，家里还有钱，你们公司就没有合适的吗?”

聂美娜立即摇头，“我们公司都是老头子，没一个年轻的。”

“老的也行啊，他们不有儿子么……”

“那不是还没那么老么，孩子还都大学没毕业呢!”

李佳楠其实这话里带着调侃，可聂美娜这个时候什么调侃的话都听不出来了，抱怨了一通，聂美娜可怜兮兮地看着李佳楠，“佳楠……我，我饿了。”

李佳楠叹口气，“明明是我来向你诉苦的，结果到你这儿来光听你倾诉就算了，还得管你饭，我这是招谁惹谁了。”

“我要吃虾仁西兰花，我冰箱里还有五花肉，要不然你给我炖红烧肉也成……我一个星期都不用做饭了。”聂美娜丝毫不顾及李佳楠的抱怨，在一旁提着要求，“米饭别蒸得太软，我喜欢吃硬一点儿的。”

李佳楠白了她两眼，“你就会装委屈，我现在真后悔到你这里，我还不如回娘家呢。”

李佳楠嘴上唠叨着还是进了厨房，聂美娜哭够了，去卫生间洗了脸之后就守在厨房门口看着她，嘴里啃着苹果，“我倾诉完了，你可以说你的委屈了。”

“我还能有什么委屈？全都是周子阳呗！你说他同学宰熟，他就乐意当冤大头被人家宰，居然还说我挑三拣四，说我庸俗，我还没发火呢，他倒把我一个人扔下打车走了，你说他气不气人？”一想起周子阳，李佳楠的话匣子也敞开了。

“他干什么去了居然不告诉你？”

“他还能干什么？肯定是找顾新宇喝酒去了。”李佳楠一边切菜一边说，“我俩每次吵架他离家出走，都是去找顾新宇，喝个烂醉如泥就回来了，第二天跟没事儿人一样，我现在真是在想，我到底要不要跟他结婚，要说没结婚的时候吧，总想着还是有个名分好，可这开始筹备结婚的时候……我还真有点儿犹豫了。”

“那就别跟他过了，咱俩凑合凑合过一辈子得了，我倒不是要跟你同性恋啊，只是有你在我身边，我就不寂寞了。”聂美娜笑嘻嘻地看着李佳楠。

李佳楠立刻反驳，“我可不跟你过，整天还得我伺候你。”

“那你这么犹豫还跟他结什么婚啊？”

李佳楠歪着脑袋想想，“其实也不是不想跟他在一起，就是偶尔会想，难道我就这么嫁了？一辈子就跟这么一个男的在一起了？可又一想不嫁给他我嫁给谁呢？”

“你这叫婚前恐惧症，我听说很多女人结婚前都这样。”

“我不恐惧婚姻，可是……我也说不好是什么感觉。”李佳楠不禁摇摇头。

聂美娜很不客气地说，“你知道这是什么吗？你这就是习惯！习惯了跟周子阳在一起。每个人都有习惯的，最简单的例子就是很多人早上起来都先刷牙后洗脸，你让他换过来他就觉得很别扭；或者说有的人习惯开电脑就必须先挂上QQ，其实这也是一种习惯；若是脱离了这种习惯会很失落，可意识到这种习惯，却又觉得可怕，习惯可以改变一个人的生活。”

李佳楠一惊，连连点头，“你说得没错！你居然懂的还不少，真的是习惯，就好像两人恋爱的时候都是逐渐习惯了对方的存在，一天不接到短信就无所适从，两天不打个电话不见面，就会浑身难受，虽然这有互相吸引的成分在其中，但时间长了就成为习惯了。”

“所以你现在的问题，就是要不要真心接受这个‘习惯’一辈子。”聂美娜卷起袖子进来帮忙，李佳楠倒也没反驳，只是自言自语地说，“也许是吧。”

“你慢点儿喝，至于么？”顾新宇在一旁幸灾乐祸地看着周子阳拼命往肚子里灌酒，“看看你现在这副样子，面色憔悴，没精打采，要结婚的人怎么看着跟受了多大创伤似的？平时看李佳楠挺好的人啊，怎么把你折磨成这个样子了？”

“这不怪李佳楠，是我自己没本事。”周子阳一边喝酒一边说，“她喜欢算计钱，处处小心翼翼，还不是因为我没本事么？这些我可以扛着，我累，我让着她，哄着她这都可以，可没想到她居然这么不给我留面子，她要是嫌贵可以不在魏岳那里办，换个地方就好了，何必当面拆我的台呢？”

“魏岳那小子也不是个东西，都是老同学居然还宰熟，你也不能都怪佳楠，她就是那直性子的脾气。再说了，你要是当初听你妈的话，找个教育局长的闺女，还用得着算计这个？那钱还不可着劲儿地花？”顾新宇细细地品着酒，眼睛不停地扫着酒吧里来来往往进进出出的女人。

周子阳撇了他一眼，“别哪壶不开提哪壶。”

“李佳楠就是刀子嘴豆腐心，要说各方面也都跟你合拍，不然你也不会跟她在一起四年。换作是我，别说四年，四个月我都嫌长，这说明你们俩还是有共同生活在一起的基础的。不过，无论你怎么做我都支持你，你要是真觉得不合适就换一个。”

“换什么，这都打算结婚了。”周子阳忽然看着顾新宇，“人都说要结婚的人都是神清气爽，怎么轮到我就这么累呢？”

“你总得为你的爱情付出点儿代价吧？”顾新宇一脸贼笑，“你当初不听你家老头老太太的话，你就得自己担着，这路都是自己选的，你也怨不得别人，抱怨有什么用啊？你要解决问题。你啊，自己把自己整得太累啦。”

周子阳仔细琢磨顾新宇的话，微微点头，“你说的有道理，脚上的泡是自己磨的，这疼就得自己忍着，希望结完婚一切都能过去吧。”

顾新宇用酒杯撞了一下周子阳的酒杯，“说到底你还是舍不得李佳楠，喝酒吧，人嘛，活着就是逆来顺受，认命吧你。”

顾新宇忽然一怔，“子阳，刚进来的那女的……怎么有点儿面熟？”

周子阳回头看向门口，一个女人脱下随身披着的短貂外衣，里面是一袭紧身的红色连衣裙，齐腰的大波浪卷发让她本就高挑的身材更加性感，白皙的皮肤，大大的眼睛，那樱红的嘴唇为她增添了一份妩媚。从这个女人一进酒吧的门口，就有无数的男人向她看去，还不到

三分钟，已经有三四个服务生上前去递过纸条，那都是其他座位的男客发出的邀请。可那女人谁都没有理睬，只是在酒吧内环视了一圈，忽然对上了周子阳和顾新宇正看着她的眼睛。

周子阳的脸上有些不可置信的惊讶，他看向顾新宇，“那是她吗？”

顾新宇的眼睛一直盯着那女人没离开，等看见那女人朝着自己这方向走来，他拍拍周子阳的肩膀，“哥们儿，你的煞星来了，这么多年没见她居然出落得这么漂亮了，早知道当年我宁可没了你这个朋友也得撬你的墙角啊。”

周子阳推开顾新宇放在他肩膀上的手，“什么我的墙角，我跟她可什么都没发生过。”

顾新宇小声说：“你的墙角来了。”

徐卉习惯性地在每个星期四的时候到这间酒吧来喝上两杯放松放松，而今日便是例行之日。她在这一天从来不邀请任何人陪伴，因为她喜欢一个人的放纵，没有人认识她，没有人约束她，她习惯了成为众目下的焦点，习惯成为众星捧着的那轮月亮，可是当她看到面前的两个人，却有些发愣，待确认自己没有认错人之后，便加快了脚步直直地朝着那个眼神不断躲闪的男人走去。

“子阳，是你吗？”徐卉惊讶地看着周子阳，随即看向顾新宇，待确认地问：“顾新宇？”

顾新宇很绅士地挪了一下，将中间的位置让给了徐卉，“看来我做人还不是太失败，起码美女还记得有我这么一号人啊。”

徐卉笑道，“怎么不记得？当初我们寝室可是有不少你的追求者，我当然记得我们的顾大情圣，伤了多少女人的心啊。”

顾新宇微微摇头，“我的名声啊……”

徐卉一直看着周子阳，周子阳才不得不抬起眼皮看着徐卉，有些尴尬地笑笑，“好久不见。”

徐卉丝毫不顾及地直接将胳膊攀上了周子阳的脖子，“子阳，你这个‘好久’可是太久了吧？起码也有四年了，你还好吗？”

周子阳连忙躲开，“挺好的，你呢？”

徐卉虽然笑着，但那笑中带着些埋怨，“你是问哪方面？”

周子阳不知道该说什么，扬起头把杯中的酒一口喝干了。徐卉淡然地笑了笑，叫过来酒保，递上自己的会员卡，那酒保立即回到吧台后拿出来一瓶藏酒，倒了三杯。

“哟，我们的徐大小姐居然喝拉菲，比我们这些穷人是强多了啊。”

顾新宇笑着端起酒，仔细地品了品，“嗯……果然不错啊。”

“那是，你就是借着子阳的光，要是旁人我才不请他喝呢，这酒可是我去法国留学的时候别人送给我的，也就是我跟这家酒吧的老板熟，才放在这里偶尔招待一下贵宾。轩尼诗和杰克丹尼这类酒也配不上我们子阳啊，我的大高才生。”徐卉毫不客气地笑着说。

顾新宇也不介意，“脸皮厚，吃个够，脸皮薄，吃不着，徐大小姐，既然我是个借光的，我要求再来一杯。”

徐卉被逗得哈哈大笑，示意那酒保再给顾新宇倒一杯。

“子阳，这么多年没见，你怎么都不找我啊？”周子阳越是躲闪徐卉的目光，徐卉越是咄咄逼人，“我留学回来之后跟很多人打听你，他们都没有你的消息。当初我还跟我父亲推荐了你，他也很想见见你，你这个高才生居然躲起来不见人，今天既然再见了，你可别想逃了哦。”

周子阳沉默了半晌，终于开口说话了，语气有些僵硬，“徐卉……你比以前变漂亮了，更有魅力了，呵呵。”

“我再漂亮，再有魅力，还是就有某些人不知道欣赏啊。”徐卉的语气酸溜溜的，目不转睛地盯着周子阳不放，“你干嘛躲着我……不会是结婚了吧？”

周子阳摇摇头，“没结婚，但是也快了。”

徐卉的脸上闪过一抹失望，但转瞬就不见了，那张妩媚的笑脸凑到周子阳的跟前，“居然要当新郎官了，那结婚之前是不是先把咱们俩的恩怨一块儿算个清楚啊？大学毕业你不告而别，现在你还躲着我，我那么不招你喜欢吗？”

“徐卉，子阳他那时是……”顾新宇看周子阳有些脱不开身，走过来替他解围。

“顾新宇，我要让他自己说。”徐卉打断了顾新宇的话，顾新宇无奈地看了周子阳一眼。这时周子阳的电话忽然响起，他刚要接却被徐卉抓过去直接挂断了，然后用周子阳的电话拨通了自己的手机，随即对着周子阳展开了一个无比灿烂的笑容，“我不管你是不是要结婚，总之现在我又找到了你。你当我是普通朋友也好，我只希望你偶尔能够陪陪我聊天就行，我跟你大学四年的感情，连这一点儿都比不上吗？”

周子阳原本平静的心情泛起了涟漪，面对咄咄逼人的徐卉他没有任何办法拒绝，只好点点头，“好，我答应你。”

徐卉满意地一笑，“子阳，这是我四年来最开心的一天，你知道为什么吗？因为我见到了你。”

周子阳的脸色僵硬得如木偶一般，他不敢直视徐卉的目光，好像做了坏事的孩子怕被发现一样的畏畏缩缩。

三个人的气氛忽然有些尴尬，顾新宇本想趁机开溜却被周子阳给拽住了，也只好硬着头皮在这里充当高瓦数的电灯泡。

三个人不咸不淡地说了些无关痛痒的话，周子阳只觉得这对自己是一种痛苦的煎熬。终于，徐卉接了个电话之后便召唤服务生拿来自己的外衣，“我一会儿还有个生意要谈，改天再跟你联系，子阳，别不接我电话啊，也不许换电话号码。”

周子阳无奈地点点头，看着徐卉靓丽的背影在众多男人的注目下走出了酒吧。

顾新宇吹了一声口哨，“哥们儿，你想换人了吗？”

“换什么人？”周子阳明知故问，“她……不适合我。”

顾新宇拍着周子阳的肩膀，很认真地看着他，“你知道有多少人想娶她吗？以前咱们都不知道，她父亲就是颂创集团的董事局主席，她自从法国留学回来之后就一直在颂创做事，现在也算得上圈内炙手可热的人物了。”

“颂创？”周子阳不免一愣，这不是佳楠她们前些日子谈的那个集团么？“我以前怎么没听你说过。”

顾新宇倒是苦笑了两下，“这不能怪我啊，有一次我要跟你说但你却不让我提。这个女人，呵呵，以前多腼腆的一个小女生啊，啧啧，现在整个一勾人魂儿的妖精。”

周子阳也感叹了一声，“的确，我都快认不出她了，若不是……若不是她今天认出我，我是不敢将以前的徐卉和现在的她画上等号，她比以前漂亮多了。”

“你当初为什么跟她分手啊？”顾新宇忽然发问。

周子阳愣了半晌之后才缓缓地说，“因为……我现在也说不上因为什么，好像只是我毕业没考研，她又出国了，之后就再也没联系。”

顾新宇神秘兮兮地凑过来悄声问，“她现在对你仍旧恋恋不舍的，你……当初跟她……”

“别瞎说啊，我当初可跟她什么都没做过。”周子阳连忙撇清。

“周子阳啊周子阳，我一直认为你是伪君子，看来我真的错了，你是柳下惠再世啊！”顾新宇调侃着，“我今天一定要郑重地向你道歉，我以前误解你了，我才是真小人。”

周子阳仰头一叹，无暇顾及他耍宝，“走吧，回家，我倒期望今天没有见过她。”

“我打电话你怎么没接啊?”

看周子阳进了门,李佳楠略带埋怨地问,“不接不说,还给挂掉了,我可不是跟踪你啊,我是怕你跟顾新宇喝多了路上有危险。”

李佳楠说的是实话,因为有次周子阳跟她吵架之后就在门口睡了一晚上,结果第二天一早李佳楠发现他的时候,他浑身都冻僵了,一连发烧了一个星期。

周子阳只是淡淡地敷衍了一句,“我刚刚在路上。”

李佳楠没有继续追问,看周子阳很疲惫的样子,李佳楠倒了一杯茶递给他,“我今天见过聂美娜了,她的状况不太好,你公司有年轻未婚的小伙子吗?有的话可以给美娜介绍介绍。”

周子阳灌了几口茶,心不在焉地回答,“没有,她还需要别人介绍男朋友?她不是经常相亲么?”

李佳楠摇摇头,“每一次都没合适的。”

“先把你自己管好得了,还管得了别人。”周子阳看了李佳楠一眼,随即转过身去。

“子阳,我去烧点儿热水你洗个澡?”李佳楠起身要出去。

“怎么着?嫌我身上酒味重了?那你就直说,何苦拐弯抹角说给我烧水洗澡呢。”周子阳莫名的阴阳怪气,看了李佳楠一眼之后就不想再看。李佳楠在家里习惯素面朝天,而且随意找一件衣服就穿上了,头发乱蓬蓬的也不打理。以前周子阳不觉得,可今天晚上回来就看她特别的……别扭。

“真是好心没好报,你晚上喝的是酒吗?你喝的是戗药吧?”李佳楠本来觉得自己今天做得有些过了,决定等周子阳回来之后跟他好好谈谈,没想到他居然还没完没了了。

周子阳似乎也觉得自己有些莫名其妙,不知道为什么脑子里出现了徐卉那艳丽的身影,再看素面的李佳楠……周子阳连忙打消自己的念头,敷衍地哄了她两句,“好了,我这就去洗洗然后睡了,明天还要上班。”

躺在床上,周子阳虽然脑子昏昏沉沉,却无法睡踏实,李佳楠窝在他的身旁,不停地挠着他的痒,“子阳,我今天看到美娜觉得她很可怜啊。”

“嗯。”

“女人到一定年龄不结婚,心理都会变得很脆弱。”

“嗯。”

“唉，我现在都不敢想，如果当初没有遇见你的话，我会是什么样子呢？”

“嗯。”

“你怎么不回答我啊？”李佳楠问了好几句，周子阳都只是“嗯”一声，她轻皱眉头，压制住自己的不满，欠起身子凑近周子阳细声说，“子阳……你抱抱我好吗？”

周子阳的心里好像一个大木桶被撞翻了一样，他现在脑子里都是徐卉，刚刚李佳楠说的话他基本上都没听见……半晌，周子阳才回了一句，“你说什么？”

李佳楠彻底没了心情了，满脸不悦地推开他，狠狠地把被子裹在自己的身上还不忘嘀咕一句：“算了，不知道你今天是怎么了，真是莫名其妙。”

“哦，早点儿睡吧，晚安。”周子阳翻过身去，背对着李佳楠。这一夜，他过得很艰难……

拼婚第二计：顺手牵羊

这里说的“顺手牵羊”是指在团购的过程当中，让店家多附赠些小礼品，当然，这些小礼品也是婚礼上用得到的东西，节省购买琐碎物件的时间和金钱。这需要注意以下两点：第一，要和伙伴商量好，切记在谈妥价格之后再提出优惠的要求，否则店家可能不会给你最低的折扣；第二，与伙伴商量好，要求附赠的小礼品不可以贪多，要留给店家赚钱的余地，否则可能会在质量上和服务上找补他的损失。而且，即使店家给的礼品不是你暂时所需要的也尽管留下来，因为还可以与你现在一同拼婚的伙伴或者是未来可能出现的伙伴进行小物品交换，积少成多，必定能省去一笔不小的开销。

适用范围：婚庆彩花、喜帖、喜字、红包、红纸、福垫、红手帕等具有代表性的小物件，根据各地结婚风俗传统所需物品而定。

“你还真当自己能出版是怎么着？还认真上了。”看着李佳楠在不停地写着她的《拼婚三十六计》，周子阳在一旁不屑地说。

李佳楠合上了笔记本，“万事开头难，我试试总可以吧？”

“晚上可约了两个房东看房子，你还偏偏要赶在这之前定酒店，要是迟到了可别往我身上推责任。”周子阳略有些不耐烦。

“这不也是因为跟咱们团购的那几对新人都约的这个时间么？也不能因为咱们俩就重新换时间呀？而且其他那四对新人都联系好这个酒店了，加上咱们俩就凑够五对，可以打个九五折呢，酒店还提供一门免费新婚套房。”李佳楠特意加重了“九五折”几个字。

但周子阳却并不以为然，“九五折一共能省多少钱？再说了，结婚当天不回自己的新房住，哪有去住酒店的？”

“那……有就比没有强嘛，大不了我可以跟别人交换。”李佳楠特意拿出小镜子照照自己的脸，整理了一下头发。周子阳无奈地看向窗外，他忽然觉得这个他从小便居住的城市居然有很多陌生的地方，陌生的人，陌生的街道，这种感觉让他的心里产生出少许的落寞。

跟那几对新人会合之后，包括周子阳在内的五位准新郎干脆在酒店大厅里坐着，而五位准新娘则去了负责婚宴的经理办公室，围着那经理针对着婚宴的时间和菜谱不停地讨价还价。

最终，那名经理不堪众位准新娘的软磨硬泡，硬是在婚宴的价格上给抹去了零头，还附赠了一间新娘的化妆间，这五位准新娘才满意地离开。

“佳楠，昨天我给咱们一同订的那家影楼打电话，他们说要是拍外景自驾车的话可以多赠两幅 20 吋的水晶框，还给一个相册影集，你跟你家那位商量商量，咱们俩反正是一起订的婚照，最好就订在一天拍外景吧。”与李佳楠从头到尾一直搭伙的小月笑着说，“我也不想再找人搭伙了，人太多拍照的时间太短，可要是我老公自己开车去的话又有些得不偿失，你跟我一起吧，我让我老公借他们公司的金杯面包车，全都能坐得下。”

“行，油钱我出一半，要是能坐得下的话，我带我一个朋友去，可以帮咱们些琐碎的忙，还可以用 DV 拍下花絮。”李佳楠兴奋地说。

“那太好了，既然你带朋友拍花絮的话，中午的午餐就算我的，我这边还真没有空闲的人能帮我拍花絮。”

李佳楠也不是占便宜的人，她与小月是在网上认识的，两个人虽然都很能算计钱，但都只算计商家不算计对方，所以一直合作到现在。李佳楠拿出自己事先预备好的小礼品，“我前几天订婚庆蛋糕的时候，他们发了我不少优惠券，你们要是也订蛋糕的话就拿着。这家蛋糕店很不错，价格我也仔细研究过，性价比很高，味道也不错，还赠送婚庆蜡烛。”

李佳楠拿着优惠券给其他四位准新娘一人分了一份。“佳楠我正想要去订蛋糕呢,正好。对了,我前几天买了红手绢,但是我家里人也买了一打,重了,你们谁还没买就拿去分分吧。”

于是,五位准新娘在一旁乐呵呵地交换着她们各自的礼物和心得,甚至还有关于婚庆公司的所有资料。

“小月,你跟方慧都是订这个酒店,还都是一个宴会厅,只是一个八点婚礼,一个十一点半,干脆你俩都订一个婚庆公司得了,那些个花门、花道包括灯光布景,也就是用一上午的事情,如果重新再摆一遍要花不少钱的。”李佳楠在一旁给小月出主意。

“对啊,小月,咱俩一起搭伙吧,我是早上的婚礼,我可以多出一些钱,毕竟是我先用的,这样咱们摊下来都省不少。”方慧很是兴奋。

小月有些无奈,“可是我婚庆的订金已经交了,要早想到就好了。”

方慧的脸上也有些失望,“那也没关系,把你的婚庆公司介绍给我,咱们再去谈谈试试。”

几个人又絮叨了两句,便各自带着自己老公离开了。本来大家相处得不错,想要一起去饭店吃饭的,但李佳楠和周子阳还要去看房子,就只得暂时脱离队伍。少了李佳楠,小月和方慧也打消了聚餐的想法,只得改日再聚了。

订完了婚宴,李佳楠在自己的笔记本上画了一道,周子阳在一旁苦笑,“真是不问不知道,一问吓一跳,我原本以为我是最惨的,刚刚跟那几位一聊我才知道,敢情我是这里最幸福的一个了。”

李佳楠轻挑眉毛问:“怎么?”

“先说小月的准老公,自从俩人决定要结婚以后,他整天请假挨老板骂,都快被公司开除了。他成了小月的专职司机不说,他家里的父母、亲戚也都被小月调动了起来,个个都被指使得鸡飞狗跳、不得安宁。”周子阳有点儿幸灾乐祸地贼笑,俨然一副小人模样,看别人过得比自己惨顿时心里平衡了,“这结婚的女人是不是都自我感觉天老大,她老二啊?”

“是啊。”李佳楠笑了笑。

周子阳抬头看看阴霾的天空,苦笑着摇头,“都说婚姻是爱情的坟墓,光挖坟就是一个累死人的活啊。”

第六章　挖坟需要勇气

李佳楠和周子阳两个人匆匆赶到约定的地点，周子阳抬起手腕看看表，“已经迟到了俩小时了。”

李佳楠不以为然地瞟了周子阳一眼，小嘴一嘟，“我是他们的顾客，来晚了又能怎么着，房子要是买成了我还得付给他们提成呢！”

“这是态度问题。”周子阳摇摇头，“跟你讲不清道理，你现在自大得有点儿过分，要结婚的女人啊，真可怕。”

李佳楠没有生气，反而轻笑了一声，推开房产中介公司的门找到了之前联系好的那个地产经济人。

“是李小姐吧？这位是您的先生？”那名房产经济满脸堆着微笑，伸出手来与周子阳轻握，“这位先生在哪里工作啊？”

“我男朋友是一家科技公司技术部的组长。”李佳楠笑着看了一眼周子阳，眼神中充满了自豪。她知道周子阳不擅于交际，所以率先替他答话，可是在周子阳的眼里，李佳楠完全是穷人乍富的显摆。

向那房产经济微微点了点头，周子阳淡淡地扯扯嘴角，“您好。”

那名房产经济自我介绍，“我叫刘旭东，你们直接称呼我为小刘就行了。这个房子的房东刚刚通知我有事不能过来了，你们先别急，我也是二十分钟前接到的电话，我们这里还有一套是跟你们相中的那套一样的户型，不如我带你们先去看看这套？”

李佳楠面色有点儿不快，“那你为什么二十分钟之前不提醒

我们?”

“李小姐,我现在想带您跟您先生看的这套户型跟你们相中的那套一模一样,若是你们觉得户型可以,我明天再约那房东来确定一下,要是没有相中,明天也没必要再跑一趟。其实我这也是为了你们节省时间和精力,绝对没有欺骗你们的意思。”小刘仍旧是一副谦卑的微笑。李佳楠心里很不痛快,她打心眼儿里不喜欢被这些房产经济牵着鼻子走,正想要挖苦两句,周子阳轻轻捏了一下李佳楠的手,“反正已经来了,你就带我们去看看吧。”

“好的好的,离咱们这里很近。”小刘看周子阳同意了,连忙给李佳楠和周子阳开门,三个人一起朝着那房子走去。

“这套房子绝对是这一带户型最好的了,一间卧室是阳面,很适合刚结婚的夫妻俩居住,而且这套房子的价格在同路段的房子当中绝对优惠,这个不用我说你们也能知道。虽然这个房子不是精装修,但是更符合现代人简单的特点,若本来就是精装修,不但价格上不会有所优惠,还可能不符合你们两位的品味,若是拆了再装反而复杂了。”小刘边说边走,一张嘴全都是在夸这个房子如何好。李佳楠看他说个不停,心有点儿悬了起来。

“咱们还得走多远啊?”李佳楠问。

小刘正在夸房子,被李佳楠打断有点儿尴尬,连忙回答,“还有五六分钟就到了。如果您相中这套房子的话,得尽快交定金,因为现在的二手房行市很不错,我们每天起码要带上百个客户看房,而且现在这类小户型的二手房也最受欢迎。”

李佳楠看着小刘勉强地笑了一下,“居然这么受欢迎啊,那你们一个月的指标是卖出去几套房啊?”

“我们一个季度的指标是三套房。”小刘不假思索地回答。

“每天那么多人看房,一个人一个月能卖出去一套房就可以了啊?”李佳楠这话说得语气生硬,小刘也尴尬地笑笑,“是啊,我是新人,工资低,绩效指标也不高。”

周子阳看着李佳楠,朝她挤挤眼睛,李佳楠撇撇嘴不再回话。李佳楠就是这个性子,从来也不给人留什么面子,周子阳是再清楚不过了。

终于走到一个普通民居的楼下,小刘带着李佳楠和周子阳上了楼。

“这房子是在二层,上下楼十分方便。”小刘笑着先行几步上了楼,掏出钥匙打开房门。李佳楠穿着高跟鞋走得慢，看着楼道里摆放的全都是乱七八糟的废旧木头和杂物，她的心里很是反感，不由得嘀咕了一句，“这楼也太破了……”

周子阳皱皱眉回头看她，“又想要房子便宜，还得房子物业管理好，哪那么多好事儿等着你啊？”

李佳楠刚要回嘴，已然是踏进了那房子的门。

李佳楠和周子阳看到房子心里顿时就“咯噔”一下，沉到了肚子底。周子阳站在门口都没有进去，李佳楠抱着胳膊，在里面走了一圈，指着那房子问，“你说这房子有五十平米？”

小刘挠头地回答，“应该有吧……可能是建筑面积。”

李佳楠看着那只能放一张双人床的卧室，还有那狭长到只能并排走两个人的客厅、只能站进去一个人的卫生间，还有布满油烟爬着蟑螂的厨房，火气顿时就上来了。

“你刚才跟我把这房子吹得天花乱坠，就这个？我十步就走到头了，有五十平米？你们实在是太骗人了吧？有这样的吗？这房子卖两万块钱一平米，你们抢钱呢？连西四的平房都比你们这房子条件好。”李佳楠朝着小刘数落个不停，“还什么有信誉的中介公司，我看你们中介的人就都是骗子，你自己也长眼睛了，你拿尺量量再说话。”

“我……其实我也没来过这个房子，我也是按照房东的口述登记的。”小刘似乎也没想到这个房子的状况居然这么糟糕，“要不然等明天你们再来看看当初相中的那一套吧，那一套是装修过的，绝对比这一套的条件要好很多。”

“就这样还看什么啊？这房子也就只有二十几平米，再装修能装修出花来怎么着？”李佳楠看着墙上爬着的蟑螂连忙就出了屋子。

“老房子都有蟑螂，这个是不可避免的。”小刘仍旧赔着笑容。

李佳楠拽着周子阳就往外走，“真是个骗子公司，我再也不相信中介了。”

“李小姐，我可以再带你们看看附近的其他房子。”小刘连忙关上房门，追着李佳楠的脚步走了出来。

周子阳心里虽然也很是凄然，但不死心，回头看着小刘问，“这附近的一室一厅还有什么样的房子？”

小刘连忙抓着周子阳，“附近有一个高层，是精装修的，整个楼是二十六层，那间房子在第二十层，建筑面积是五十平米，绝对比这个房子好，我上一次带客户去看过的。”

李佳楠冲周子阳使了个眼色，随后问那小刘，“那客户为什么不买？”

小刘一怔，“可……可能是他后来没有到这附近来工作吧。”

“你也不要再给我介绍什么房子了，我根本就不相信，你们这中介实在是太荒谬了，简直就是可笑，你当客户都是傻子吗？带着我们看了一个很不满意的房子之后，再提出带我们看比我们理想中的房子更高一档次的房子？我对你们的信誉很没有信心，我看还是就此再见吧。”李佳楠横眉冷对地说完，拽起周子阳就往车站走。

任凭那小刘在后面一直陪他们到了车站，李佳楠都没有再跟他说上一句话。

上了车，李佳楠还不忘隔着车窗玻璃瞪了小刘一眼，“简直是不可理喻。”

周子阳坐在她身边，叹了口气，“我发现你现在脾气越来越大，而且还很挑剔。”

李佳楠不满地瞪了一眼周子阳，“我怎么挑剔了？难道刚刚那中介不是骗人吗？把房子说得那么好，结果是那么个破屋子。我看着像好糊弄的人吗？”

“你不好糊弄，可你没看上人家房子就没看上呗，何苦把人劈头盖脸骂一顿呢。”周子阳一张苦瓜脸，带着些许倦意，带着些许无奈。

“可他们本来就是骗人，耽误了我的时间耽误了我的精力，我没有告他们就不错了，难道连发发牢骚都不行？”

“行行行，”周子阳连连点头，“秀才遇见兵，有理说不清，咱们赶紧去见下一个房东，别磨嘴皮子了。”

李佳楠瞟了他一眼，“说得好像我多不讲理似的。”

周子阳手杵着下巴，闭上眼睛靠在车窗上假寐，不再跟李佳楠说话。李佳楠也没有不依不饶，掏出皮包里的笔记本翻开，开始写这一个星期的行程计划。

这一路上那另外的房东一共来了五次电话催李佳楠，说是家里还有事情。李佳楠无奈，只好把周子阳叫起来两个人匆匆下了车，拦了一辆出租车，花了三十块钱到了约定的地点。

两个人紧赶慢赶地到了约好房东的地方，早已经有一个大娘等在那里了。

“您是王……王大娘对吗？”李佳楠上前攀谈，那大娘说起来也有将近七十岁了，抱着胳膊一脸笑眯眯地看着李佳楠，“对啊，你就是小李吧？”

李佳楠连忙点头，“是啊，这是我未婚夫，我们一起来看房子。”

那王老太太仔仔细细地打量了周子阳一番，然后问：“你身份证拿出来看看。”

周子阳一怔，“拿身份证干嘛？”

王老太太立即横眉，“你们是来买我房子的，我当然要记一下你们的身份证号了，还得留给我个身份证复印件之后才能带你们看房子，万一你们是骗子怎么办？到时候我家里的东西被偷了，被抢了的，我找谁哭去？”

“可万一你是骗子呢？你留下我们的身份证信息去做一些非法的勾当，我们岂不是得不偿失？”周子阳看着老太太那一副趾高气扬的模样就有些气不顺，李佳楠瞪了他一眼，周子阳就当没看见。

“啊哟，你这个小伙子怎么这样说话？我这么大岁数的老太太被你说成骗子，你还有没有道理了？我那房子可是精装修带家具家电的，我又不在这里住，若是被小偷惦记上了，我该怎么办？你们不把身份证拿出来给我看的话，我就不带你们看房子。”老太太干脆双手一叉，一副爱答不理的样子，让周子阳更是生气。

李佳楠连忙拉住周子阳小声说，“你刚才在车上还说我不讲理呢，她一个老太太能怎么着，你就把身份证给她看一眼，咱们看了房子不就完了？”

周子阳叽歪着，“没见过这样的，今天真是衰。”

看着李佳楠那一脸认真的表情，周子阳很不情愿地从钱包里抽出身份证递给她，李佳楠安慰似的捏了捏周子阳的手，随后拿着周子阳的身份证递给老太太。老太太从兜里掏出老花镜架在了鼻梁上，很是认真地看着周子阳的身份证，看着周子阳身份证上的照片又跟他本人核对了好几次才放心地点点头，“原来是咱北京人啊，算了算了，我也不要什么复印件了，跟着我去看房子吧。”

老太太把身份证还给李佳楠，李佳楠立即拽着周子阳跟在老太太的后面。一路上，这老太太基本上句句都在吹嘘自己的房子如何如何好，可是李佳楠和周子阳经历了刚才那中介公司的一遭囧事之后，对这老太太的房子是如何的“精装修”也就没太往心里去了。

“不是我多心，实在是现在外面太乱，上一次我们楼上的邻居也是卖房子，结果当天晚上就被人偷了，后来才知道是因为随便带着租户去看房子。也有人劝我去找中介公司，但是我这个人啊还真就不大相

信中介公司，那些人都是两头骗然后自己捞好处，我只相信我自己的眼睛。”王老太太回头看看李佳楠和周子阳，为刚才的尴尬打着圆场。

“没关系，谨慎点儿还是好。”李佳楠随口附和着，拽着臭着一张脸的周子阳跟着老太太进了一个很是僻静的小院儿。

“这房子是〇二年的，我儿子现在到东城买了大房子，接我一起过去住，让我把这个房子卖了。人家都跟我说还是租出去合适，但是我这么大岁数了可实在是折腾不起，还不如卖了得了。”老太太指着前方的一个二十多层的高层住宅，“就是这个楼，现在看着还挺新的吧？”

李佳楠心下颇有点儿期待，“大娘，这房子是几楼啊？”

“二十一层，是个顶层，二十四小时电梯，夏天的时候可以打开楼顶的门到楼顶上去乘凉，放个杂物什么的都可以，跟物业说一声，他们也不会管的。”

几个人进了楼直接上到二十一层，老太太打开门，还不忘回头嘱咐，“这屋子里是地板，给你们鞋套。”

周子阳在后面小声嘀咕，“这老太太事儿可真多。”

两个人进了屋，才知道为何老太太这般谨慎，因为房子保养得实在是很不错！

三十四吋的液晶电视、海尔的双开门冰箱，虽然房子只有四十七平米，但是显得格外整洁干净。地板擦得锃亮锃亮，厨房是一套黄色的整体橱柜，卫生间虽然只有五平米，但有一整面墙的落地镜，显得格外明亮。一个细长条的阳台摆放着整齐的杂物，阳光投射进来丝毫感觉不到冬季带来的寒冷。

“这房子还真不错啊。”李佳楠屋里屋外走了好几圈，心里倒是很满意。

周子阳只是微微点头，想要点根烟抽，可看到那老太太一脸的厌恶，掏出来的烟只得又放回了烟盒中，语气淡淡地问：“大娘，您能把产权证拿出来给我们看看么？”

“等你们定好了之后，我自然会给你们看产权证的，或者你们先付定金。”老太太拒绝得很干脆，周子阳不以为然地撇嘴，“交多少定金？”

“先交房款的三分之一。”老太太指着房间里的家电，“这些家电可都是我新买没多久的，折算成七折卖给你们，我的发票单据都留着呢，上面的价钱也都清清楚楚。”

“你这房子当初写的可是赠送全部家电家具的，现在怎么又改七折了？”周子阳语气生硬，“你要是不给我们看产权证，我们也不能确定这房子到底是不是你的啊？再说，首付定金哪有直接付房款三分之一的？你抢钱啊。”

李佳楠偷偷地拧了周子阳后腰一下，“你怎么这样说话啊。”

“我怎么着了？她也不能因为岁数大就欺负人啊。”周子阳紧皱眉头数落了李佳楠。

那王老太太立即不乐意了，“我怎么欺负你们了？你这个小伙子实在是太不懂得尊重人了，我这样一个老太太等着你们来看房子，结果还被说成是骗子，你这个小伙子有没有素质？”

“我没有素质!”周子阳冷笑一声，“也不知道咱们谁没有素质，你出去问问行市，您还以为自己是银行啊，要首付三分之一的房款做定金？明明说好赠送全部家具家电的，现在又要七折卖给我们，也不知道是谁没素质。”

“你这个小伙子实在是太过分了。”老太太指着周子阳斥责。

“我只能付五百块定金，而且家电家具我不要，你都搬走，我们自己买新的。这房子你愿意卖就卖，不愿意卖就拉倒。”周子阳掏出烟，也不顾老太太是否愿意，径自点燃开始吞云吐雾。

王老太太颤颤巍巍的手指着周子阳，怒声呵斥，“你，你给我出去，这房子我不卖给你们了，我不会把房子卖给你们这样的人!”

李佳楠刚要上前解释，被周子阳狠狠拽了回来，“不卖拉倒，倚老卖老，我们是买房子的，你是卖房子的，现在反倒成了我们求着你似的，我看您还是想开点，小心离开人世那天钱没花了。”

“出去！给我出去……”

等老太太的声音从屋内传来，周子阳早就拽着李佳楠进了电梯了。

“你这个人到底是怎么回事儿啊？这房子多好啊，我联系了俩月了，还没见过这样的房子呢，你倒好，平时不吭声，这一吭声差点儿给老太太气背过气去。”进了电梯，李佳楠的嘴不停地埋怨着。

“我没看上这房子。”周子阳也不知道肚子里哪儿来的一股无名火，他就是看老太太不顺眼，似乎潜意识里就不想买这个房子。

“这房子你还没看上？不过这老太太的条件也的确是苛刻了点儿，但是还能商量啊。”李佳楠还有点儿不死心，“要不然我再上去跟她说说?”

“你不怕她大扫帚给你打出来啊?”周子阳紧紧拽着李佳楠的胳膊，“别去了，这老太太根本就不靠谱，我们再找别的房子吧。”

李佳楠有点儿泄气，“卖房子的遍地都是，可想买到合适的还真是不容易啊，”她埋怨地看了周子阳一眼，“平时一杠子打不出半个词儿来，今天居然会说这么狠的话。”

周子阳吸吸鼻子没回答李佳楠的话，其实他刚刚都不知道自己怎么能说出那么刻薄的话，这么多年他从来没有对一个长辈这样说话，或许在那老太太的眼里，自己就是一个无赖吧？可那又怎样？

折腾了一天，两个人事先预定去看的房子都以失败而告终，李佳楠回到家就躺在床上呼呼大睡，第二天一早仍旧是麻溜地起床上班，连早饭都没顾得上吃。今天早上要召开项目会议，她这个主持者自然要提前到公司准备准备。

“颂创集团是我们公司今年的首要大客户，上一次我去颂创集团洽谈这个项目也跟他们的项目总监见了面，她肯定了我们的努力，但是这还不够，这个策划案还需要大量修改，我们必须要做到颂创集团百分之百满意才可以，所以，今天召开这个项目会议的主要目的就是讨论一下修改方案。”

李佳楠扫视了一圈项目部的这些人，“我先说一下我的意见，我认为我们上一次广告的文案创意并不能够完全突出颂创集团的产品特质，特征语言不够凝练，这也是策划案失败的最主要的一个原因。”

“小王，你这个文案还是不够详细，没有抓住产品的本质特性，无法给人耳目一新的感觉，还需要修改。”李佳楠把自己批示过的文案递给了小王，“你的不足我都已经给了批注，你可以参考一下世界五百强同类产品的广告案例，然后对比一下你这个文案的缺陷在哪里。”

“好的，我稍后就回去看。”小王把文案接过来，看着李佳楠在上面用红笔写的批示，脸上一喜，“谢谢佳楠姐，有了你的批示我起码知道方向了。”

李佳楠微微一笑，“我们没有多少时间，所以希望各位都能够全力以赴，争取拿下这个项目。晓茹，你的创意也需要重新做。”

李佳楠拿出另外一份文案递了过去，“参考世界五百强同类产品的创意，我希望在明天下班之前你最少交五个创意出来。”

张晓茹并没有把文案接过去，反而横眉冷对地看着李佳楠，“你累死谁啊？两天做五个方案？”

“拿了公司的钱就要替公司做事，这是天经地义的事。”李佳楠看着张晓茹，脸上没有丝毫的妥协，“而且两天时间做五个方案出来一点儿都不难，我希望你能够全力以赴。”

“我怎么不全力以赴了？李佳楠你说话可要凭良心，这文案说是你做的，其实还不都是我跟小王两个人没白天没黑夜地查找、汇总资料才行的，你凭什么在这里指手画脚的？我看你是到颂创集团碰了一鼻子灰，回来找我们的麻烦。”张晓茹冷冷地扔下一句话，“两天我做不了五个方案，最多做三个，一个月就两千块钱工资你还指望着我下班时间做啊？”

“你这是什么态度？”李佳楠语气冰冷。自从自己负责这个项目之后张晓茹便处处跟自己作对，李佳楠平日不愿意跟她多计较，但是这一次她实在是很生气，现在是整个项目部在一起开会，张晓茹居然如此给自己下不来台，李佳楠脾气再好也绝对不可能任她这般的肆意妄为。

眼看着李佳楠火了，张晓茹一副得逞的模样，“怎么着？你自己乐意去舔领导的脚底板子，还得让我们垫背啊？”

同事们议论纷纷，李佳楠又何尝听不明白张晓茹是什么意思，她始终认为自己跟王春和有点儿猫腻关系，那只是私底下传的闲话也就作罢，李佳楠不想越描越黑就装不知道，但是在全体大会上说这件事情可就是张晓茹太过分了。

“请你自重。”李佳楠忍着满腔的怒火，把刚刚那份文案扔到张晓茹的跟前，“我希望明天下班之前能够看到你的五个创意，不然我不排除换人的可能。”

“你还威胁我怎么着？也不看看你自己有几斤几两，还真当自己是个人物了？换人与否也不是你李佳楠说了算的，少在这里跟我充大瓣蒜。谁不知道你跟王春和的关系啊，你有什么能耐啊李佳楠？除了会勾搭男人。”张晓茹站起身，“老娘我不伺候了，你要是换人的话随便。”

李佳楠气得满脸通红，所有的同事全都当没听见低头看手头的文案，张晓茹趾高气扬地看着李佳楠，一副挑衅的模样，“没词儿了吧？要开除我也得人事部说了算，况且我签的是两年的合同，无缘无故开除我是要给我补偿金的！”

“张晓茹你太过分了！”李佳楠终于忍不住爆发了，她心底涌起了一股抓住张晓茹的头发狠狠打一顿的冲动。李佳楠的眼眶发红，眼泪就在眼圈里面打转。她根本就想不明白，这个张晓茹即使惦记着自己的位置，也用不着这么刻薄吧，似乎刻薄得有点儿过分了。

“你怎么着吧？”张晓茹梗着脖子看李佳楠。

“你被开除了。”

一个冷峻又熟悉的声音在会议室里响起，所有的人都不由得往会议室门口看去，说话的人不是别人，正是王春和。

张晓茹的脸色很是难看，那眼神之中甚至带着些许愤恨，“王春和，这可是你说的？”

“是的，刚刚所有人都听见了，你被开除了！”王春和的脸色很是淡漠，没有气愤，也没有无奈，连李佳楠都不知道为何他会是这样的表情。

而一直跟自己作对的张晓茹却一反常态地指着王春和连连发抖，“好！这可是你说的，你别后悔！”

张晓茹疾速地冲到自己的办公桌前，很快收拾起自己的物品，拎着包就要出门。

王春和突然叫住了她，“张晓茹，等一等。”

张晓茹停下脚步，一脸玩味地看着王春和，“怎么？”

王春和指着赵丽娟，“给她开离职证明，下个月的一号补齐欠她的工资。”

张晓茹的脸色“唰”的就变了，王春和看了李佳楠一眼，“开完会之后到我办公室来，你们继续。”

李佳楠看着张晓茹疾风而去一样的背影，心里多少有些凄然，她感觉到了张晓茹和王春和之间的不对劲儿，但至于是怎么个不对劲儿她暂且还说不出来。接下来会开得甚是顺利，李佳楠找了项目部另外的一名同事负责这个项目的创意，再交代了几句注意事项之后便散会了。

顾不得众人的七嘴八舌说闲话，李佳楠直接从会议室去了王春和的办公室。

“王总。”李佳楠心里始终忐忑不安，她很想开口问问王春和和张晓茹之间的关系，但知道不能问，而王春和看起来也没有想要对这件事情作什么评价。

“这是颂创集团刚刚传过来的最新产品信息，我看了一下，这信息很详细，所以这个项目如果我们再拿不下来就是我们自身的能力问题了。”王春和将资料递给李佳楠，“你这两天暂且放下手头的文案，将这个产品信息作一个最系统的细节拆分，然后再考虑下一步文案的事情。”

李佳楠接过文案，“好的，我一定全力以赴。”

王春和捻灭了手中的烟，“我相信你行的，去干活儿吧。”

李佳楠悻悻地离开了王春和的办公室，站在门口长长舒了一口气，她深知自己今天也有些意气用事，不过张晓茹没了工作倒也是挺惨，看她临走的模样李佳楠的心里也并不好受。

看李佳楠耷拉着脑袋从王春和的办公室出来，众同事都掩饰着偷看她。李佳楠回了自己的座位，小王上前劝慰了两句，“佳楠姐，别往心里去，那张晓茹被开除也是活该……王总没骂你吧？”

李佳楠微微一笑，“没有，王总还是希望我们能够将这个项目做好，这就足够说明一切问题了。”李佳楠故意将说话的声音放大了些，让其余都竖着耳朵的同事都能够听得见。

小王憨憨地一笑，“那就好，我去工作了。”

“佳楠，做饭呢？”邻居孙洁走进了厨房，“我听说你跟你家那位要办婚礼了呀？结婚的日子选了吗？”

李佳楠苦笑，“选了。”

“哟，是托人算的吗？结婚的日子可真要好好算算呢，不然碰上不宜婚嫁的日子可不大好，我当初跟我前夫结婚的时候就没选好日子，结果……唉，反正你们现在的年轻人也不信这个，但我劝你还是找个人给看看，若是日子不那么理想也不能改期的话，就找个人给破解破解，不差那几个钱。”孙洁笑着说。

李佳楠应了一声，她其实是个无神论者，不太相信这些个黄道吉日之类的算命，可让孙洁这么一说，李佳楠反倒心里犯嘀咕了，一晚上做饭都在想着，我结婚的日子到底好不好？

周子阳还未回到家，李佳楠自己吃过饭打开电脑，忽然想起了算命网便开始上网查找。

“要注册？”

李佳楠又下载了几个算命软件，等了半天才下载完，“《婚姻与命运》、《周易生辰八字详解》、《你的命运是什么下场？》……”

李佳楠努着嘴，“这都不是啊。”

“单机游戏？”李佳楠有点儿哭笑不得，这都是什么啊，现在的网络虽然发达，可是假资源却实在是不少。李佳楠又寻到了一个还算不错的网站，下载了一个 11MB 的软件，“AV 电影？”

李佳楠还未来得及关闭，忽然电脑黑屏了！

“完了，中毒了！”李佳楠有点儿发蒙，这电脑是周子阳的，里面还

存着很多的资料!

周子阳刚刚进屋就看到李佳楠手忙脚乱地正在摆弄电脑,“你干什么呢?”

“子阳,电脑中毒了!”李佳楠抬起一张苦瓜脸看着他,“我不过是上网查查咱们结婚的日子是不是黄道吉日,结果就……”

周子阳一惊,连忙把李佳楠拽一边去,自己埋头在电脑前面一声不响地操作。李佳楠看他那焦急的模样就知道自己可能是犯错误了,也不吭声就在一边看着。

半晌,周子阳回头朝着李佳楠一声怒吼,“李佳楠,你吃饱了撑的怎么着?我早就说过不让你碰我的电脑,现在我给人家做的软件全都没了!”

“啊?”李佳楠张着嘴,“有那么严重?找不回来了吗?”

“你给我找个试试?”周子阳有些狂躁,“我就说你一天天的不是好得瑟,我明天就要给人家交产品,你现在让我上哪儿找去?”

“你怎么没备份啊……”李佳楠怯怯地说,她心里有点儿不服气。

周子阳指着李佳楠的手有点儿哆嗦,“你别无理辩三分,我暂且先不跟你说这个事儿。”周子阳从兜里掏出电话,打开语音记录并且按下扩音器放床上一扔,那里面传出来的都是张晓茹和周子阳的对话,里面无非是大骂李佳楠和王春和有苟且之事的话语。

周子阳冷着一张脸,“你还有什么话可说?”

李佳楠傻了,呆呆地站在门口不知所措,“她这是诽谤!”

“你别整天说别人,我说你们那什么王总会好心提拔你?你李佳楠是比别人能力强啊还是比别人长得漂亮啊,凭什么项目部那么多资历深的不提拔,偏偏要提拔你呢?你当我傻子啊!还两万块钱提成,狗屁!”周子阳斜靠在凳子上阴阳怪气地看着李佳楠,“我不会单单相信张晓茹的话,但所谓无风不起浪,李佳楠,你都是要嫁人的人了,守点儿妇道!”

第七章 原来是你

李佳楠没有想到周子阳会像现在这样的歇斯底里，就好像一头发了疯的狮子露出尖锐的牙齿在朝着自己狂啸。她心里憋屈得好像塞了一团烂棉花，有委屈有惊骇还有满脸的愤怒，这愤怒自然是源于周子阳对她的不信任。

“周子阳，你凭什么这样说我？我跟王春和什么事儿都没有，张晓茹是因为嫉妒我才这么说的，你居然相信一个外人说的话都不相信我，你太让我失望了！”

“我让你失望？你还好意思说是我让你失望？”周子阳歇斯底里地朝着李佳楠大喊，“对，我是让你失望，我没钱，没房子，没车，连一身像样的婚纱都买不起，那你还要嫁给我？”

“你怎么扯到这上了？”李佳楠紧皱眉头，“简直就是不可理喻。”

“我不可理喻？”周子阳忽然抓起李佳楠记事的小本，“你整天拿着个本子算计这个钱，算计那个钱，在我面前嘀咕买不起这个买不起那个，我都忍了，可是我就再穷也绝对不会让我还没结婚的老婆靠勾引男人上位得项目拿提成，你当我是什么了？”

“你到底在胡说什么？”李佳楠气得眼泪不停地往外流，“我算计着钱过日子怎么不对了？你以为我乐意这样啊？”

“李佳楠，你就是个成事不足败事有余的女人，我的脸都让你丢尽了。在我同学面前你给我下不来台我忍了，今天那个什么张晓茹打电

话到我公司，我多少同事都听见她在电话里大喊大叫说你勾引男人，你让我以后还怎么见人？别人怎么样看我？”周子阳朝着李佳楠大吼，李佳楠也不吝他这般的咆哮，她不能忍受别人往自己身上泼脏水，“我没有！周子阳我告诉你，我从来没有做过对不起你的事情！”

“够了！”周子阳把那笔记本扔在李佳楠面前，“我不是三岁小孩子，别用这种话哄我。”

周子阳冷冷看了一眼哭成一团的李佳楠，头也不回地摔门出去了。

“周子阳，你给我回来！”李佳楠起身追到门口，只听到一声重重的门响，她蹲在地上哭了半天，才缓缓站起身慢慢踱回自己的屋子。她余光看到孙洁的门开了一道细小的缝隙，那女人肯定在看笑话了。李佳楠心中憋着气回到房间内穿上外衣也离开了家门。

李佳楠出了门站在原地呆了半天，她不知道自己可以去哪儿，回娘家？她不想让父母再跟着自己操心。去找赵姐吐吐苦水？李佳楠旋即又摇头苦笑，她现在已经惹了一身闲言闲语，不想再见到同事了，似乎也只能去找聂美娜了。

“这女人也太可恶了！绝对不能饶恕她！”聂美娜一边吃着薯片一边大骂张晓茹，“她这是诽谤！应该去法院起诉她，我认识个律师，我介绍给你。”

李佳楠的心情已经跌到了谷底，满腔的愤怒还未等全部倾诉出来，却发现聂美娜比她自己还要生气，不断挥舞着拳头扬言要去法院。

“去什么法院，还怕别人都不知道啊。”李佳楠擦了擦沾在脸上尚未干涸的眼泪。

“你现在纵容她，她将来还会找你的麻烦，难道你就打算这样一直忍下去？我真没看出来周子阳居然是这样的男人，你跟了他四年，不说别的，咱们大学同班的男生有好几个对你有意的，都被你拒绝了，这四年同学聚会你都很少参加，你不就是怕他小心眼儿避嫌么，结果现在怎么样？身正不怕影子斜，咱们是受害者，还怕了她们不成？周子阳要是不跟你道歉你就别回去。”聂美娜气得鼓鼓的，好像受到伤害的人是她一样。

李佳楠苦笑着摇摇头，“张晓茹这件事情其实我并不太生气，我犯不上，我生气是因为周子阳不信任我。他还跟我说，他没车，没房，没钱，我嫁他干什么，你说我是为了什么？我要是对他没感情，我凭什么跟他受这份苦啊，就他那父母将来都不是好伺候的主儿。他一个大学教授的儿子总放不下自己那点儿架子，出身是好就是没摊上好爹妈，总愿意拿自己跟其他人攀比，总觉得别人说话是针对他，我真的觉得很累，怎么人活着就这么累呢！”

“原罪！人生出来就是遭罪的，看你现在这模样，我对结婚的那点儿憧憬也全都破灭了。”

“我是我，你跟着起什么哄啊。子阳是个感情很敏感、很脆弱的人，或许对待我们公司老总这件事情上是我没处理好，也不能全怪他，唉……不过我心里也挺委屈的。”李佳楠嘟着嘴念叨，“他说我整天算计钱，说我总给自己添堵，你说过日子我要是不算计着过，哪来的钱花？他总是说得头头是道，可真让他拿钱出来的时候，什么都没有。”

“要不然你再找一个吧，别跟他过了。”聂美娜拼命往嘴里塞薯片，“反正我也在相亲，你跟我一起报名。”

李佳楠看着聂美娜的模样不由得破涕而笑，“我跟周子阳都四年了，也不是说分开就能分开的，我没那么狠的心，我都习惯了。”

“又是习惯！”聂美娜撇撇嘴，“我看动了感情的女人都是弱智。”

“你早晚不还得跟我一样，难道一辈子不结婚啊?”李佳楠反驳道，“我现在有时候很怀念单身的日子，整天赖在娘家，也没这么多事儿，这自己要结婚了，本觉得应该是个挺甜蜜的事儿，可现在都快崩溃了。”

“婚姻是爱情的坟墓，你现在就是在给爱情挖那个坑，什么时候挖好了，俩人一起跳进坟墓就没得吵了。”聂美娜耸耸肩膀，她说得很轻松，可李佳楠越听越觉得不是滋味儿，“我听我妈说，结婚之前似乎都有点儿犹豫，她当年嫁给我爸的时候也这样纠结过。”

“你啊，骂完了周子阳还得自己往回找补，你压根就舍不得他。我什么都不说了，说多了还得罪人。”聂美娜起身拿出电话，“我替你给周子阳打个电话，让他来接你。”

“不用，不给他打。”李佳楠口不对心地推辞。

聂美娜也丝毫没给她留面子，“你再假惺惺的我可真不打了啊！”

李佳楠“扑哧”一笑，直接说出周子阳的电话号码。

“没人接?”

喧闹的酒吧里，周子阳独自坐在角落喝闷酒，远远地看着那只着片缕的女人在台上尽情扭舞，他一直看向门口，似乎在期待着什么人的到来。

"哎哎,周子阳,你把我叫出来了然后一个人在这里喝闷酒,你倒是说句话啊?"顾新宇无聊地自己玩着酒吧盅。

"说什么?"周子阳扭头看了他一眼继续自斟自饮,仿佛顾新宇只是个摆设。

顾新宇白了他一眼,顺着周子阳的目光一直往门口看,忽然问了一句,"你等谁呢?"

周子阳浑身一怔,结结巴巴地回答,"我,我没等谁啊?"

顾新宇诡异地一笑,"你在等墙角呢?"

"什么墙角?"

"徐卉啊!"顾新宇一脸八卦地抓过周子阳手中的酒杯放在桌子上,"你跟李佳楠是不是又吵架了?周子阳你都是要结婚的人了,有点儿觉悟行不行?"

"你有觉悟?你这德行还好意思说我啊?"周子阳舀了一杯冰块,放在嘴里嚼着咽了下去。

"你这话我不同意,我不找老婆也不想结婚,我连个正式的女朋友都没有,我很有自知之明,我不会坑害任何一个值得男人去保护一辈子的女人。但你现在不同,你别蒙我,从上一次徐卉出现以后你就有点儿不大正常。"顾新宇一脸正色地看着周子阳,两个人对视了几秒,周子阳不屑地轻笑,"说得你自己跟圣人一样。"

"我是什么人不重要,重要的是你现在想叛逃啊。"顾新宇摊开双手毫不隐晦地直指周子阳的胸口。

"不是我想叛逃,而是……"周子阳欲言又止,"算了,我承认我今天对李佳楠的事情有点儿无理取闹,但是我也真是很生气,放在任何一个男人身上都无法忍受自己的未婚妻跟她公司的老板有些不清不楚的关系。"

"就因为那一通电话?"

"对。"周子阳很干脆地回答。他拍着顾新宇的肩膀,"我现在倒是很羡慕你过的日子,人无压力一身轻,过一天乐呵一天,多好。"

顾新宇打掉周子阳的手,"我不过是整天混吃等死而已,而且也没遇上让我有结婚冲动的女人。我不相信李佳楠会做出那种事情。"

周子阳苦笑一声,没说话,往兜里摸去,忽然发现自己没带电话出来,才想起刚才给李佳楠放录音的时候扔在家里的床上了,出来的时候也没拿。

顾新宇电话很快就伸了过来,"我这里有电话。"

周子阳摇头，“算了，不打了。”他召唤服务生买单。

“先生，已经有一位小姐替您这位子买过单了。她要我转告您，她在二楼的贵宾包房等您。”

周子阳一愣，随即连忙道了声：“谢谢。”

当周子阳和顾新宇到二楼贵宾包房的时候，看到的果然就是徐卉。

“原来是徐大小姐啊，我说呢，除了徐大美女还有谁这么财大气粗。”顾新宇进了包房毫不客气地坐在沙发上径自给自己倒着酒，“上一次你请我喝酒的时候我就没喝够，回家之后馋了好几天，简直是彻夜难眠，今天又让我遇上你，简直就是天意。”

徐卉一直看着周子阳，嘴上还不忘挖苦着顾新宇，“顾新宇你装穷，谁不知道你顾少爷啊，我这酒不是给你喝的，是给子阳预备的。”

周子阳尴尬地坐在沙发的角落里，沉默了半晌才开腔，“又见面了。”

徐卉微微一笑，略带挑逗地看着周子阳，那一双眼睛好似能够看穿人心一般，“是吗？我以为你是特意来这里找我的，可是我等了一晚上的电话都没等到，所以我只好用这样的方式请你上来了。”

周子阳苦笑一声，任徐卉替他倒了满满一杯酒递到他的嘴边，“为了感谢我的邀请，你是不是应该把这酒一口喝光？”

顾新宇上前要阻拦，“徐卉，子阳刚刚已经喝得不少了。”

徐卉立即回绝，“顾新宇，我了解他不比你少。”

顾新宇一副无能为力的模样看着周子阳，周子阳倒是没有拒绝，也不知道心底哪儿来的勇气将那满满一大杯酒一饮而尽，随即咳嗽几声，将酒杯重重地放在桌子上。

“谢谢你……我，我走了。”周子阳起身要走，他仅存的一丝理智告诉自己，他应该回家了。

徐卉三步并作两步挡在了周子阳的前面，“你就那么害怕我吗？”

周子阳摇头，“我为什么要怕你？”

“那你是要回家陪你的未婚妻了？”徐卉玩味地笑笑，“也对，你是要结婚的人了，有人约束着，不像我们这些散漫无聊的人，除了工作便只能独自面对寂寞。”

周子阳停下脚步回头看着低头苦笑的徐卉，“我不是这个意思。”

徐卉充满委屈和期盼的眼神看得周子阳心里翻江倒海，两个人曾经的温柔片段又涌现在周子阳的脑海当中，“徐卉。”

“我没有别的意思，”徐卉拎起酒瓶将面前的三个大杯倒满酒，“我只不过经常回想起当初你我的那段甜蜜日子，我不会纠缠你，只想跟你喝一次交杯酒，然后我们之间的恩恩怨怨就此一笔勾销，如何？”

顾新宇眼瞅着两个人有些不对劲儿，想要出言阻止，却被徐卉冷冷地瞪了一眼，“顾新宇，这是我跟他的事，希望你不要插手。”

顾新宇摸摸自己的鼻子，退后两步，端起一杯酒看着二人，“好，我不管，我只看热闹。”尽管他有心帮周子阳逃开徐卉的纠缠，但感情这东西不是朋友应该插手的，也不是他能够左右的。

周子阳呆滞在原地半晌都没有动弹，徐卉目不转睛地看着他。周子阳刚刚灌下了一大杯酒已经感觉脚底有些打晃，眼前的徐卉也是时而模糊，时而清楚，只有她那祈求的目光深深地扎在周子阳的心里。酒能够让人清醒，酒也能够让人迷醉，周子阳终于没有拗过自己的理智，踉跄着脚步朝着徐卉走去……

徐卉站起身，端起酒等着周子阳，周子阳以最快的速度走到桌子前拿起酒杯，胳膊绕过徐卉的胳膊。徐卉那一双充满柔情蜜意的眼睛深情地望着他，周子阳轻举酒杯示意之后，一饮而尽！

徐卉还没有喝完最后一口的时候，周子阳已经站不住脚连带着徐卉一起跌倒在沙发上。那艳红的酒汁洒在周子阳白色的衬衫之上显得格外醒目耀眼。徐卉正正地跌在了周子阳的怀里，她轻轻推了推周子阳，他已然醉得不省人事。

徐卉很不想从他的怀里起来，但看着那亮度很高的“电灯泡”顾新宇，徐卉还是恋恋不舍地挣脱出来，整理了一下自己的衣衫，脸上没有半分的尴尬。

顾新宇看了徐卉一眼，不放心地走过来扒拉了周子阳几下，可周子阳只是翻了个身，继续睡了过去。那熟睡的模样好像一个颓废的玩偶，被现实残酷的生活挖空了所有的激情，似乎只有睡眠才是他唯一的奢求。

顾新宇递给徐卉一支烟替她点上，也塞进自己嘴里一支，“徐卉，你这又是何必呢？”

徐卉没有了刚才对待周子阳的那般柔情，却也丝毫不隐晦自己的感情，“我还是忘不了他。”

“可他……他就快要结婚了啊。”顾新宇若有所思地看了周子阳一眼，“他玩不起。”

“那又如何？”徐卉的眼神充满了坚定，“子阳没有你想得那么脆弱，他会有自己的选择，你不会觉得我是破坏人婚姻的狐狸精吧？"

顾新宇无奈地耸耸肩，"他还没结婚，还有选择的权利。而且，你还在乎别人用什么眼光看你么？算了，我送他回去。"

"不，我送。"徐卉坚定地说。顾新宇不寒而栗，他差点儿脱口而出"你怎么知道他家在哪里？"可看着徐卉的眼神，顾新宇打消了这个念头。

徐卉让服务生把周子阳架到了车上，火红色的跑车迅速消失在顾新宇的视野之外后，顾新宇平日的散漫荡然无存，他独自喃喃一句，"桃花劫啊。"

李佳楠从聂美娜家回来之后才发现周子阳的电话一直在床上躺着，她走过去拿起来查看未接来电，基本上都是聂美娜家的电话和自己的手机号。李佳楠抬头看看挂钟，时针正好指着十一的方向，可周子阳仍旧没有回来，往常周子阳和顾新宇出去喝酒从来不超过十点半回家，她不知道周子阳是否带了钥匙所以只能等着。

不知道过了多久，李佳楠坐在床上搂着抱枕瞌睡了几次，忽然听见外面有人敲门，她揉揉眼睛快速下床一溜小跑冲到门口打开门。她刚要喊"子阳"，却被噎在嘴里没有吐出来，刚刚还睡眼惺忪的迷蒙瞬间就不见了。门口的两个人，一个是喝得烂醉如泥的周子阳，扶着他的人并不是顾新宇，而是一个女人，一个漂亮女人，还是一个她认识的漂亮女人，徐卉。

"你……你是颂创集团的……"李佳楠伸手指着徐卉和周子阳，结结巴巴地半晌都没说出话。

徐卉看到居家打扮的李佳楠显然也是一怔，感觉眼前这个女人有些熟悉却又一时想不起来是谁，而周子阳一百三四十斤的体重，徐卉将他架到楼上早已经没了力气，她不想跟李佳楠客套，直截了当地命令着，"你是他女朋友？先过来帮我把他抬进屋里去再说。"

尽管李佳楠一肚子疑惑地拧着眉头，却还是上前搭了一把手，两个女人将周子阳连拖带拽地扔在了房间的床上。

徐卉气喘吁吁地一屁股坐在床上，毫不拘谨地点了一支烟，看着李佳楠很随意地说，"你是前些日子来我们公司做项目的那个什么公司的代表？这世界真是小，没想到你居然是周子阳的女朋友。"

李佳楠昂起头，眼神中没有半分躲闪，她没有正面回答徐卉的问题，"我也没想到颂创集团的项目总监会大半夜架着我未婚夫回我的家。"

徐卉从容地一笑，“我想你可能是有点儿误会，我跟子阳认识得应该比你早，我和他是大学同学。”

李佳楠的头有点大，但起码的礼节她还是很在意，特别是对于徐卉这个让她本来就印象深刻的女人，“我去给你倒茶。”

徐卉微微抬手阻止了李佳楠，“别忙了。让周子阳在这里睡，我们下楼去找个地方喝点儿东西。你这屋子里有点儿憋闷，你们就一直住这样的房子？”

徐卉不屑地四处打量着，让李佳楠顿感不悦，“对不起，我不想去。”

李佳楠潜意识之中对徐卉有着本能的敌意，尽管她只说是周子阳的大学同学，但女人天生的直觉告诉李佳楠，这个徐卉和周子阳没那么简单。

徐卉耸耸肩膀，“既然如此，那我就告辞了。”

正当徐卉走到门口的时候，一直昏睡的周子阳却在床上忽然翻了个身，口中不停呢喃出声。尽管那声音如蚊吟一般的细小，却让李佳楠和徐卉都听得清清楚楚：“徐卉……不要走，徐卉……”

李佳楠浑身如同触电一般，她刚刚刻意在徐卉面前保持的冷静此时也全然崩溃了。她猛的看向正在望着周子阳的徐卉，徐卉的眼神当中流露的为何是一个胜利者嘲讽的洋洋自得？

李佳楠心里惊了，她就好像一只受了枪鸣惊吓的小鹿一般不知所措，而本能的第一反应告诉她自己心中的疑惑只有眼前这个女人才能完全解答。

李佳楠抄起自己的外套拿起钥匙，抓着徐卉往门口走，“我想我们有必要出去谈谈。”

徐卉没有过多地留恋在此，只是若有所思地看了周子阳几眼，手中摇着她的车钥匙随着李佳楠一起下了楼。

楼道内没有灯，只有微弱的月光从楼道的小窗内漏进来，起不到半分的照明效果。李佳楠摸着黑往下走，她第一次觉得这个老式民宅的楼道甚是残破不堪，就如同她现在的心情。忽然一阵光亮照射过来，是徐卉掏出兜里的宽屏手机，手机清冷的灯光正巧照在李佳楠那张苦涩苍白的脸上，徐卉的心微微地牵动了半分，可这种对弱者的怜悯很快就消失得无影无踪。想起刚刚周子阳睡梦中呼喊自己名字的那一刹那的柔情，徐卉的心里充满着残存在内心多年的那份甜蜜，这甜蜜将伤害李佳楠的薄弱的罪恶感抹得干干净净，一丝一毫的痕迹都未曾留下。

出了门，李佳楠便看到徐卉那辆火红色的保时捷跑车，徐卉绕过李佳楠径自上了车，“上车说吧。”

徐卉将敞篷打开看着李佳楠，李佳楠站在原地未动，只盯着徐卉，“我不管你是什么颂创集团的项目总监还是什么大学同学，或许今天我说了这番话之后会连自己的工作都丢掉，但我仍旧要说，我希望你能够跟子阳保持距离，毕竟我和他马上就要结婚了，我不想我未来的老公跟一个我不喜欢的女人不清不楚。”

徐卉挑起秀眉看着李佳楠，李佳楠的坚定在她的眼中很是幼稚，就好像儿时幼儿园的小朋友在和自己抢夺玩具。徐卉抬头看看这个破旧的楼，颇为玩味地说，“你自己也说周子阳是未来的老公，那么就证明你们还没有结婚，你们还有互相选择的权利，同居是不受法律保护的。而且，我也不妨告诉你，我跟周子阳在大学的时候就是一对公开的恋人，只不过后来我出国了就再也没有得到他的消息。我跟他是前些日子才偶遇的，这是自大学毕业之后我第一次见到他，但这一次的见面让我很失望，没有想到周子阳居然过得这么落拓。”徐卉努努下巴，靠在自己的车上，“住这样破旧的楼房，还是跟其他人合租，再看看他拼命买醉的模样……我很意外，周子阳是个很有才华的男人，如今却被这琐碎的生活纠缠得很……很潦倒，我觉得用这两个字形容他现在的生活再合适不过，这种惨状不应该发生在他的身上。”

“人总是会变的，也许这是周子阳期待的生活，你也不过是偶遇了他两次，正巧赶上他都在喝酒而已。你跟他的感情已经成为过去了，好马不吃回头草，你是一个事业上成功的女人，但我希望你在感情方面也能自重。”李佳楠凌厉的语气并没有触怒徐卉，她倒是以一种居高临下的态度看着李佳楠，“你不能否认自己的无能，你埋没了他的才华，你给不了他想要的一个成功男人的荣耀，但是我能做到。我可以给他一个平台让他潇洒自如地发挥自己的才华，让他的事业攀升到巅峰。爱情对于女人来讲是永恒的，但是在男人的心中，什么都没有事业上的成功更加重要。我看到现在的周子阳感到很心痛，你没有见过他在大学校园里那意气风发的潇洒，你没有见过他站在领奖台上受全校同学膜拜的场景，那与现在的他简直就是天壤之别。”

徐卉的眼神咄咄逼人，李佳楠也并不示弱，“那又怎样？那只是周子阳的过去，不会延展到他的未来。”

“过去？”徐卉不屑地笑笑，“子阳就是因为我出国才失魂落魄导致考研失败，你知道吗？他现在就是混吃等死，只有我，”徐卉指着自己，“只有我才能重新点燃他心中的那份激情，燃起他的斗志，你不过是一个替代品，而且我认为造成他现在这种状况我应该负很大责任，所以我准备挽救他。”

“徐卉，你太自负了。”

“那是因为我有自负的资本，而你却没有。”徐卉毫不掩饰地用肆虐的眼神在弱小的李佳楠身上来回打量，好像一个面试官在宣告一个不合格的面试者被 pass 一样，她的眼神让李佳楠的心里涌起愤怒。

“不要以为世界都是你的。”李佳楠盯着徐卉，“我不会离开周子阳，他也不会离开我。”

“希望如你所愿，我拭目以待！”徐卉启动了自己的车，“你不用担心我会利用职权来整治你，只要你的策划案能够通过颂创集团项目部的审查，我仍旧会与你们公司合作。我不屑于用这等下三滥的手段抢周子阳，你在我心里还算不上一个对手。”

“那我们就走着瞧吧。”李佳楠强忍着泪水，压制住哽咽的声音坚定地看着徐卉。

徐卉一笑，系上安全带之后轻轻踏下油门，那火红色的跑车如同一只蹿起的蛟龙迅速消失在夜色之中。呆滞在路边的李佳楠眼泪“唰”的一下子就流了下来，她逼着自己坚强，但无论如何她还是输了，输给周子阳呼喊的那个名字不是她李佳楠，而是那个所谓的初恋情人徐卉。

李佳楠不知道自己在马路边站了多久，从烦乱不堪的思绪到大脑一片空白，只看着天上本是闪烁放亮的星星渐渐褪去光芒，那一弯淡黄色的月亮也越发苍白起来，天已经微微放亮了。

李佳楠搂着自己麻木冰冷的身体渐渐踱回楼上，脚步甚是沉重不堪，好似一个步履蹒跚的老人。这一宿未眠，她在镜子面前仔细打量着自己，自问：李佳楠，除了家世之外，你比徐卉差在哪儿？

李佳楠没有得到任何答案，但却得到了自我保护的勇气，她不会因为一个女人疯狂地跑到自己家里来宣告周子阳的去留而导致她也跟着疯狂。看看仍旧熟睡的周子阳，李佳楠走到洗手间洗了个澡。那温热的水淋在她冰凉的身上散发着腾腾的蒸气，这一夜的颓废和焦躁都随着那浴液的泡泡一起冲刷而去。李佳楠给自己淡淡地画上了妆，然后到厨房煮了粥，还下楼去买了一趟豆浆和鸡蛋饼。

看着墙上时钟的时针准时指到七点整，李佳楠擦擦手上的水渍走到周子阳的床前轻轻召唤了几声。

“子阳，起床上班了。”

周子阳迷蒙地睁开眼睛，过多的酒精让他仍旧感到浑身酸痛，更是不想睁眼。一个冰凉的毛巾轻轻盖在他的脸上，那丝丝的清凉让他酸疼的眼睛得到了缓释。

“昨晚我喝多了。”周子阳爬起身，如往常一样迅速地穿好衣服，侧目看到桌子上丰盛的早餐，“今天早上怎么想起做饭了？”

“你昨晚肯定喝了很多酒，我怕你早上再吃牛奶和干面包会胃疼，就熬了小米粥。”李佳楠为他盛了一碗粥，“还有豆浆和鸡蛋饼。”

周子阳有些发呆，他努力回忆着昨天发生的事情，好像跟李佳楠因为那张晓茹的电话吵架，而且她还让自己的电脑中了毒，导致他做的软件全都挂了，还有和顾新宇喝酒，好像后来还碰上了徐卉……

周子阳停止了自己思绪的延展，起身到卫生间洗漱一番之后便回来吃早餐。

周子阳总是感觉李佳楠的目光在偷偷看着自己，好像做错事的孩子一样对自己小心翼翼，“昨天的事情我也有责任，过去的就过去了，别放在心上了。”

李佳楠一怔，好半天才反应过来周子阳说的是什么。昨夜让徐卉这么一搅和，李佳楠已经忘了还有张晓茹给自己泼污水这档子事。

看着周子阳疑惑的眼神，李佳楠连忙回答，“我不会放在心上，你生气也是说明你心里还有我，对吗？”

周子阳点点头，径自喝粥。李佳楠没有等到周子阳片句的安慰，只好苦笑着低头吃早餐。

替周子阳系好围巾，两个人一起出了家门。李佳楠将手放在周子阳的兜里，让周子阳也不禁会心一笑。看着周子阳上车离去，李佳楠才悻悻地离去，似乎周子阳根本就忘记了昨晚的事情，抑或是故意忘记了。

到了公司，李佳楠试探地去王春和办公室询问关于颂创集团近期的动态。虽然徐卉昨晚临走的时候说不会以权谋私，但对于她的话李佳楠总是不那么确定，这女人实在是太疯狂，谁知道她是否还善变。

不过李佳楠得到的消息让她彻底将心放了下来，徐卉的确没有取消与自己公司的合作。回到自己的桌位上，李佳楠迅速投入到工作当中，她绝对不会让徐卉看不起自己，而她的起步点便是自己公司与颂创集团的这个项目。距离上一次与徐卉约定交策划案的时间只有一

个星期不到，李佳楠决心要作出一个能够让徐卉目瞪口呆的方案，颇有些雷厉风行的劲头，项目部的其他同事都不由得侧目惊诧，不知道她到底是发了什么癔症。

“佳楠姐，午休了，吃饭。”午休时间，所有的人都离开了办公室，却只有李佳楠一个人啃着干面包还在不停查询资料修改方案。小王看着空旷的办公室只留下她一个人的影子，不免上前问了句。

“我吃面包就行了。”李佳楠抬头微笑着回答。

“至于这么拼命吗？即使做不成王总也不会太怪罪，毕竟咱们跟颂创集团平时的合作伙伴根本就没得比，这项目纯属是赶鸭子上架，成与不成咱们都已经很尽力了。”小王压低了说话的声音，眼神不免飘向经理办公室，因为他不确定王春和是否出去了。

“怀着必成的信心才能够做成这个项目，如果在没做之前就像你这么想，那已经是失败了一半了。”李佳楠的口气更多的是说教，小王自觉自讨没趣，悻悻地说，“那你忙吧，我先吃饭去了。”

李佳楠仍旧埋头工作，只是轻声地应和了一句。

空落的办公室中，阵阵敲击电脑键盘的声音密集地响起，李佳楠整个人都沉浸在策划案之中，连身后站了一个人都没有看到。

一个冒着热气的外卖热面落在了李佳楠的桌子上，李佳楠因为注意力过于集中被吓了一跳，猛的一回头才发现是王春和。

“我这公司的员工要是都有你这么拼命，那我就可以整天在家里等着数钱了。”王春和调侃地笑笑，“趁热吃吧，就算公司对你昨日受到不公平待遇的损失补偿了。”

李佳楠接过热面，笑着回答，“这损失补偿也太少了点儿吧？一碗牛肉面就打发了？昨儿我可是差点儿闹成了家庭破裂啊。”

王春和一愣，“她又骚扰到你家里了？”

李佳楠尴尬地一笑，“已经没事儿了，好在我家子阳还是很信任我。”

王春和长长地舒了一口气，忽然觉得他和李佳楠两个人单独在这办公室之内有点儿尴尬，“你吃吧……”

李佳楠再抬头的时候，王春和已经回到他的办公室，并且将办公室的门关得紧紧的。

李佳楠听经理办公室的门上了锁，不由得无奈苦笑，继续低头吃那香喷喷的牛肉面。李佳楠从昨晚到现在，只是早上喝了几口稀粥而已，眼下也真的是有一些饿了，将面汤一滴不剩地全部喝掉。李佳楠起身将垃圾卷起扔到垃圾桶中，路过王春和的办公室时，她隐约听到王春和在办公室中怒声的咆哮，而那咆哮的对象似乎是……张晓茹？

第八章　甜蜜没有保质期

李佳楠的心里有些震惊，看同事还未吃饭回来，李佳楠将耳朵紧紧贴在墙上，里面传来了王春和的怒斥，“张晓茹，我可以容忍你犯一次错误，绝不能容许再有下一次，否则你后果自负。不要总拿跟我上过床来要挟我，别把你自己当成筹码，你还不够分量!”

李佳楠张大了嘴，张晓茹和王春和居然……居然有这样的暧昧关系？李佳楠拍拍自己的脸，心想我不是在做梦吧？李佳楠听不到电话里张晓茹的说辞，但却能够从王春和的语气中分辨谈话的内容。

“想要钱？可以，你开价。”

“二十万？你太拿自己当回事了，一个主动爬上床的女大学生值二十万么？你是成年人，不要跟我说这种幼稚的话，随便你去电话录音。如果你再这样胡搅蛮缠，我不介意跟你到法院打官司，只要你不嫌丢人……”

听着外面办公室有些响动，李佳楠带着满心的惊诧连忙蹑手蹑脚回到自己的座位，装作无事地继续埋头工作。回来了两名同事，正在嬉笑着拉家常。没过两分钟，经理办公室的门忽然打开，王春和朝外面看了一圈之后又将门紧紧关上。李佳楠能够感觉得到王春和的目光在自己身上有片刻的停留，她一直装作埋头做方案始终没有抬头朝着王春和的方向看去。

当经理办公室的门再一次紧闭，拉家常的同事开始谈论晚饭的内容，李佳楠提着的一颗心才落回到肚子里。没想到张晓茹针对自己并不是无中生有，不仅仅是因为自己占了一个项目部副部长的位置，最大的原因是张晓茹认为自己抢了她在王春和心目中的地位！

李佳楠用手杵着腮帮子，另外一只手把玩着笔，她只觉得自己很委屈，莫名其妙地卷入了这样一场旋涡，差点儿连未婚夫都丢了。想起张晓茹，李佳楠的心里更多的是不齿，张晓茹的幼稚注定了她有今天这样的下场，做情妇就要有情妇的觉悟，或许她已经触犯了王春和的底线，否则昨天王春和也不会一怒之下将她扫地出门，到最后王春和可能一分钱都不会给她。

李佳楠无暇顾及王春和与张晓茹之间的恩恩怨怨，她自己与周子阳的婚礼一天不落实，她的心里就一天不踏实。想起昨晚徐卉那副志在必得的样子，她很想知道周子阳到底是什么态度，可她又不好开口去问。昨天和周子阳闹得已经很是尴尬，若是自己再提徐卉这档子事，周子阳也许会以为自己在抓他的把柄，反而让刚刚缓和的关系再次变糟就得不偿失了。

下班回到家，李佳楠特意拽着周子阳到饭店吃晚饭，而且还点了四个周子阳很爱吃的菜。周子阳纳闷地看着李佳楠，"今儿怎么想起改善生活了？"

李佳楠忽然坐到周子阳的旁边，"子阳，要不然咱们先登记吧。"

"为什么？"周子阳一脸不解地问，"你今天怎么这么奇怪？"

"我怎么奇怪了？登记结婚是早晚的事情啊，早登记早利索。"李佳楠将水煮肉里的肉片全都夹给周子阳，自己只吃里面的豆芽菜，"难道你不想跟我结婚么？"

"我无所谓啊，趁早登记也可以，但你们家的房子不是在办央产转私人产权呢么？上次你妈来电话把你的户口本又给拿走了，说是要一个月以后才能拿回来。"周子阳径自往自己嘴里塞肉，李佳楠的脸上闪烁着些许落寞，"是啊，我都忘了，那也只能继续等着了。"

"你今天怎么想起这茬儿了？"周子阳疑惑地看着她，李佳楠嘟着嘴，她总不能说自己是怕徐卉把他抢走，只好随便扯了个理由，"这不是快到圣诞节了么，我想选个好日子登记。"

"选什么日子不好，还选个外国的节日。"周子阳不屑地摇摇头，其实李佳楠也不过就是随便一扯，倒是打开了周子阳的话匣子，"就算是登记结婚也不能选圣诞节啊，选也要选咱们的元旦，一月一日，每年的起始第一天，这才是好日子，也有个好兆头。"

“一月一日民政局开门么?”

周子阳一怔，随口回答:“好像是放假。”

李佳楠略带不满地白了周子阳几眼，她的脑子里不知为何忽然蹦出来一个想法，周子阳该不会是不想跟自己登记结婚吧？否则干吗扯出个民政局不开门的日子登记？掐指算算，自己的户口本也快拿回来了，只要户口本一到手立即就拉着周子阳去登记，若是那时徐卉再来捣乱，可就怪不得她这个名正言顺的妻子将徐卉这个狐狸精扫出门了。

正在想着，周子阳放在桌子上的手机忽然响起，李佳楠下意识地想要探头去看来电，周子阳已经拿在手里接起了电话。

“喂……嗯……行……好，我一定到。”周子阳很快挂了电话，却看到李佳楠一脸忧虑地发呆。

“你想什么呢?”周子阳问。

李佳楠恍若梦醒似的吓了一跳，“没，没想什么。”

周子阳召唤服务员过来买单，“我们有个同事这周末结婚。”

“哦。”李佳楠似乎放下了心，赶紧露出笑脸，“吃完了咱们去散步吧。”

“大冷天的散什么步啊，我今天很累，还是回家休息吧。”周子阳没有看到李佳楠脸上的失落，率先出了饭店的门。

“子阳，我走累了……”李佳楠挽着周子阳的胳膊，眼睛笑弯弯地望着他。

“你不是这大冬天的还想让我背着你吧?”周子阳看怪物一样看着李佳楠，“路上这么多的人，你也不嫌害臊。”

李佳楠执拗地拽着他，“咱俩刚谈恋爱的时候你怎么不嫌害臊啊?那时候背着我美滋滋的，现在就嫌丢人啦?”

周子阳很直截了当地拒绝，“我今天太累了。”

“不嘛!”李佳楠站在原地撒娇，“你背我，要不然我背你?”

周子阳略显烦躁，“别闹了，明天还要上班。”

李佳楠还是不动，努着小嘴一脸期盼地看着周子阳。周子阳无奈地叹口气，“这是撒什么癔症啊。”嘴上这般说，仍旧蹲下身等着李佳楠爬上他的背，可等了半天，后面那位一点儿动静都没了。

“上来啊!”周子阳微微侧头往后看，却发现身后空无一人，再一抬头，李佳楠正捂着嘴在前面不远的地方看着自己哈哈大笑。周子阳自知被她捉弄，也不禁笑了起来，快步追上去，“别让我抓住你，否则要你好看。”

李佳楠眼见周子阳追了上来，连忙转头往前跑，可惜她今天穿的是高跟鞋，不但跑不快，还把脚给崴了。周子阳三步两步就追上了她，却看见李佳楠一脸苦笑，“子阳，我脚崴了。”

周子阳无奈地看着她，“乐极生悲了吧？”

看着李佳楠一瘸一拐地龇牙咧嘴，周子阳再次蹲下身，“上来吧，背你回去。”

李佳楠会心一笑，双手搂住周子阳的脖子，将头轻轻靠在他脖颈的一侧。回家的小路很是僻静，李佳楠能够清晰地感觉到周子阳因疲惫而略显粗重的气息和加速的心跳。她心满意足地贴在他的身上，仔细地回味着两个人曾经相依偎的甜蜜，自我陶醉地自言自语了一句，“要是你永远这样背着我多好。”

周子阳冷哼着回了一句，“你倒真是不嫌自己沉。”

“真没情趣！”李佳楠轻声埋怨着，“咱们刚谈恋爱的时候我比现在胖多了，你也没嫌我沉啊？”

“那不是以前么？我现在也是奔三十的人了，你当我还是二十四五岁呢？我现在爬个六楼都喘粗气，背着你我的两条腿都快坚持不住了。”周子阳很不配合地反驳，又往前挪了几步，双腿一软差点儿摔倒，“你下来吧，我实在是走不动了。”

李佳楠努努嘴，不情不愿地从周子阳的背上下来，继续牵着手朝前走着。

“子阳，我们重新谈一次恋爱吧。”李佳楠满脑子都在回忆着过往的甜蜜，甚至有些沉醉在其中。

“你还真想的出来！”周子阳扭头看着她，“你这脑子都想什么呢？莫名其妙！”

“我就是很想重温一下咱们两个人刚恋爱的甜蜜，那时候你对我多好啊，每天接送上下班，周末陪看电影、陪逛街，情人节送花送巧克力，过生日还给我买冰淇淋蛋糕，不开心想办法逗我笑，高兴的时候陪我一起乐……”一想到如今的生活，李佳楠的脸上立即晴转多云，“可你看现在，电影没了，逛街不去，连结婚买东西看房子你都爱理不理的。”

“那你还说过只要每天能跟我在一起就心满意足了，我现在每天下班哪儿都不去就回家陪你，你这不还是不满足么？”周子阳的语气有点儿无奈，还带着点儿不耐烦，“己所不欲勿施于人，你自己做到曾经那样的体贴、呵护、善解人意了么?”

李佳楠心里“咯噔”一下,她下意识地侧目看向周子阳,周子阳却是一脸的无谓,只是轻轻拉着李佳楠的手,淡淡地说,“回家吧。”

李佳楠现在心里很复杂,因为赵丽娟,也是她公司里为数不多算得上知心的朋友,正在教育她什么叫做驭夫之术。

“佳楠,同居跟结婚绝对是两码事儿,无论你们同居多少年,结婚之后人的心,特别是男人的心才能够真正的沉稳下来,不然他们总自我感觉是水里游的鱼,期待着跳出大海能够看到水面的风景。结婚之后,他们才可能真正开始审视自己的另一半。不过即便是如此,你也得看得紧点儿,不然他们很可能在结婚之前出现摇摆。”赵丽娟口若悬河地说,李佳楠胆战心惊地听,特别是听到赵丽娟说“结婚前出现摇摆”这一句的时候,她的一颗心更是提到了嗓子眼儿,连忙问:“为什么会出现摇摆?”

“咱们暂且先不说男人,那我问你,你现在有没有总是看着你家周子阳心里想,我难道这辈子就要跟这个男人过日子了?有这样的想法么?”赵丽娟笑盈盈地看着李佳楠朝着自己猛点头,“我最近的确这么想过。”

“你身为一个女人都这般想,更何况男人了?现在男人对待女人的口号不都是什么,守住一、保住二、看住三、争取四五六七八九……”

李佳楠忍不住“扑哧”一笑,“赵姐,你还挺能研究年轻人心理的。”

赵丽娟一脸坚定地说,“我不研究也不行啊,我虽然离婚了但是我还有儿子呢,他这眼看着也上高中了。”

“也是,现在的高中生可跟我上学的时候不太一样了。赵姐,你接着刚才的话题继续说。”李佳楠竖着耳朵继续听赵丽娟讲“驭夫之术”。

“佳楠,现在的年轻人都讲究试婚,在老辈人的眼里听起来很伤风败俗,但这从另外一个角度讲也不失为一个保证婚姻质量的手段。我跟你姐夫结婚的那个年代,走在大马路上都不好意思靠得太近,结婚之后我才知道他酗酒、赌博、花心养小老婆,其实就是结婚之前了解得太少了。”

赵丽娟并未对自己失败的婚姻感到一丝一毫的芥蒂,就好像啃萝卜一般轻松,“我的失败就在于我实在是太放心了,直到我们离婚的前一天,我才知道一切为时已晚,根本无法挽回,因为你想改变一个集酒鬼、赌鬼和色鬼于一身的人简直比让公鸡下蛋还难。所以,如果你遇到了一个好男人,想嫁给这个男人,那么在结婚之前一定要把他给拴住了！一丝一毫摇摆的机会都不给。”

“那我应该怎么办？”李佳楠此时就像个病急乱投医的患者，而赵丽娟的经验便成了她的救命稻草。

“以关心的名义监视他的一举一动，渗透进他自我空间的盲区之内。”

赵丽娟的话不禁让李佳楠自我喃喃，“关心？渗透？不是都说夫妻之间应该尊重个人空间么？你跟姐夫那算是特例。”

“那是瞎说，什么特例？咱们现在不提我的失败婚姻，你没见新闻经常报道有丈夫在外面养的私生子都上大学了，自己的结发妻子还不知情么？这就是尊重个人空间的结果。男人都有孩子脾性，他们对待妻子就好像小时候对待父母和老师一样，总是想要搞点儿不被人发现的恶作剧然后沾沾自喜。”

李佳楠马上点头，“对对，赵姐你说得太对了！”她不免想起那个她深恶痛绝的徐卉和周子阳的那段感情。周子阳当初跟她说，考研失败是他意料之中的事情，因为他不想按照父母给自己铺就的路走，不想成为父母的牵线木偶，可那天徐卉送周子阳回来却说周子阳考研失败是因为她的出国，周子阳这不显然就是想蒙混过关么？

“佳楠，你跟你家周子阳是不是出什么问题了？我怎么感觉你这两天的情绪很不对劲儿呢？”赵丽娟狐疑地看着李佳楠。

李佳楠立即摇头，“没有啊，我们俩最近还不错，只不过被结婚的琐碎事情搞得焦头烂额，有点儿心力交瘁。”

“没出问题就好，如果周子阳真有什么苗头你可要赶紧将其扑灭，将任何乱七八糟的念头都扼杀在摇篮里。你都跟了他四年了，这个时候可不能松劲儿，男人就像是松紧带，你松他就松，你拽得紧点儿，他才能卯上劲。一定要把握住了，不然苦的可就是你自己了。”赵丽娟若有所指地笑着说。

李佳楠只是应和地点点头，她没有告诉赵丽娟自己家里的这些乱事，俗话说家丑不可外扬，今天也是她们两个人吃午饭说起这个话题李佳楠才玩笑似的说要请教几招“驭夫之术”，可说了一中午，李佳楠印象最深的便是那两个词，“关心、渗透”！

“周子阳，你那天晚上回家之后李佳楠没找你玩命么？”

周子阳刚下班便接到了顾新宇来的电话，“玩什么命？那天挺好的啊，只不过真的喝多了，我第二天早上醒过来连怎么回来的都忘了。”

“我看你也是忘了，不然怎么会跟个没事儿人一样。那天晚上咱们俩见过徐卉你还能记得起来么？”周子阳能够想得到电话那边顾新宇在说这句话的时候幸灾乐祸的笑。

“我记得，怎么了？”周子阳很不愿意提起徐卉。

“周子阳同志，想必您一定忘记了是徐卉送你回家的了吧？这李佳楠挺有定力啊，居然抻了两天都没问你，真是很有耐力，如今这样的女人不多了。”顾新宇笑着说，“我本来还想打个电话问问你家是不是大乱了好过去解救水深火热中的你呢，看来你小日子过得还挺滋润。等抽空我也跟你学学，你到底是给李佳楠吃了什么药了，明明是那么泼辣的一个人，居然没问起徐卉的事情，真是不可思议。”

“我真的不知道，”周子阳不免倒吸了一口凉气，仍是不敢相信地问，“真的是徐卉送我回家的？”

“如果我在这件事情上撒谎就让我一辈子都泡不到妞儿。”顾新宇发了一个对他自己很恶毒的誓言。“你确定你是在李佳楠的床上醒过来的？”

“你什么意思？我可不是你那么随便的人，你怎么能让徐卉送我回家呢？你也不拦着，可真是的！”周子阳不免对顾新宇有些埋怨，脑子里开始不断地回想着这两天跟李佳楠的事儿，立即有些焦躁不安。

“那徐卉跟母老虎似的，我说两句差点儿把我吃了，况且这是你们之间的事情，我这个做朋友的总不好插手你感情的事儿吧？我怎么知道你跟徐卉到底有没有什么关系。”

“李佳楠这两天……的确有点儿奇怪。”思索了片刻，周子阳下了结论，“她这几天总是蹦出些莫名其妙的想法。”

“看来她把对这件事情的不满全都憋在自己的心里了。周子阳，作为你的朋友我最后奉劝你一句，徐卉不适合你，李佳楠已经做得很不错了，如果换做是其他女人，没准早跟你打翻天了，别把女人的忍让当成是她的懦弱和无谓，你自己好好琢磨琢磨吧。”

“晚上来我家吃饭吧。”周子阳匆匆往家走的脚步忽然变得很沉重，他有一点儿害怕面对李佳楠。

“别想拉着我当挡箭牌，这是你自己的事儿，我晚上有约会，拜拜了。”

“喂……你……”

还未等周子阳再说话，电话那边已经响起了一阵忙音。

周子阳迈不动脚步了，索性又返回了公司坐在办公室里猛抽烟。

仔细回想一下，这几天李佳楠的行为的确很古怪，本来他以为李佳楠是因为张晓茹的那番话自感歉疚故意讨好自己，可没想到根源却是在自己的身上。

“徐卉啊徐卉，你到底想怎么样？”心里想着，周子阳给李佳楠拨了一个电话。

“子阳，你下班了吗？”临下班接到周子阳的电话让李佳楠有些意外。

“呃……我，我今天加班。”周子阳随便扯了一个借口，“晚上不回去吃饭了。”

“要加班到很晚？”李佳楠的声音略显落寞，只是这落寞之中还夹杂了一丝怀疑，只可惜周子阳现在看不到李佳楠的表情。

“暂时还不能确定，上次给别人做的那个软件还差一点儿就可以完成，我在公司做完之后再回家。你不用等我了，晚上自己先睡吧，我挂了。”周子阳第一次感觉自己说话这么别扭，挂了李佳楠的电话他有种如释重负的感觉。不知为何他心里忽然涌起了对李佳楠的一丝愧疚，因为接了顾新宇的电话之后，徐卉的身影在他的脑海之中一直挥之不去。

“他怎么想起给我打电话了？”

李佳楠双手杵着脸在办公室里发呆，以前周子阳加班也很少给自己打电话，基本上都是她自己看时间差不多才打电话过去询问，周子阳充其量会发一个短信，但今天怎么这么反常？他居然打电话告诉我加班？

李佳楠的心中忽然蹦出来一个念头，“物极反常必为妖，他一定不是加班！”中午刚刚接受了赵丽娟的培训之后，李佳楠这个时候现学现卖了。

李佳楠拿起电话想再拨回去，可又打消了这个念头。如果周子阳是以加班作为借口的话，那么他即使接了电话也可以说他在办公室，那索性打到周子阳的办公室不就得了？

李佳楠看了一眼自己的手表，决定再过一个小时打电话过去，如果一个小时之后他不在办公室，那么两个小时以后他必定是会回家的，要在周子阳到家之前先在家等着他，这才能够知道他到底有没有对自己撒谎。于是，李佳楠以最快的速度收拾好自己的桌子，拎起提包往家里赶。

李佳楠感觉自己像是一个克格勃的特务，一路上都在盘算着该如何渗透进周子阳的私人空间，不知不觉连走路的速度都快了许多。

回到家，时针准时指在七点半的位置上，李佳楠冲上一包泡面之后就一直盯着墙上的挂钟看。她似乎总听着自家的大门出现响动，只要楼梯内有上楼的脚步声她就会冲到门口去看看，结果每一次都是失望而归，继续看着时钟的秒针和时针在遵循着规则“滴答滴答”跳过。

手机突然在沉寂的屋子内响起，李佳楠吓了一跳，看了来电显示却不是周子阳，而是跟她一起定婚纱照的那个伙伴。

“佳楠，你定没定好这个周末去拍婚纱照？”

“呀，我最近实在是太忙了，把这件事情都给忘记了，幸好你提醒我，那就周末吧。”李佳楠拍拍自己的胸口，她太投入到周子阳是否真的是加班这件事情上了，连这个周末要拍婚纱照都给忘记了。

李佳楠手里握着手机，心中有些忐忑不安，她能够明显地感觉到自己的心在震颤地跳动，仿佛要从嗓子眼儿里跳出来一般。

终于下定了决心，她拨了周子阳办公室的电话，“嘟……嘟……嘟……”

响过三声，周子阳办公室的电话没有人来接。李佳楠不知道为何心底油然而生一种让她自己都感觉甚是诧异的念头，她似乎并不希望周子阳真的接起电话。电话呼叫的声音在不停地响着，李佳楠的思绪似乎已经飘到了晚上周子阳回来之后两个人因为他今天的谎话而大吵一架的情景幻想当中去了。

“喂。”

一个她熟悉的声音在电话那端响起，李佳楠像是受惊了一般，忽然将电话挂掉，独自坐在床上发呆，心里暗自咒骂，“李佳楠你是个神经病！”

周子阳的确是在办公室，他没有做任何的事情，只是在不停地抽烟，整间办公室烟雾缭绕。他没有开灯，任自己的思绪在黑暗的笼罩下任意驰骋。办公室电话忽然响起打断了他的思绪，只是这电话他刚刚接起就被对方挂断。李佳楠千算万算，却是没有算到周子阳办公室的电话是有来电显示的。

看着电话来电上显示的李佳楠的电话号码，周子阳的眉头不由自主地轻轻挤在一起，刚刚的愧疚顿时打消了许多，她这是在怀疑我拿加班当借口么？

猜忌能够使热恋中的人越发滋润，也能够使平淡的感情干涸得更快。

拖着一身的疲惫，周子阳回到了家，看着李佳楠的满面笑容，他无论如何都笑不出来。

“佳楠姐，颂创集团刚刚来了消息，他们要求在下个星期五来看咱们公司最后的策划案，王总让我转告你一声。”

李佳楠刚刚上班就听到这样一个消息，不免心中狐疑，“徐卉这个疯女人到底要做什么？”

“佳楠姐，本来是这个星期要决一生死的，现在咱们又多了一个星期的时间。”小王自然不知道李佳楠和徐卉之间的种种，反倒是因为多了一个星期的时间完善策划案而欣喜。

“王总刚刚说没说延后一个星期的原因了么？”李佳楠看向小王，把小王看得莫名其妙，“没说，多一个星期还不好么？起码我们的时间更充足了，能够暂时喘一口气。”

李佳楠独自沉思着往办公桌的方向走去。按说徐卉那个女人应该巴不得看自己出糗，不要求提早拿出策划案就不错了，眼下又宽限了一个星期实在不是她的风格啊。李佳楠试图让自己平静下来好全身心地投入到工作中去，却总是徒劳，心里七上八下满肚子的疑问，索性去问问王春和到底是怎么回事。

自从李佳楠知道王春和与张晓茹之间那点儿隐私的事之后，她还没有单独去过王春和的办公室，她总觉得有几分尴尬。若不是这件事情关系自己事业和婚姻两方面，李佳楠决不会主动找王春和谈这些事情。

“王总。”李佳楠看着王春和的表情有些不自然，王春和却与以前没有什么变化，仍是满脸笑容地看着李佳楠，“颂创集团的策划案做得如何了？”

“已经接近尾声。我刚刚听小王说颂创集团推迟了一个星期来审查这份策划案，其中有什么特别的原因吗？”李佳楠问这话的时候有些迫不及待，让王春和都略显一愣。

看着李佳楠那一副急切的表情，王春和放下手中的笔，“颂创集团今年是十周年庆典，估计他们是在忙这个吧？推迟一个星期不好吗？”

李佳楠也知道自己刚刚的反应有些反常，连忙给自己找台阶下，“我是怕他们公司寻了其他的合作伙伴，所以才推迟了跟我们公司的合作，既然是赶上十周年庆典而不是其他的原因，那我就放心了。”

“呵呵，加油做吧，我粗略地看了一下你的构思和方案，个人认为还是很有希望的。”听着李佳楠的话，王春和不免出声安慰了两句。

“谢谢王总夸奖，您满意我心里就有底了。”李佳楠语气上多了一份客套。

“既然如此我先出去忙了，王总若是有事情的话再叫我。”李佳楠说话间就起身准备出去，王春和却叫住了她，“佳楠，先等一等。”

“王总还有什么事？”李佳楠站在原地，眼神却有些飘忽。自从知道张晓茹和王春和那件事情之后，李佳楠的心里就有些怨气。

王春和将张晓茹甩了，可是这盆脏水却转移到了李佳楠身上，这还幸亏是王春和早就和他的结发妻子离婚了，否则李佳楠必定会被当成第三者唾骂不可。

而且，若不是张晓茹给周子阳打了电话，就算李佳楠让周子阳的电脑中了病毒，周子阳也不会那般的气愤不已，摔门出去喝酒。如果他不出去喝酒也就见不到徐卉，也就没有徐卉向自己示威的那一幕情景，而这其中最深的根源就在王春和的身上。

明知李佳楠被人泼脏水，差点儿闹得家庭分裂，王春和都没有站出来解释只言片语，还她一个清白，所以李佳楠的心里有怨气。但碍于对生活的需求，李佳楠心想，看在人民币的面子上就不跟王春和一般计较了，时至今日，李佳楠在心里仍旧有着一丝不平衡。

“晚上我有一个客户要谈，你若是有时间的话就随我一同去。”

李佳楠的心里不免泛起了一丝奇异，却仍旧很干脆地拒绝了，“对不起王总，今天我母亲的生日，所以我必须要赶回家去。”

王春和一愣，他似乎没有想到李佳楠会拒绝，但很快恢复正常，“原来是这样啊，那就算了。”

出了经理办公室的门，一直压在李佳楠心头的一块石头终于被掀起了。其实在王春和要提拔她当副部长的时候，她的心里就一直惴惴不安地想着王春和是否有一天会以工作之名邀自己出去，等待多日的这一幕终于在今日上演了，王春和在李佳楠心中的印象立即一落千丈。早就知道会出现这一幕，所以李佳楠拒绝的话已经是烂熟于心，脱口而出。

今天虽然不是李佳楠母亲的生日，李佳楠仍旧想回家去看看。

正想着是否打电话要周子阳一起去的时候，李佳楠再一次接到了周子阳说要加班的电话。李佳楠昨晚痛骂自己是神经病之后的理智和清醒再一次被满心的狐疑彻底占据了，他，真的是加班么？

在父母家吃饭的这一个晚上，李佳楠经常独自陷入了沉思，如一个傻子一般的发呆，这模样看在宋惠凡和李大友的眼里，都不免多了几分担忧的神色。

“佳楠，你这一晚上魂不守舍的，是不是跟周子阳吵架了？”终究没能忍住，宋惠凡还是问出了她担心的问题。

“没啊，他今天真的加班。”李佳楠想都没想就把这一句脱口而出。这回答听着没什么问题，可却让李佳楠自我震撼了一下，她似乎一直是在自我心理暗示，周子阳没有撒谎，可为何说起这话的时候自己却底气不足呢？

“加班就加班，什么真的假的，都在一起四年了，还至于这会儿看不见就想么？”宋惠凡故意转移了话题，调侃了李佳楠两句。李佳楠羞涩地一笑，“妈，你这说什么呢。”

“年轻人的事情我是不操心了，你什么时候把婚礼办完了我和你爸就算是心头的一块大石头落了地了。你结婚的事情筹备得差不多了吧？”宋惠凡并没有把心中的担忧表现在脸上。

“基本都准备好了，我们俩又看了一次房子，已经下了定金，婚纱要下个月才能够做出来，婚纱照这个星期拍，我跟几个也是快结婚的准新娘一起团购，比原价便宜了八百块钱，还多得了一个水晶相册。”李佳楠说这话的时候本是无精打采，忽然却像充了电似的转头问宋惠凡，“咱家的户口本拿回来了么？”

“还没呢，下周一我让你爸去问问。”这已经是李佳楠第N次问起户口本的事儿了，宋惠凡时不时地仔细观察着她，“周子阳这么着急去民政登记啊？”

“嗯，我琢磨着早登记结婚早踏实。”李佳楠没什么情绪，只是不时地看表，心里想的都是“周子阳加班”这几个字，好像是魔怔了一样。

第九章　酒醒·人醉

从父母家里出来，李佳楠站在路口犹豫不决，回家？还是去周子阳的公司找他？李佳楠欲掏出电话打给周子阳，左翻右翻都没有找到，回想一下可能是落在了公司的办公桌上。正在踌躇之际来了一趟公交车，李佳楠上车奔着周子阳的公司而去。

"你怎么来了？"

周子阳今晚的确是加班。他本是针对今天新下发的项目跟两名同事开个简短的小会，不料这小会刚刚开完就接到了徐卉的电话。

徐卉站在周子阳办公室的门口朝着发呆的他微微一笑，"怎么？我就不能来看看你了？"

虽然周子阳知道自己不应该跟徐卉再有什么纠缠，可直接出言撵徐卉走这种事情他还是做不出来，踌躇片刻，周子阳只好尴尬地请徐卉进来，"我刚刚开完会，你在我的位置上先坐一下吧，我收拾一下东西就走。"

徐卉淡淡地点点头。周子阳将办公桌上的东西一件一件摆放好，文件书籍码得整齐有致，好像一刀切出来般的平整。徐卉看得不禁有些沉醉，"你还是跟以前一样喜欢干净整洁。"

周子阳一怔，并没有停下手中的动作，"习惯了。"

"单位这么整洁，可你家却有些凌乱，看来负责打扫的人不是你吧？"

徐卉的注视让周子阳浑身不自在，“上班都忙，哪有时间收拾屋子，况且我和我未婚妻结婚的新房还没办好手续，那里也只是暂时的落脚地。”

“你爱她吗？”徐卉毫不隐讳地问，“就像你以前爱我一样？”

周子阳一惊，连忙回头往隔壁办公室探头看去，然后埋怨地看了两眼徐卉，拎起自己的手提包拽着她如同逃离瘟疫一般的迅速走出自己公司的大门。

“你怕什么？”徐卉看着周子阳一脸紧张的模样不由得捂嘴大笑。

周子阳不满地看了她一眼，可是她眼神中闪烁的爱慕让周子阳气不起来，“你这是存心不想让我在公司好好待了，你以为这是酒吧呢可以肆无忌惮地说话？”

“这小破公司有什么可待的，不能待更好，我介绍你进颂创。”

周子阳的心跳停了半拍，看着徐卉那一脸的认真他的心激动了片刻，能够进到颂创这样的大公司工作对他来说可是事业的腾空点，但最终仍旧是理智战胜了欲望，“我还是在这小公司混吧，挺好。”

徐卉并没有针对这个问题跟周子阳继续纠缠，好像周子阳的拒绝是在她的意料之中。她径自走到自己那辆惹眼的红色跑车旁边，“上车。”

“去哪儿？”周子阳站着没有动。

“上车你就知道了。”

周子阳正在犹豫不决，忽然看到了马路对面一个呆滞的身影，他的脸色变得慌乱，因为那个人正是李佳楠。

李佳楠其实早已经在周子阳公司楼下等了许久，她仍旧在犹豫自己是否要上去找周子阳，可就在这时，她看到了那辆惹火的红色跑车，然后又看到了徐卉和周子阳一同从他的公司走出来。

李佳楠很是自欺欺人地想，若是我刚刚没有来周子阳的公司该有多好。眼前的这一幕虽然是她曾经幻想过的，却没料到现实中真正上演的时候却是这般的震撼，那惹眼的火红跑车直接从李佳楠的心里轧了过去，将她的心撵得粉碎。

信号灯从红色变成了绿色，周子阳慌乱的脚步匆匆向这边跑了过来，“佳楠，你怎么来了？”

李佳楠的眼泪有点儿忍不住要往外掉，可是她不想在徐卉面前落下风，生生将那股子酸楚咽进了肚子里，“从我妈那儿出来得挺早，而且我还忘带电话了，离你这里不远就想跟你一起回家。”

周子阳朝着马路那边的徐卉看了一眼，徐卉正坐在自己的车上看着他们俩。周子阳从未感到过如此矛盾和揪心，“那……那咱们回家吧。”

“那她呢？”李佳楠用下巴指着马路对面的徐卉，眼睛直勾勾地看着周子阳。周子阳心里有些慌，李佳楠如今的表情就是认定了自己说加班开会是在骗她，心里不免有些埋怨徐卉，什么时候来找自己不行，偏偏是今天。

“她……”周子阳有些不知道该如何解释，结结巴巴地也说不出话来，“不用管她，咱们回家再说。”

马路上的行人纷纷侧目看着她们，李佳楠也不想在大马路上丢人现眼，只是微微点头。周子阳快速地拦了一辆出租车，跟着李佳楠一起上了车。

上了车，周子阳还不忘回头看看徐卉，心里沉沉地叹口气，看来这一次的事情之后徐卉也不会再来找自己了。周子阳的手紧紧地握着李佳楠，只觉得她的手异常冰冷。周子阳有些恨自己，这一次，他不但把李佳楠伤了，还把徐卉也得罪了，早知道这样，今天下班就直接回家了，也省得出这么个麻烦事儿。

李佳楠这一路上都只是低头闷声不语，周子阳几次瞧着她想要打破这尴尬的沉寂却都只是张了张嘴没有说出一个字。这种死气沉沉的气氛一直持续到他们回家，两个人只是在屋内对坐，谁都不知道该如何开口。

李佳楠一直在进行很激烈的思想斗争，“我到底该不该给他一次机会”。李佳楠不想吵架，毕竟她不想跟周子阳分开，婚礼已经准备就绪，李佳楠并不想节外生枝。除却她留恋和周子阳之间这份感情之外，她还一直在自问，我除了周子阳之外还有别的选择吗？没了周子阳的日子将会是什么样子？她无法想象。

周子阳不认为自己是个君子，因为面对着徐卉他承认自己做不到心如止水，而面对着李佳楠，尽管他心底曾经一闪念地怀疑李佳楠是来跟踪他的，可事实摆在眼前，李佳楠看到了自己和徐卉在一起，任凭他如何解释这都是不争的事实。将心比心地想想，换做他是李佳楠，他也不会相信自己和徐卉之间是清白的。可眼下，自己该如何面对这两个女人？

李佳楠看着周子阳有些无语凝噎，周子阳连忙起身给她倒了一杯水，李佳楠轻轻地接了过去，“谢谢。”

周子阳身形一怔，李佳楠的这一句“谢谢”让他感到自惭形秽，一丝发自内心的愧疚终究战胜了所有，他告诉自己不能够对不起这个跟了自己四年的女人，该面对的终究是要面对的，周子阳索性先开口，“佳楠……”

李佳楠连忙摆手示意他不要说，“多余的话你不用再说，我只想问你，你还想跟我结婚吗？”

李佳楠抬头看着周子阳，这一刻她的心很坚强，她的眼睛中闪烁的是期盼，是肯定，就好像是盼望着丈夫归家的可怜女人。周子阳不是个硬心肠的人，他被李佳楠这一副楚楚可怜的模样彻底融化了。

“对不起，”周子阳将李佳楠抱在怀里，“原谅我这一次，我不想解释我跟徐卉之间是否发生了什么，因为你不会相信，换做是我可能也不会相信。但我可以向你保证，我不会再跟她见面，不会再跟她联系，我想跟你结婚。”

李佳楠手中的水杯应声落地，她不由自主地紧紧张开双手环住周子阳的脖子，那充满幸福的泪水瞬间从她的眼眶里流出，“我会记得你的这份承诺，我希望你也能够将说过的话牢记在心里，我希望你能给我一个干干净净的婚礼，好吗？”

周子阳除了点头答应之外不知道自己还能说些什么，李佳楠笑了，窝在周子阳的怀里笑得很开心。她看不到周子阳的脸上还有着一丝与过去诀别的失落。

这两天，李佳楠过得都很快乐，每天上班工作也颇有朝气，干劲十足，下班回家也多做了几个周子阳爱吃的菜。周子阳也走进厨房帮李佳楠做些杂务，颇有些神仙眷侣的小情调。

“佳楠，今儿是周末了你还不抓紧回家？”

临下班的时候，赵丽娟打完了卡看李佳楠仍旧坐在办公桌前埋头苦干不免纳闷地问。李佳楠抬头笑笑，“我家子阳一会儿来接我去新房看看如何布置，我这会儿再把颂创的案子看一遍，下个星期五他们可就要来审查了。”

正说着，李佳楠便接到了周子阳打来的电话，“佳楠，我今天去不了了，临时从外地来了两个同学要见见面，我也不好推辞，不如咱们明天再去？”

李佳楠想都没想就应了，“那你晚上少喝点儿酒，我在家等你回来哦。”

“好，你路上多注意。”周子阳挂了电话长舒一口气，在他旁边开车

的徐卉不免笑着调侃，“看来你这小日子过得还挺甜蜜的。”

周子阳苦笑一下没有说话，他心虚，因为他食言了。他没想到徐卉还会找上门，以老同学聚会的名义约他出去，周子阳本想推辞却不料被徐卉激将了一番，结果还是男人的面子占了上风。周子阳告诫自己这是最后一次。一路上他都少言寡语，徐卉则在不停地接打电话，她雷厉风行和精明强干的处事方式让周子阳不免有些惊诧。

“烦死了，连休息日都追着我请示问题，就没有喘口气的时候。”挂了电话，徐卉干脆把手机关掉。

“能者多劳。”

徐卉很意外周子阳会这样说，“这是你对我的评价吗？我还记得在学校的时候你经常说我是一个懒惰的聪明人。”

“人总是会变的，你就变了很多。”

“可我仍旧怀念以前在大学里无忧无虑的日子。”徐卉淡淡的倾诉让周子阳感到浑身不自在，他不知道该如何接这句话，无论说什么他都觉得不恰当。他面向窗外在盘算着是否要跟徐卉摊牌说清楚，可又觉得说出来是否是自作多情，或许徐卉只是追忆过去，并不代表着她想要未来。

车停在了一个法国餐厅的门口，周子阳随着徐卉下了车，有些刘姥姥进大观园似的感觉，这等豪华的高级餐厅可不是他这月薪三四千块的人能够随意出入的。徐卉洒脱地拿出了自己的会员卡，几名服务生即刻恭敬地迎着他们往一间包房走去。

“徐小姐，您邀请的客人已经到了。”

徐卉点点头推开包房的门，几张周子阳似曾相识的面孔迎了上来。经过徐卉一一介绍之后，周子阳才略显自卑地意识到，以前在大学里很不起眼的几个学弟今日全都成了各公司的老板或者是政府的官员，似乎只有他如今是一无钱、二无权的寒酸小白领，那种与老同学会面的激情顿时被内心的虚荣浇灭了许多。

聊过了几轮之后，周子阳才渐渐放松下来，因为几位学弟对他这位昔日的校园骄子仍旧怀着仰慕的心情，虽然周子阳自己有些心虚，但这种面子上得到满足的虚荣让他有些飘飘然。周子阳渐渐有些喝多了，话也越来越多了。

“周哥，你以前在咱们学校的时候那是迷倒了多少女生啊，当时就给我们羡慕得五体投地。不说别人，就说这徐卉学妹那当时的劲头，啧啧，就差连你上厕所都跟在后面了。”王晓东笑着调侃周子阳，“开玩笑开玩笑，我们当时不过是嫉妒你而已，这人一旦起了妒忌的心，难免会在背后说些闲话，吃不到葡萄就说葡萄酸，嘿嘿，来喝酒喝酒。”

周子阳用余光瞟了一眼徐卉，听着王晓东的话徐卉不但没有生气反而还笑了，“那当然，我对子阳现在仍旧很仰慕，你们仍旧可以继续嫉妒。”

“看看，周哥，小师妹这话可说得够坦白了啊，所谓人生得意须尽欢啊，你可要好好把握住机遇，人生机遇或许只有一次，错过了也许会后悔一辈子，错过的人也许一辈子都找不回来，你说呢？为了小师妹，来咱们干了！”

“别丢人啊，这可是最高级的法国餐厅，你们几个喝红酒跟喝二锅头似的，幸亏是在贵宾包房里没有外人，否则我可跟你们丢不起这人。”徐卉嗔怒地笑骂。另外一名学弟一裂自己的领带衬衫，“我们整天在外面装孙子都装累了，花钱还得跑这洋鬼子的地方当样板啊？这都是自己兄弟也不是平时陪的客户，还得装着，绷着，我花钱来吃饭我想咋玩就咋玩，今天就拿这法国红酒当二锅头了！”

“对！来个不醉不归！”

徐卉捂着嘴笑，周子阳一饮而尽，脸上布满了得意，人生得意须尽欢，莫使金樽空对月，刚刚那两位学弟的话随着酒精一起下肚在周子阳的心里起了化学反应，他忽然感觉自己以前过的日子太压抑了，这份压抑来自于对金钱的渴望，对成功事业的向往。自从决定结婚之后，他似乎就忘记了什么叫享受，在公司装孙子，给客户装孙子，在父母面前伸手要钱摇尾乞怜，买房子找酒店他也感觉自己是人穷志短，连中午想吃个顺口的盒饭都要算计算计兜里这个月的零花钱够不够用，娶个媳妇儿就这么难吗？他似乎从未感觉过什么叫花钱买个舒坦，这到底是为了什么？

酒不醉人人自醉，周子阳开始沉迷在这激情四射的气氛当中，走路都有些晃悠，在服务生的陪同之下出门去了卫生间。

待周子阳出门之后，王晓东神秘兮兮地看向徐卉，“徐卉，你跟哥说实话，你不会还惦记着周子阳呢吧？”

徐卉没否认，“怎么的？不行么？”

王晓东直截了当地说，“他废了，你看他现在这副德行，还值得你这样抬举他么？他要是识相一些当你们家的倒插门女婿兴许还能做出一番事业，不过你们家的老头可不是个善类，他能容得下这么一位占他的家产么？”

“我会让他重新站起来的，人都有走麦城的时候，你不也穷得摆地摊吗，不过周子阳比你命好，因为他还有我。”徐卉也不示弱，脸上显示着志在必得的信心。

“完了，你完了。”周子阳的另外一名学弟方青指着徐卉调侃，“女人一旦陷入了爱情智商就是零了，早知道当时在学校我拼死也得争个第一好吸引你徐大小姐的眼球啊，现在起码少奋斗二十年啊。”

“我可没打算结婚，我憧憬真正的爱情，可不憧憬锅碗瓢盆的生活。”徐卉一边听着门响，一边说。

方青和王晓东不免互相看了看，“看来传闻的确是没错啊，最毒不过徐卉的心，你这是要玩死周子阳啊，我可听说他快结婚了。”王晓东虽然这般说辞，脸上却并没有半分同情周子阳的表情，而是一副看热闹的姿态。

徐卉耸耸肩膀，“难道男人也兴要名分这一说么？再说我可没有破坏别人家庭，他不还没结婚呢吗，每个人都有选择的权力。”

方青苦笑着看徐卉，“太聪明的女人简直就是怪物，周子阳还是自求多福吧。”

“嗯？周子阳？”

就在周子阳从洗手间出来在服务生带领着往贵宾包房走的时候，一个坐在角落里的人纳闷地看着他的背影。这个人不是别人，正是李佳楠的死党聂美娜。

聂美娜的第N次相亲结束之后正准备离开餐厅却看到了醉得直打晃的周子阳，心中纳闷不已，周子阳怎么跑这家餐厅来吃饭了？难道是招待什么客户么？

这间法国餐厅没有会员卡是不受接待的，而周子阳刚刚进的贵宾包房不是高级金卡会员更是进不去的。这里一般的会员卡需要先存进十万块钱才能够取得会员资格，贵宾的高级金卡更是财富的象征，周子阳一介勉强算得上白领的工薪族居然会出现在这里，不是看错了吧？聂美娜心中狐疑着从餐厅走出去，她这会儿早已经习惯性地把跟自己相亲的土大款忘在脑后，而是掏出电话打给了李佳楠。

李佳楠正在家里焦急地看着时钟，等周子阳回来。

“你家周子阳在家么？”聂美娜开门见山地问，李佳楠一愣，“没在啊，他今天说是外地来了两名同学要见他，跟同学聚会去了。”

“我刚刚在一家法国餐厅看到周子阳了，喝得都乱晃了，要是没有服务生架着他马上就能趴地上，你要不要来看看啊？”既然周子阳没在家，聂美娜心里已经确信刚刚那个人便是周子阳。

“这个人真是的，我还嘱咐他少喝酒居然还是喝多了。”李佳楠说话间有点儿埋怨，“后天还要拍婚纱照呢，喝成这样指不定拍成什么样了。”

“那你快点儿过来吧，男人都要面子，这多年同学不见面一拼酒他也不好意思不喝，你打车来百子湾 HOSE，我在门口等你，这餐厅没会员卡进不来。”聂美娜本欲出门又一屁股坐下来。今儿这位相亲的土大款的确是看上了聂美娜了，因为有急事不得不离开，为了不得罪聂美娜还有下次见面的机会，就直接将自己的会员卡送给了聂美娜，还絮絮叨叨地说他不习惯这种花钱遭罪的地方，还不如路边大排档吃得痛快，买这会员卡一是为了充面子，二就是为了相亲用的，其实这卡里也没剩多少钱了。聂美娜觉得他这个人还蛮实在的，自然大方地笑纳了。

“那么高档的地方？不会是周子阳请客吧？这得花多少钱啊？”李佳楠嘴里嘀咕着，已经很是迅速地穿上衣服出了门。

“别光想着钱了，就他兜里那点儿钱还敢进这种餐厅，你还是快点儿来吧。”聂美娜催促着，一边点了一杯果汁等着李佳楠，反正这会员卡里有钱她是不花白不花。

“对了你怎么跑那家餐厅吃饭去了？买彩票中奖了？”李佳楠坐上出租车还不忘八卦一下。

“我……相亲。”

“……”

到了餐厅门口，聂美娜迎着李佳楠进来之后发现李佳楠的脸色十分难看，惨白得像刷了乳胶漆的墙壁，聂美娜不由得担心地拽拽发呆的李佳楠问：“哎，你这是怎么了？”

李佳楠摇摇头，“给我杯水。”

聂美娜连忙叫来服务生要了一杯果汁递给她，“先喝点儿这个，刚才打电话的时候还好好的，你这是犯什么毛病了？周子阳就在那间包房呢，你要不要过去看看？”

李佳楠顺着聂美娜手指的方向朝着那包房看去，一双哀怨的眼神好似要将房门穿透一般。她感觉口中干渴，拿起果汁“咕嘟咕嘟”地猛灌了几大口，旁边的服务生不免轻蔑地看了她两眼，被聂美娜狠狠地打发走了。

“我……我又看见那辆红色的跑车了。”沉默了半晌，李佳楠朝着窗口那辆熟识的红色跑车望去，那惹眼的红色，那熟悉的车牌号都让她能够听见自己再次心碎的声音，为什么？为什么周子阳要骗我？这般想着，李佳楠的眼泪开始在眼眶里打转。

“什么红色跑车？那车是谁的？倒是蛮漂亮的，怎么回事儿啊你倒是说说啊，真让人着急。”聂美娜在一旁急得团团转。

“是徐卉的车。”

“徐卉是谁？你能不能一次说清楚啊。”

“她是周子阳的初恋女友。”李佳楠终于提到了这个她十分不想提起的名字。

“啊！”聂美娜不由得张大了嘴，“佳楠，我，我还不如不告诉你了呢，看我这嘴欠的，你别着急，兴许我看错了呢？啊？”聂美娜有些心虚，毕竟是她把李佳楠招来的，若是两个人真因为这个闹翻天，那她岂不是成了罪人了？

李佳楠岂能不知道聂美娜的这点儿心思，“这不怪你，要怪就怪周子阳不信守信用，这才过了几天好日子……咱们就在这里等吧……”

聂美娜刚刚想问她为何不进去，可转念又闭上了嘴巴，进去做什么？难道要在餐厅里吵架么？她不得不佩服李佳楠的忍耐力，也只好再叫来两杯果汁边喝边等，不时看看李佳楠的脸色。

李佳楠觉得这一秒一秒的时间就像是把她放在火上烤，煎熬的滋味儿实在是让人难以忍受，可她的心中始终还是存着某种幻想，或许那个人不是周子阳？或许今天开车的人不是徐卉？或许只是别人借了徐卉的车来这里吃饭而已？或许……这短短的时间李佳楠的心里想了太多个或许，但她知道，其中最有可能的，便是她这些个或许都想错了。

李佳楠看着手表的时针过了十二点的时候，两个她熟悉的人影从那间包房里走了出来，其中一个是徐卉，而她身上架着的便是喝得不省人事的周子阳。

自己那些脆弱的猜测顿时被残酷的现实击打得粉碎，李佳楠不由自主地站了起来，她现在的脸色更加难看，嘴唇都在不停哆嗦，她感觉自己就好像定在了原地一般根本无法向前移动……

“哗”的一声！

一杯夹着冰的果汁朝着周子阳的脑袋瞬间泼了过去，让他有了短暂的清醒，他抬头一看，聂美娜拎着一桶冰块和果汁气呼呼地看着他。

所有人都愣住了，包括徐卉也被溅了一身的果汁，她怒气冲冲地看着聂美娜正准备开口指责，却绕过聂美娜的肩膀看到了站在后面的李佳楠，顿时也愣住了。她不知所措看向周子阳，眼下她和周子阳正暧昧地搂在一起，尽管她是因为周子阳喝醉才扶着他，可这已经说明了她和周子阳之间那层朦胧的关系，在这种场合下遇到李佳楠还被泼了冰，她也显得尴尬不已。

周子阳自然看到了李佳楠，有的冰块挂在他的头发上，还有的冰块顺着他的衣领滑进了衣服里，冰凉的感觉让他瞬间打了一个冷战。周子阳的两个学弟站在旁边也不知所以，四处张望着愣住了。一时间，门口这一处的气氛甚是尴尬，只听得聂美娜看着周子阳身旁的徐卉，冷冷地骂了一句，"狐狸精。"

徐卉欲上前反驳却被周子阳拽在了身后，他已经觉得很丢人了，不容许她再闹下去。

一个服务生迅速走过来，朝着聂美娜故作绅士地警告，"Excuse me，这位小姐，这里是法国餐厅，希望您能够平静一下自己的情绪，不要打扰其他用餐的顾客，否则我们将不欢迎您的光临。"

"老娘还不乐意来你这破地方呢，难吃的破蜗牛！"聂美娜抓起李佳楠就要往外走，李佳楠直勾勾看着周子阳，甩开聂美娜的手走过去。周子阳站在原地没动，他不敢看李佳楠的脸，他刚刚的酒此时已经醒了。李佳楠走过去拍拍他身上仍旧沾着的果汁，而后随着聂美娜离开了餐厅，她的拳头握得紧紧。

冬季凄冷的风直接灌进李佳楠的心里，她这一路上都只是随着聂美娜的脚步走，一直到自己家门口才恍然地掏出钥匙开门。而此时周子阳已经抢先回到了家里，听着门响，周子阳从屋内走了出来。

聂美娜站在门口没有进去，"人我已经得罪了，至于怎么处理就看你的了，随时给我打电话。"

把李佳楠送进了屋里，聂美娜视周子阳如透明人一样，连看都没看一眼就走了。

周子阳和李佳楠面对面地坐着，两个人沉默了许久，终究还是周子阳率先开口。

"佳楠，我想咱们都需要冷静冷静，不如推迟结婚的日子吧。"说完，周子阳长舒一口气，"我忽然觉得这日子过得很累，给我点儿时间清醒一下可以吗？"

"你是要跟我分手么？"李佳楠刚刚还在想是否原谅他，没料到周子阳居然率先提出这样的要求，她心里苦涩如黄连却硬是咽了下去，

"别绕弯子，你知道我不喜欢拐弯抹角。"

"我们好好谈谈，难道你没有觉得自从决定要结婚之后，咱们的日子忽然变得……变得很混乱，甚至很焦躁？无论是你还是我，都面临着许多麻烦，许多必须面对的问题。"周子阳抓着自己的头发，"这样的日子我感到很压抑，我不想这样持续下去。"

"不想结婚就直说，何必到现在一切都已经准备就绪了你临阵脱逃？周子阳你对得起我吗？"李佳楠冷静得过分，声音哽咽苍白，一双含着泪水的眼睛怒视着周子阳。周子阳低下头，他不肯正视李佳楠，因为他无法面对。

"我没有不想结婚，我只想推迟婚期，或许是我们的准备不够充分，让本可以很快乐的结婚变成现在这样，这是我的心里话，而且憋在心里很久了，我看到别人结婚都是喜气洋洋的，可放在我自己身上却感觉不到丝毫的喜悦，反而全是无谓的焦躁不安。我认为这其中很大的原因是我们都没有准备好。"周子阳点了一支烟猛抽。

"我们什么都准备好了，就是没有准备好钱而已。"李佳楠直指周子阳，"你太自私了，你焦躁？难道你没有想想我是如何过的？每天上班下班之后还要买菜做饭收拾家务，然后筹备婚礼的事情，为了结婚省一些钱我想方设法找门道和人拼婚，我为的什么？还不是为了能够跟你结婚？能够让我们有一个满意的、这辈子值得回忆的婚礼？"

"拼婚，拼婚，"周子阳自嘲地一笑，"我看是拼命吧，在这件事情上除了劳碌，除了辛苦之外，你感觉到快乐了么？除了满身的疲惫不堪你还得到了什么？"

"我在争取我想要的婚姻！"

"呵，"周子阳冷笑着，"你觉得这种一点儿快乐都没有体会到的婚姻值得争取么？从决定要结婚开始，我马不停蹄地开始为你挣钱，公司的活计我揽了大半就是为了多拿奖金，还要低三下四地找一些什么都不懂的人去求个兼职，挣那两个半铜子来博你一笑！去求我的父母施舍给我点儿钱买个鸽子窝一般大小的房子！"周子阳抖抖手中的烟，"我从每包十块钱的烟现在变成了每包五块钱不说，现在连出门跟同事吃饭都不敢去，生怕回来你因为我多花钱请客没有好脸色，这样的日子我受够了！我明明可以有更好的职位只因为你不喜欢徐卉，不希望我再跟她有所接触，我放弃了去颂创集团任职的机会，你还想让我如何？现在却是你在抱怨！"

"我没有抱怨，因为我想有个归宿，我想结婚，现在不想结婚的人，感觉疲惫不堪的人是你，食言的人也是你！你从来没有跟我说过要去颂创集团任职的事情，是你自己承诺永远不再跟徐卉联系，不再跟她见面，难道你自己说的话你都忘记了吗?!”李佳楠猛的站起来朝着周子阳歇斯底里地大喊，“自从徐卉出现之后你全都变了，你不要再找什么借口！”

“这不关徐卉的事，是我变了。”周子阳即刻反驳，“我承认我对你食言了，但今天的确是同学聚会，我说什么你都不会相信，我只希望你不要把无谓的人牵扯进来。”

“是吗?”李佳楠看着周子阳的眼神充满了愤怒和恨意，“上一次徐卉送你回来时可是说她对你志在必得，她说要给你辉煌的事业，复原那个在学校里的骄子，不是她从中作梗还有谁？为什么徐卉出现之前你从来都没有提过做兼职太累？从来没有提过筹备结婚的事情太烦躁？你不要否认了。”

“她怎么可能说出这样的话，这是我和你的事情你为何总要牵扯别人进来?”周子阳仍旧不肯承认，“是你一直都不肯相信我，而且还偷看我的手机来电，查探我是否加班，还莫名其妙地跟踪我。”

“我没有跟踪你，是聂美娜无意中碰到了你说你醉得很厉害让我过去看看。”李佳楠当即辩驳。

“那前几天我加班的时候是谁打一声电话听到我的声音之后就挂断？是谁到我们公司楼下连个电话都不打？你不就是在等着抓我的小辫子来当理说，把自己放在一个弱者的角度么?”

“周子阳你是个混蛋!”李佳楠痛哭流涕地朝着周子阳怒喊。

周子阳一脸无奈地看着李佳楠，“我看我们还是不要继续谈了，都先冷静冷静。”

“冷静？你让我如何冷静？后天拍结婚照怎么办？酒店、婚庆、新房、婚纱、礼服全都已经下了定金，你让我怎么冷静？你一句要推迟婚礼难道我就要将这一切全都退掉赔给别人违约金？你还让我冷静，周子阳你能不能说句人话!”李佳楠疯了似的朝着周子阳咆哮，她不知道自己居然也有这般疯狂的时候，潜意识中的不满全部爆发了出来。“你还是觉得我李佳楠高攀你了是吧？我上赶着非要跟你结婚是不是？你父母一直都瞧不起我们家，瞧不起我，可我看你还是醒醒吧，我看你是酒醒了但是人还在醉着，我李佳楠不是除了你就没人要了!”

“既然我们的父母都不同意我们在一起，我们也没有足够的钱买房子置办婚礼，我们推迟婚期有何不可？我们都需要冷静!”周子阳执意道。

“你要冷静可以，我给你这一晚上的时间，若是你仍旧坚持要推迟婚礼的话，那我们也就只有分手了。”

“这是你的决定么？”周子阳站在李佳楠的面前，双手插在兜里等着她的回复。

“是的，只有一个晚上。”李佳楠坚定地说。

“那我们分手吧。”

周子阳的话好似一个炸雷直接劈进了李佳楠的心里，她的眼泪瞬间滑落却被她用手使劲儿的抹去，她努力把眼泪往肚子里咽，不让自己再掉下一滴，“你确定吗？”

周子阳点点头，“至于已经下了定金的违约金我会支付，你算一下多少钱再通知我，我会直接汇入你的银行卡里。”

“你滚吧！”李佳楠的语气冰冷，寒得让周子阳不由得一怔。周子阳迟疑了一下，还是掏出一个皮箱开始收拾东西。

周子阳只拿了几件随身衣物和他工作需要的物品，当他拎起箱子，看见李佳楠那颤抖的身影心里好像有块棉花塞住一般。他不是对李佳楠没有了感情，而是的确感到疲惫，虽然他并没有在李佳楠的面前承认自己对徐卉的感情，可周子阳自己心里明白，徐卉的出现是导致他和李佳楠分手的催化剂。

离开了家，周子阳拦了一辆出租车。

“去哪儿？”司机师傅问。

周子阳忽然语塞，他不知道离开了这里能够去哪儿，回自己家？他不想，思考了半天，连司机师傅都等得有些不耐烦了，他才缓缓地说出一个地址，那里是顾新宇的家。

第十章　落跑的准新郎

“你真厉害!”听周子阳讲完他和李佳楠分手的经过，顾新宇不免朝着周子阳竖起大拇指，周子阳当然知道顾新宇不是在夸他。

“我暂时在你这里借住几天，等我找到了房子就搬走。”周子阳并不理会顾新宇的冷嘲热讽，他现在感觉很疲惫。

“你还能搬哪儿去？除非你又找到个女人同居，我这里你随便住，只要你别嫌我经常带女人回家就行。”顾新宇瘫在沙发上看着周子阳，那眼神让周子阳感觉很别扭，“你这么看着我做什么？”

顾新宇一边摇头一边说，“啧啧，周子阳啊，早有这觉悟你何必耽误李佳楠到二十八岁呢，我今天终于找到一个人品比我还差的了，不过我还是要恭喜你跳出了婚姻的坟墓重获新生，只期望你别从这个坑跳进另外一个坑里就行。”

“你这话什么意思？好像我害了李佳楠似的。”周子阳不满顾新宇的话，“我心里对她不是没有愧疚感，我总不能因为对她愧疚就盲目地结婚，就搭上我的后半辈子吧？”

“你就没想过李佳楠二十八岁的大龄剩女还能嫁个什么样的人?”顾新宇从冰箱内拿出几罐啤酒递给周子阳，“你不用跟我解释，我早说过这是你自己的事儿，只要你自己想明白了就行。客房里有沙发床和被子，你自己翻出来，睡不着就喝点儿酒。”

顾新宇拍拍周子阳的肩膀之后穿上衣服开门出去了，完全任周子

阳自生自灭。

周子阳看着桌子上的酒，毫不客气地全部打开，一罐一罐地灌进自己的肚子里。酒精再一次侵袭了他的神志，周子阳索性打开冰箱把顾新宇存的所有啤酒全搬了出来，只可惜还未喝到一半他就已经横在沙发上烂醉如泥。

李佳楠这一宿都没有合眼，她呆坐在那椅子上看着凌乱的房间，空落的衣橱，眼泪顺着面颊无声地往下流。她极力想忍住哽咽让自己不再颤抖，但是从内心中爆发的悲伤，是隐藏不住的。

面对着空冷的房间，她甚至不敢相信这是真的，我在做梦吗？我是在做梦吧？她摸着自己的脸，怎么会有这么多的泪水？我怎么没有了温度？她的人已经没有了知觉，梦里，就是这样的吗？既然是做梦，他抛弃了我，我应该哭吧？对，我应该哭。

想着，她的眼泪又涌出来。她狠狠地咬着自己的手腕，狠狠地，血顺着她的手臂漫了出来，她感觉到疼了，她只想证实一件事，这不是在做梦。

空荡的房间中没有一丝温暖的气息，月光透过窗户照在她的脸上，她却感觉这月光无比的刺眼。冰冷的地板上吸走了她身上所有的温度，她头脑中一片空白，看着手上被自己咬出的血痕，李佳楠终于痛彻心扉地嚎啕大哭，歇斯底里地要把心哭透。伤心？委屈？任何词汇都无法形容她复杂的心情，那种怜、那种苦、那种酸都汇聚成了眼泪，在她放声大哭中流泻出来。哭声回荡在整个房间，为什么？为什么生活在给了我希望之后又这样肆无忌惮地卷走我的一切？我该恨谁？恨徐卉吗？不，我应该恨周子阳。她的脑子乱了，乱得没有了思想。疼，无比的疼，她无法再思考下去，那种爆裂的疼痛不断侵袭着她的全身，最终蔓延到她大脑的意识，眼前忽然一黑，李佳楠无声无息地倒了下去……

待李佳楠醒来的时候，她的身边站了许多人，她迷蒙地睁开双眼确定这里仍旧是她的家。

“佳楠醒了。”

随着一声轻呼，房间内的人都凑到床边来，眼神中闪烁着无限关爱地看着李佳楠。“孩子，别这么傻呀。”宋惠凡不断地抹着眼泪，她的父亲李大友探头看了看，就坐在一旁不肯说话。

李佳楠看着手上自己咬的那个伤口已经被绷带包上了，看来她咬自己的这口被误以为是要寻死了。

李佳楠挣扎着从床上坐起来，“妈，爸，你们怎么来了？”

“是我打电话给他们的。”李佳楠的邻居孙洁端着一碗鸡蛋面走了进来，随后进来的还有聂美娜，她朝着李佳楠做了一个很丑的鬼脸。

“我听见你在屋里哭……我就一直注意着，后来看你房间没声音了我不放心就过来看看，看见你倒在地板上，我也不知道应该联系谁，就用你的电话打给了你最近通话记录中的几个人。”

“谢谢你了孙姐。”李佳楠悻悻地看着周围这一圈人，不知道该作何解释。看着周围这些关心自己的人，她的眼睛又有些湿润了。

“叫了楼下诊所的医生来看过了，你就是疲劳过度，需要好好休息几天，刚刚你们公司的王总也来了，还送来两盒燕窝。”聂美娜嘟着嘴喂李佳楠吃面条，“你们老总说了，给你两天假期，让你好好休息休息再去上班。”

“爸，妈，让你们担心了。”李佳楠没想到自己这一昏倒会惊动这么多人，她也不能怪孙洁，毕竟人家是好心。

“佳楠，你一直都很坚强。”宋惠凡摸着自己女儿的头发，“我的女儿是最优秀的。”

李佳楠忍着满心的酸楚任由聂美娜往自己嘴里一口一口地喂面条，那辛酸汇成了一股升腾的雾气凝结成了一滴一滴泪珠从她的脸上滑落，无声无息的……

顾新宇到李佳楠家楼下的时候天已经快亮了，正在他犹豫不决是否上去看看的时候，却看到聂美娜从楼道里走出来。聂美娜看见他也是猛的一怔随即便毫不客气地嚷，“你来干什么？难道也想泼一身冰块吗？周子阳那个混蛋呢？”

顾新宇挠挠头，他不知道为何总是害怕见到眼前这个女人，“剩斗士，你也在这里呢？我不放心，所以过来看看李佳楠是否寻死觅活，既然你在这里那我就不用惦记了。”

“顾新宇你是个混蛋！”聂美娜把对周子阳的一肚子气全撒在了顾新宇的身上，“你是个彻头彻尾的混蛋，跟周子阳一样混！你跟我上楼，你看看现在的李佳楠变成了什么样子，你居然还跑到这里来说风凉话，简直就不是人，怪不得周子阳会移情别恋攀高枝，都是让你这种狐朋狗友给拐带坏了！”

顾新宇怔怔地说不出话，看着聂美娜冲到自己跟前拽着自己的胳膊往前走。顾新宇满心委屈，本想辩驳几句，可看到聂美娜现在就像是一头发疯的母狮子一样，他自知说再多的话都是无用。顾新宇心里

憋屈，我本来好心来看看李佳楠，结果被骂了一个狗血淋头，这是什么世道啊。

“你怎么又回来了？”看着聂美娜去而复返，李佳楠窝在床上纳闷地问，可当她看到聂美娜身后出现的顾新宇，不免神色一冷，她想要挤出一丝微笑来显示自己的无谓和坚强，但那笑容还未凝结成就已经散了，“你怎么来了？”

顾新宇四下打量一番李佳楠的房间，麻雀虽小五脏俱全。看着李佳楠手腕上绑着的绷带，顾新宇的心跳差点儿停了半拍，“你不会真干傻事儿了吧？”

“闭上你的乌鸦嘴，佳楠是因为疲劳过度昏过去了，都是该死的周子阳，说，是不是那个家伙让你来的？”聂美娜没好气地看着顾新宇，满脸的阶级斗争。

“不是，他刚刚去了我家，我不放心就过来看看。”顾新宇忽然觉得李佳楠手腕绷带上渗出的那抹殷红的血迹很刺眼，虽然他是周子阳的死党，但这几年相处下来他觉得李佳楠是个好女人，如今看着她这般躺在床上，他的心里也苦涩涩的。

李佳楠没有因为顾新宇的话而失落，她了解周子阳，他是不可能让顾新宇过来求情的。

“谢谢你了顾新宇。”李佳楠的声音很轻，就好像飘在风中的一片鹅毛，让人的心跟着揪紧，仿佛只要一股微风吹起就能将脆弱的她彻底击垮。

“我们是朋友，有什么需要尽管给我打电话。”顾新宇笑笑，他不知道此时还能说些什么，这种安慰人的活儿他也没什么经验。眼看着两个女人都巴巴地看着自己，他扬扬手中的烟盒，“我出去抽根烟就不上来了，你好好休息，我改日再来看你。”

“谢谢你。”李佳楠也是除了这句话不知道还能说什么。

“你好好睡一觉，我送他下去。”聂美娜没有让李佳楠起身，跟随着顾新宇离开了这个空寂、清冷的屋子。

出了楼道，顾新宇忽然觉得外面的空气格外清新，不觉深深吸了一口气。看着身后横眉冷对的聂美娜，顾新宇收起了平时那副吊儿郎当的表情，“你不陪着李佳楠一起在这里住么？”

聂美娜摇摇头，“她把所有人都撵走了，她的父母刚刚才离开，她说需要一个人冷静一下。”

顾新宇长长叹了口气，一脸认真地说：“对不起，我收回我刚刚的玩笑话。”

聂美娜惊诧地看着顾新宇,“你这个人居然还会道歉?”

“我是真心诚意的,如果佳楠有什么需要尽管找我,没了周子阳我们依旧是朋友。”不知为何,顾新宇总觉得李佳楠和周子阳之间仍是剪不断、理还乱,潜意识中他将李佳楠看成了一个被抛弃的弱者,特别是刚刚看到李佳楠的状况,顾新宇有些同情心泛滥,尽管他知道李佳楠没什么可能需要他帮忙的,但他的确是真心诚意的,起码这一次他很认真。

从未见过顾新宇如此正色的谈话,聂美娜也不再如平时那般指责斥骂,但来几句冷嘲热讽必定是少不了的,“没想到花花公子还是个软心肠啊?”

“我很有原则的,从来不招惹自己招惹不起的女人。”顾新宇径自打开车门,“上车吧,我送你回去。”

聂美娜撇撇嘴站在原地,“算了,我怕你图谋不轨,半道上把我给害了。”

顾新宇不屑地上下打量着聂美娜,眼神特别在她胸部多停留了两秒,“干巴巴的剩斗士,我还真没兴趣。”

“混蛋。”聂美娜站在街口大骂。凌晨的街道除了几盏昏黄暗黑的路灯之外连个人影都没有,聂美娜嘴上强硬其实心里还是有那么点儿害怕的。

要不然就坐这个人的车回去?正在踟蹰之间,顾新宇忽然发动了车,“这可是你自己说不上来的,拜拜。”

聂美娜只看着那车一溜烟消失,不由得跺脚诅咒,可转念她又在期盼着,“他会不会再回来接我?”

空荡荡的街道没有一辆出租车经过,聂美娜不免有些冻得发抖,一直忐忑不安地走到大路口,她才看到一辆出租车停在那里。她丝毫顾不得什么形象,以百米冲刺的速度冲到出租车旁拽开车门就钻了进去,跟司机师傅说出了自己家的地址,聂美娜才大大地松了一口气。

聂美娜忽然看到路边停了一辆她熟悉的车,顾新宇就在车的旁边站着。也顾不得天冷,聂美娜将车窗奋力摇下,朝着顾新宇大喊,“顾新宇你个大混蛋,老天有眼让你遭报应了,哼,车坏了吧?活该!”

骂完之后她拼命摇上车窗,忽然觉得神清气爽,猛的一抬头,她看到司机师傅正在以一种莫名其妙的眼神看着自己,聂美娜悻悻地整理了一番衣装,故作镇定地看向窗外。

顾新宇被骂得莫名其妙，站在原地半晌才缓过劲儿来。其实他早已经先行叫了一辆出租车，让司机等在路口，不然这里会停着一辆出租车专门等着她聂美娜吗？这女人的智商简直就是负数。

顾新宇无奈地爬上自己的车往家的方向驶去……

把所有的人都送走后，李佳楠窝在床上闭着眼睛沉沉睡去，她想要努力地睁开眼睛却根本无法做到，她太疲倦了，脑子中人来人往的片段让她感到烦躁不安，可这些却无法真的如梦魇那般醒来就能轻轻挥去，醒来之后一切安好似乎只能成为她梦中的幻象。

周子阳的父母知道两个人分手的消息还是李佳楠告诉的。两个人分手的第二天，李佳楠便接到了周子阳父亲周山的紧急电话，周子阳的母亲心脏病发作住院，周子阳一直关机，周父就打李佳楠的电话。李佳楠也给周子阳打了电话，仍然关机，她没多想，拿着当初周子阳父母给自己的那张十万块钱的银行卡出了门，一直到现在，李佳楠还未花过其中一分钱。

“怎么现在才来？你不知道这里等着钱急用吗？若不马上手术就要出人命了！”李佳楠刚刚赶到医院，周山劈头盖脸的就是一顿埋怨。李佳楠没有说话，而是直接把那银行卡放到了周山的手里，“这是你们当初给我和周子阳结婚用的十万块钱，路上我一个人怕不安全就没有取出来。”

周山接过银行卡又白了李佳楠两眼，用命令的口气说，“你去到楼下银行把钱取出来吧，越快越好，你伯母在急救室这里离不开人，刚刚是大家东拼西凑才勉强交了一点儿押金。小王你陪着她去，免得路上不安全。”周山差使了自己的一个学生跟在李佳楠的后面。

李佳楠本来打算送完钱就离开，此时犹豫了片刻还是把银行卡接了过来转身去银行取钱。

李佳楠从银行回到医院即刻交了住院费和手术费，便一直守在手术室的门口。周子阳的母亲还算幸运，脱离了危险期，转入高干病房。李佳楠按照周山提供的名单将其他人垫付的钱一一付清，剩余的钱李佳楠则放在了王凤琴的床边。

王凤琴在半睡半醒之间，周山生怕惊动了妻子，示意李佳楠到外面说话，王凤琴却忽然拉住李佳楠的手，迷蒙之中嘴唇微动的发出些许声音，“子，子阳……”

李佳楠身形一怔，她知道在这种场合说出实情或许有些不太妥当，“他……他电话打不通，稍后就会赶过来。”

王凤琴的眼神让李佳楠觉得脸上滚烫，凭借王凤琴和周山两个人在学校执教多年阅人无数的经验，谁都能够看得出李佳楠和自己的儿子之间出现了问题。

王凤琴若有所思地松开了李佳楠的手，李佳楠随着周山走出病房。

“到底怎么回事？那小子人呢？”周山沉如洪钟的声音低沉而不失威严，尽管他刚刚经历了差点儿痛失妻子的惊心动魄，此时看起来仍旧保持着那一份独特的冷静和镇定。

“我们分手了。”李佳楠如实说。

“连结婚都准备就绪了，怎么会忽然出了这么档子事儿？你们到底是在搞什么名堂？”周山声音虽轻却无不显示着他的愤怒和不满。

李佳楠苦涩地牵动嘴角，“这您就要问周子阳了，他到底为什么跟我分手，我到现在还没有想明白。伯父，您还是回去好好照看伯母吧，她需要您的照顾。”

周山没有想到是这种情况，他看向李佳楠的眼神之中不免多了点儿异样的目光。所谓人走茶凉，眼下这状况显然是自己儿子对不住李佳楠，而她还能够在这个时候把十万块钱拿出来救命，这事儿说起来并没有多大，但能够做到这一点的人实在是不多，即使她今天没有来，周山这一家子人也怪不到她的头上。

周山不知道自己还能够说些什么，刚刚他对待李佳楠的态度也并不好，此时更显尴尬，两个人站在病房的走廊中格外僵硬。最终还是李佳楠道了声“多多保重”之后匆匆走出了医院才打破了僵局。

出了医院的大门，李佳楠感觉空气格外清新，天空格外蓝，或许刚刚看过一场生死线上的抢跑，李佳楠忽然感到自己应该振作，珍惜现有的生活，寻找快乐，她这样告诫自己。

李佳楠回到办公室仍旧有些惦记着周子阳的父母是否联系到了他，她拿起电话又拨了一遍他的手机，电话中依旧传来“对不起，您所拨打的电话已关机……”的熟悉声音，李佳楠索性直接打电话到周子阳的公司找人。

“什么？周子阳已经辞职了？什么时候的事情？”李佳楠握着电话的手又紧了紧。

“他昨天一上班就递了辞职信。”

李佳楠略感失落，淡淡道了声谢就挂掉了电话，她不知该如何通知到周子阳，他父亲现在肯定是没有空闲的时间来找他的。思索片刻，李佳楠只能打电话给顾新宇让他转告周子阳。

此时的周子阳正身着一身笔挺的名牌西装在徐卉的带领下认识颂创集团技术部的所有人。他现在鱼跃龙门，从一个小公司的技术组组长成为颂创集团这个大公司的技术部总监，虽然他资历尚浅但职位上却是与徐卉平起平坐，这也是徐卉刻意安排的。

在众多同事的掌声中，周子阳再一次感受到当年在学校中受万人崇拜的感觉。他现在的微笑是发自内心的微笑，这灿烂的笑容仿佛是他这几年从未有过的。看向身旁的徐卉，他真心感激这个女人，而徐卉崇拜的目光让他感觉自己的人生才真正开始向前迈了一步。与同事寒暄了几句之后，周子阳身旁的助理开始为他一一展开要进行审查的工作，第一项便是和华新公司的广告案，周子阳不免皱起眉头，“这不应该归技术部管吧？”

“这个大型广告之后公司要开发一个相类似的软件进行推广，说是这款软件的升级版本也可以，只是功能上要强化得多，而这个软件的开发归咱们技术部。刚刚徐总监临走的时候让我把这份详细的项目书留给您研究一番，上头交代，这个是您上任以来的第一个案子，董事长会以这个案子来评判您的水准。”

周子阳不免抬头看了看自己的这个助理，“你以前是什么职位？”

“我以前是董事长的行政助理，因为原项目总监调离岗位的时候把他的助理也一并带走，所以董事长调我来暂且担任技术部总监助理的岗位。”

周子阳心中恍然，这是徐卉和她的家人在给自己出考试题，而且安插这么一个嫡系的心腹在自己身边，周子阳的一切行动都在人家的监视之中。他能理解这种做法，毕竟他是空降兵，任凭徐卉再如何受宠，她老爹也不会让一个祸害在技术部扎根，定会找个人来验验自己的成色，“我叫周子阳，怎么称呼你？”

“张平。”周子阳的这位助理可能和他的年龄差不多，别看只是个助理，这就像当年明朝设立的锦衣卫，是安插在身旁的定时炸弹，任凭得罪了谁也不能得罪这个人，周子阳不能免俗，不免客套两句，“希望我们合作愉快。”

“合作愉快。”张平没有过多逗留，交代完事情便将这独立的空间留给了周子阳自己。周子阳靠在椅背上，享受着阳光照射进来的温暖，那温暖遍袭全身，让他说不出地畅快，他暗自告诉自己，一定要做一番事业，为自己争一口气，只是，徐卉她父亲留给自己的这份作业似乎有些难做——华新公司，李佳楠，他应该如何面对？

晚上下班之后，徐卉直接上来找周子阳，“晚上一起吃饭。”

周子阳揉着自己的太阳穴，他看了一天详细计划书和软件策划构想，“为什么要让我参与华新公司的项目？我不参与这个项目，软件照样可以开发。”

徐卉玩味地半挑眉毛，“你不要往歪处想，我这可是公事公办，”她一页一页地翻开项目书，“颂创集团有这个传统，凡是在业务上有交集的项目，部门总监必须要全程追踪以求在此项目上达到最精湛的效果，而且这其中的要求也可以说很苛刻，很挑剔。我将你引进颂创集团并且推上了这个位置已经走到头了，至于你能不能坐得住还得看你自己的能力，不过子阳，我相信你一定行！”

周子阳对自己误会徐卉感到尴尬，“既然是公司的传统我自然无话可说，我会公事公办，不会让你这个介绍人丢脸。”

“那就请我吃饭吧。”徐卉的笑容好像是一朵娇艳的玫瑰，艳丽而灿烂，让周子阳无法拒绝她的邀请，“好，我请客。”

两个人刚走出颂创集团大门，就看到顾新宇正在一旁跟颂创集团的前台调侃说笑。看到周子阳出来，顾新宇才吊儿郎当地挠头，“哟，你终于出来了。”

“你怎么找来了？”周子阳看看身旁的徐卉和顾新宇不免笑着说，“我和徐卉正要出去吃饭，你也一起吧，我请客。”

顾新宇吸吸鼻子，“我看你的烛光晚餐是要泡汤了，我已经给你妈当了一下午的替身儿子了，你这个正牌的儿子是不是应该去看看？你妈心脏病突发在医院躺着呢。”

周子阳被吓了一跳，“你可别瞎说？真的假的？”

“要不是李佳楠送去十万块钱手术费你就只能看到你妈的牌位了，信不信随你。”

“怎么没人告诉我？”周子阳纳闷地问。

“李佳楠当天就给你打电话但是你的电话一直不开机，我这不也是因为知道你在哪里所以才找上门么。放心，伯母已经脱离了危险期。我对我自己妈可都没这样伺候过，你该现身了，市医院高干病房1406，我走了。对了，没有人会骚扰你，我看你还是把手机开机比较好。”话毕，顾新宇大步流星地走出了颂创集团的大楼，留下一脸呆滞的周子阳。

徐卉从兜里掏出一张支票，签上了自己的名字盖好了印章，“这是

一张没填钱数的支票，需要多少钱你先拿去用。”

周子阳本不想接，但眼下他正是需要钱的时候，他何尝不知道李佳楠送去的十万块钱当初是做什么用的？而且他还承诺了要把退掉婚礼的一切违约金补偿给她，想到此，周子阳索性硬着头皮将徐卉的支票接了过来，“我会尽快还你。”

“快去吧，改日咱们再吃饭。”徐卉急切地催促着，周子阳也来不及多想，急匆匆朝着市医院而去。

当王凤琴和周山听周子阳讲完他和李佳楠分手的经过时，老两口不知道应该说些什么，最终还是王凤琴先缓过劲儿来，“既然都已经分手了，我们也没什么可说的了，李佳楠除了家世不太好以外其他方面还是不错的。”

“当初你们把李佳楠一家说得一无是处，我现在听了你们的话跟她分了手才觉得你们当初的看法是对的，那些家庭琐事牵绊了我在事业上的进取和攀升，我现在已经到一家大公司任技术部总监，这个平台会给我很大的发展空间，让我内心感到很充实。”周子阳淡定地给母亲削苹果，“我可没有说反话，我是真的这么想。”

“你当初订酒席婚礼还有新房肯定也花了不少钱，李佳楠把那十万块就算是还回来了，你已经在感情上伤害了她，在钱上应该补偿一些，那些违约的费用咱们家来承担，我和你妈也帮你承担一部分。”周山思前想后终于作了这样一个决定。

“钱的事儿你们不用操心了，我会还给她的。”周子阳如今也步入了月薪过万的行列，自然不会在乎父母给的那点儿小钱。他忽然有种扬眉吐气的感觉，特别是看到父母诧异的眼神，周子阳心里有着很大的满足感。

“这么说我儿子成大款了？”王凤琴满脸笑容，“对了，我还听顾新宇提到什么徐卉，这女孩儿是做什么的？”

“这顾新宇个大嘴巴，怎么什么都往外说，”周子阳心里不免埋怨着，他还没有想好自己和徐卉之间的关系应该如何处置，也不想这么早泄漏，“她是我的一个师妹，这次就是她介绍我进颂创集团任职的。”

王凤琴连连点头，“好，好，什么时候约来给我们看看？她父母都是做什么的？”

“她爸就是颂创集团的董事长，我的老板。”周子阳毫不隐晦地说，或者也是在说给他自己听。周子阳对待徐卉的事情很迷茫，他承认对徐卉有感情，但这感情是来源于她现在还是源于过去的那段回忆的延续？他自己也不清楚。

“不错，真不错。”王凤琴连连赞叹。

“年轻人做事要沉稳，切不可图一时的意气，凡事都要三思而后行，给自己留一条后路，否则将来要吃大亏的。”周山并没有王凤琴那般的赞许，反倒是冷着脸提点了周子阳两句。

周子阳有些不耐烦却还不能表现在面子上，“我马上就三十岁了，该做什么心里很清楚。”

周山冷哼一声瞟了一眼儿子不再说话。周子阳心里也不满意，好似从小到大无论他做什么事情都没有得到过周山的赞许和表扬，从未有过，一直到现在也是一样，“爸，你回家休息一天吧，今天晚上我在医院守夜。”

“不用，你回家把我床头的书和花镜带给我就行，顺便去把钱给李佳楠送去。”周山斩钉截铁地拒绝了儿子的要求，“记得是花镜，不要拿错。”

周子阳自觉没什么可再说的便离开了医院，医院走廊的空旷让他感到心情压抑，他的心有些失落，他就像是一个考试得了一百分的孩子期待着父母的鼓励和奖赏，可是却什么都没有得到。她母亲听到有钱人家的女儿还是那般的笑容，他父亲无论听到什么还是冷着一张脸。

周子阳不准备直接找李佳楠，而是回到顾新宇那里让顾新宇把支票转交给李佳楠。顾新宇瞟了几眼周子阳，接过支票甩甩，“财大气粗啊，这徐卉还真舍得下本钱。反正她这支票都拿来了，你不介意我在前面多写几个‘1’吧？”

“这钱我早晚会还给徐卉的。”周子阳不满顾新宇的冷嘲热讽，“我发现你还挺向着李佳楠的？”

“我不偏向任何人，我只是觉得李佳楠很可怜。”顾新宇喝着啤酒看足球，“人说，女人的爱情就像她的手总是在小心地呵护着，你这一出等于砍掉了她的一只手。二十八岁的女人，”周子阳轻笑，“谁要？”

“别说得你自己像个圣人似的，你摧残的花骨朵还少么？”

“我很有原则的，绝不摧残亲手栽培的花朵。”顾新宇不再跟周子阳攀谈，穿上衣服准备出门，“我帮你送钱去，不过你可想好了，这钱送去之后人可就是彻底伤了。”

周子阳点点头，或许伤李佳楠的事情还远远在后面，他希望李佳楠收下这钱，起码能够让他的良心好过一点儿。

可周子阳没想到的是，李佳楠分文没要地退了回来，而且没有什么理由。

李佳楠之所以不想要这钱，是她觉得十万块钱买不来自己四年的青春年华。

“真傻!”聂美娜嘟着嘴埋怨，“别管为什么先把钱拿到手再说啊，更何况你现在正缺钱用。”

李佳楠苦笑着摇头，“我现在就剩这点儿尊严了，如果我拿了周子阳的钱，他会觉得心里好过些，可我一辈子都无法摆脱他的阴影。难道我跟着他这四年就值十万块吗?”

聂美娜不能理解地摇头，“可能我无法体会到你的心情，若是我的话我宁可把钱拿来烧了也不给他省。”

“有什么意义呢?”李佳楠淡然地说，“结婚是一件喜事，可我们都觉得压力太大，都觉得烦躁、焦虑不安，结果就是现在这样。”

“还不都是钱闹的!”聂美娜直奔主题，“有钱什么都好办。”

“你说的只是一方面，结婚不是两个人共同生活这么简单，而是变成了两个家庭的战争。我和周子阳最大的问题在于他的父母并不肯在内心上接受我和我的家庭。你认为两个大学教授若是真心诚意地想给儿子办婚礼会拿不出买房子钱吗？而这个压力就转到了周子阳的身上，让他感到喘不过气。我的父母虽然把钱都拿给了我，可我心底也会产生一种莫名的抗拒，他周家娶媳妇儿凭什么不掏钱?”李佳楠说起这些脸上已经没有了那日的悲伤，就好似在自言自语地倾诉，“得不到父母祝福的婚姻走得很难，而我和周子阳的心里各自拧成了一个结，徐卉这个外力进入了我们的生活之后，我们的感情就像是沙子堆起的城堡，一股强风吹过或者一股潮水袭来便崩溃了。”

“你倒是看得开。”聂美娜悄悄地打量着李佳楠，生怕她再触景生情。

“刚刚分开的时候心里很难过，我不否认我对周子阳仍旧有感情，但现在仔细想想，我跟他之间存在的问题实在是太多了，当问题积累到一定程度的时候总会有爆发的一天，现在爆发总比结婚以后爆发出来要好。”李佳楠的嘴角扬起一抹苦笑，“或许这也算是老天眷顾我的另外一种表达方式吧。”

聂美娜怕李佳楠说起这些事情更加伤心，干脆转移话题，“佳楠，那土大款最近还总找我，可是我不太喜欢他，你说怎么办?”

“差在哪儿?”李佳楠停止了对自己失败的爱情的思索，转而帮聂美娜分析起来。

“嗯……可能是没有共同语言。”聂美娜掰着手指头数，“我跟他总共约会三次，第一次就是在那个法国餐厅，第二次是一个意大利餐厅，第三次是吃泰国菜，我很不明白他嘴上说不喜欢这些地方为什么还要带着我去呢？”

“他可能以为你喜欢。”李佳楠说。

“其实我并不喜欢这样的地方，他吃饭之前从不征询我的意见。这都是次要的，最主要的原因是跟他在一起我没什么话可说，全都是在听他说些生意上的事情，或者谁家又买了多少地赚了多少钱，谁家又搞养殖业发了大财，三句话不离钱，丝毫情趣都没有。”聂美娜耸耸肩膀，“我感觉跟他约会就像是在煎熬，但他为人还是很实在的，总体来讲对我还算不错，你说我怎么办？”

“没有共同语言是很可怕的一件事。”李佳楠看着一脸木讷的聂美娜，这话似乎也在说给她自己，她到现在都没有找到和周子阳的共同爱好，两个人最常做的一件事情就是坐在一起吃饭，除此之外毫无共同点。

“看来真的是没什么共同语言，我对养殖没有丝毫兴趣，没感觉。”聂美娜悻然地搂着抱枕窝在沙发中感慨。

李佳楠的脸上不免闪过一丝苦笑，“你跟他的文化背景、家庭背景、兴趣爱好全都不同，至于在钱上以后是否会有纠纷暂且难说，单论他那个人……你喜欢他么？”

“说不上喜欢，也说不上讨厌。”聂美娜嘟着嘴思考，“这问题太深奥了，我还是不想了。”

“不行就不要勉强，强迫了自己或许还伤害了别人，”李佳楠的神色略显黯然，“我和周子阳就是个例子。我们没有相同的家庭背景、没有共同嗜好，最重要的就是在钱上有很大的纠纷，不单单是我们俩，还有我们各自的家庭，婚姻是个很纠结的问题，唉……我去睡了，你好好想一想，明天是颂创集团来审查策划案的日子，我要养精蓄锐。”

“又要见到那个讨厌的狐狸精？”聂美娜皱着眉头。

李佳楠点点头，“这不能全怪到徐卉身上，要怪只能怪周子阳承受不住压力，禁不起诱惑，还有不懂得珍惜。”

“那你还说得头头是道？”

李佳楠沉寂片刻缓缓开口，“我能理解不代表我能接受。”

第十一章　人生何处不相逢

李佳楠作好了见徐卉的准备，但她没有想到颂创派来的另外一名代表居然会是周子阳。

李佳楠知道徐卉会让自己在全公司面前颜面扫地，所有的项目都是应征人员到颂创集团做演示，而这一次她居然亲自到华新这样的小公司跑一趟不就是打的这个算盘吗？

但周子阳的出现李佳楠却没有想到，徐卉这一步的确是让她陷入了万劫不复之地。李佳楠没有看周子阳一眼，她也清楚，周子阳也故意在躲避她的目光。

“王总您好，我是颂创集团项目部总监徐卉，这位是我们技术部总监周子阳。”

王春和与徐卉见面的时候，她这样介绍道。

李佳楠的同事之中只有赵丽娟见过周子阳，其余的同事只听说过周子阳这个名字却没有见到过真人，所以当徐卉介绍他的时候，所有人听到“周子阳”这个名字都下意识地看向了李佳楠。

李佳楠觉得自己很争气，因为她的眼泪没有瞬间掉下来，这算是徐卉对自己的示威吗？她不知道，眼下这么多双眼睛在看着，特别是当李佳楠看到赵丽娟那复杂的表情，她更是坚定了自己要坚强的决心。

“欢迎，欢迎，这位是我们的项目负责人李佳楠，我想你们已经见过面了，我就不多介绍了。”王春和的脸上并没有绽放出比平时更多的笑容，“我看，我们直接到会议室去谈吧。”

徐卉和李佳楠对视，她并没有在李佳楠的眼睛里看到任何的情感波动，没有愤怒，没有委屈，没有展现出任何一个弱者应有的颓废的姿态，这让她大感惊诧。

“演示现在开始吧，我拭目以待。”徐卉的眼睛中闪过一抹外人不易察觉的狡黠。她今日千方百计地要求周子阳同来，甚至不惜动用高层领导施压才让他妥协。她想过许多种李佳楠可能出现的表情和行为，可是却没有一件被她猜中，她就是要跟李佳楠示威，表明自己是一个胜利者，因为她讨厌李佳楠那副淡漠的冷静。

周子阳除了跟王春和握了手之外没有跟任何人有交集，只是坐在会议室里仔细翻看策划案的文字版。他不敢抬头看李佳楠，因为她的目光就好像是两道燃烧了自己良心的火焰，瞬间就能将自己烧得灰飞烟灭。他能够感觉到徐卉在以一名胜利者的姿态践踏着失败者的尊严，而李佳楠便是最大的牺牲品，徐卉是不会通过这个策划案的，周子阳断定。

幻灯即刻打开，会议室的灯光暗下来，只有李佳楠作为项目负责人用红外线的光笔在不断讲解着策划案中数个细小的环节。每一个环节都被拆分成若干小条例，基本上将产品的特性、卖点、不同受众人群的反应回馈都作了基本估测，而创意和编排更是别出心裁、独树一帜，让所有参加这次会议的人不由得眼前一亮。

连平日里跟着李佳楠一起做这个项目的小王等几个人都不免有些惊诧，他们都没有想到自己做的一个又一个环节的细小事情居然可以这样组合起来，如此组合，那么他们最初担心的问题全都迎刃而解，而且李佳楠对产品的剖析和对受众者的拿捏恰到好处。

周子阳一直低着头，但是他不得不为这精彩的策划在内心中叫好，只是他无法将这种喜悦表现出来。他侧头偷偷瞟了一眼徐卉，她正在专心致志地听李佳楠展示，看来她也被这策划吸引了，只可惜今天徐卉是来挑衅的，不是来工作的。周子阳正在走神，猛听得耳边一个轻声细语的声音响起，“你觉得她这策划案如何？”

周子阳不知该如何回答，只能保持自己的沉默，他抬头看着在台上侃侃而谈的李佳楠心里说不出的苦涩。他从未接触过李佳楠在工作中的一面，似乎台上的这个人和与他生活了四年的那个人迥然不同。

“创意是广告的灵魂，而一句能够让人迅速记忆并且朗朗上口的广告语便是其中最重要的一个环节，接下来请大家看一下以此产品为主题的广告效果短片。”李佳楠按下了手中的遥控器，大屏幕上的广告短片是她三天三夜没有睡觉赶制出来的，这个策划最大的亮点便是这个广告短片，如果前面的展示都是砖的话，那她的这一块玉便在此引了出来。

周子阳的心中暗暗叫好，似乎所有人都有同感。

短片结束，会议室的灯亮起，李佳楠朝着所有人行了一礼，“展示到此结束，谢谢各位观看。”

李佳楠没想到，第一个站起来拍手的人是徐卉，周子阳心中一惊，看着徐卉朝着李佳楠走去。

徐卉毫不掩饰地赞叹，“恭喜你，你的这个短片让我发自内心地感动，理智战胜了我内心的冲动，你成功了，我可以代表颂创集团马上和你们签订正式的合约，明天财务部门会将制作费用打到你们公司账户上。”徐卉并没有忘记奉承两句王春和，“王总，希望我们合作愉快，没想到您的公司藏龙卧虎啊。”

“谬赞了。”李佳楠淡淡地说。

王春和看了一眼毫无表情的李佳楠心中倍感诧异，连忙把话接了起来，“哪里，我们能够跟颂创这样的大公司合作才是倍感荣幸。既然徐总监觉得策划案可以通过的话，那我们不妨到办公室去谈。”

王春和做了一个请的手势却被徐卉打断，“恕我冒昧了，我还有一些细节的事情需要跟李副部长交代一番，而且周总监稍后也会针对技术方面的某些问题与你们探讨，这些事情料理过后我再去王总办公室叨扰。”

“那也好，时间紧迫你们先谈。”王春和临走的时候看了一眼李佳楠，他似乎察觉到了什么。李佳楠看着他肯定的目光情绪稍微放松了些，可是面对着徐卉，她实在是没什么话可讲。

“你很棒。”徐卉审视地看着李佳楠，“比我想象中的要出色，让我有种惺惺相惜的感觉，只可惜……我们永远也成不了朋友。我承认这一次带着周子阳一起来审查你的策划案有我的私心，但我一向是公事公办，从不会公私掺杂，这一点你做的也很好，所以我说你很棒，无论是工作上还是对自己情绪的掌控上。”

“你总是把自己放在一个居高临下的位置上不觉得很累么?”李佳楠的脸上并没有欣喜，也没有对徐卉的厌烦，她的语气甚是平和，就像是一面如水的镜子,波纹不动。

"站得高才能看得远,同时也远离威胁和危险,随时将一切掌控在我的手中,我才有安全感。"徐卉试图激怒李佳楠,哪怕是她的脸上有一丝怒气也会让她感到胜利者的骄傲,只可惜李佳楠没有留给她这个机会。

"站得如此高为何还要留恋山下的风景?所谓上山容易下山难,你掌控的不是提线木偶而是人,人是有思想和行动力的。"

"还记得当初我和你说的么?我能够给他一切,给他事业发展的平台,给他掌握员工去留的权力,给他期待的爱情,给他想要的众人崇拜和敬仰的眼神,他为何还要跑?"徐卉摇头,"啧啧,看来我们的价值观很不同。"

"你留学国外就学到了这个?"李佳楠轻挑眉毛看着徐卉,"那我真的为你感到悲哀,你没有听过'生于忧患死于安乐'么?他不是宠物,他是人,安逸的生活会让他很快颓废,而最终的结果就是逃跑或者沉沦下去。"

"至少到目前为止,是我赢了。"徐卉不甘心地仰着头看向李佳楠,那高高在上的气势让李佳楠感到她的幼稚。

"希望能如你所愿。"

"有兴趣跳槽到我们颂创么?"看着李佳楠要离开会议室,徐卉忽然问道。她不知为何就想让这个女人在自己面前认输,不管使用什么手段。

"要我去看着你们每日出双入对来满足你的成就感?"李佳楠停住脚步回头看着她。

徐卉摇头,"不,我不会放过任何一个帮我父亲挖人才的机会,薪水我们可以谈。"

"对不起,我没兴趣。"

李佳楠拉开门走了出来,竭力维持的坚强在这一刻彻底崩塌,她快速冲进洗手间锁上门,双手捂住脸猛烈地失声痛哭。她从未感觉到自己这般无力和弱小,她痛恨所有的一切甚至是她自己,她就像是一个被遗弃的孩子躲在角落之中瑟瑟发抖。为什么?为什么要这样对待我?周子阳,你为何要这样对待我?

心中的憋闷让李佳楠不能自已,她歇斯底里地在洗手间发泄着自己的情绪,将一团又一团的卫生纸撕得粉碎粉碎,好像她心中积蓄的哀伤能够通通随着撕碎的纸一同离开她的心。白花花的纸屑在李佳楠的面前飘散一地，就像是春天纷飞的柳絮。

宣泄过后是片刻的冷静，李佳楠知道，自己的心在这一刻彻底死了，周子阳这个人以后便是陌生的路人。

李佳楠走出卫生间时看到赵丽娟一直在门口焦急地等待着，看到李佳楠出来，她连忙上前拽住她，“佳楠，你没事儿吧？”

李佳楠连连摇头，“放心吧赵姐，我没事儿，让你担心了。”

“没事儿就好，今天见到他还真吓了我一跳，”任凭赵丽娟再没有眼力也看得出李佳楠和周子阳之间出现了很大的问题。

“颂创的人都走了？”李佳楠不知道自己在洗手间发泄了多久，而这时徐卉和周子阳他们也应该谈妥离开了。毕竟颂创集团的分工细则很是清晰，徐卉之所以可以插手到很多旁系的项目中也是因为她身份的特殊。

“走了一会儿了。对了，刚刚王总说让你下班之前到他办公室去一趟。”

李佳楠的神情淡定，脸上挤出一抹微笑看着赵丽娟，“我这个样子行吗？”

赵丽娟替她整理了一下头发，擦了擦眼角干涸的泪痕，“很好，佳楠是最棒的。”

李佳楠心中苦笑，这是她今天第二次听到别人的夸赞，只可惜这句称赞让她感到心疼，如针扎一般。

“咱们晚上去哪儿吃饭？”正当周子阳犹豫是否要答应徐卉的邀约时，迎面走过来一个男士，不停地朝着他们招手，“小卉！”

等看清来人的身份，徐卉的脸上绽放出灿烂的笑容，“易非特，怎么是你？快过来，我来给你们介绍一下。这位是颂创集团的技术部总监周子阳，这位是咱们新任的行销部总监易非特，法国人，也是我留学法国时候的好友。”

“你好你好。”易非特看向周子阳的眼神中只是同事般的客套，但看向徐卉的眼神却充满了炽热的情愫，并且毫不掩饰地表现出他的爱慕。易非特抱着徐卉亲吻了她的面颊，而徐卉更是热络地跟易非特攀谈，“来到中国日子还习惯么？有什么需要我帮忙的尽管开口。”

易非特摇头，“我爱上了中国菜，同样也喜欢中国的女人，有句话讲叫‘爱屋及乌’？怎么样？我的中文很有长进吧？”

徐卉捂嘴哈哈大笑，“倒是不错，这句‘爱屋及乌’说得很贴切，你觉得呢子阳?”

周子阳刚刚被冷落在一旁,这时徐卉忽然问他问题反倒让他一愣,他潜意识中对这个法国老外有着本能的抗拒,特别是看到他和徐卉拥抱亲吻的时候,嘴上只应付着,“说的很好。”

“小卉,能赏我一个脸让我请你吃顿丰盛的晚餐吗?”易非特忽然邀请,让周子阳下意识地面色一紧。

徐卉淡笑着摇头,“今日不行,不如明日我们再约?我知道一家很地道的法国餐厅,明日我请你去体验一下你家乡的温暖。”

易非特的脸上有些失望的落寞,但仍旧开怀笑着说,“哦,我好失望,不过幸好你没有拒绝我明日的邀约,不然我会哭着坐上飞机回到我妈妈的怀里,OK,我等你电话。”

“OK,明天见。”

看着易非特远去的背影,周子阳淡淡地嘀咕了一句谁也没有听见的两个字:脑残。

徐卉眼见易非特离去转身挽着周子阳的胳膊,“刚刚还没说晚上吃什么呢?”

周子阳忽然将徐卉挽着自己的手臂挣脱开,“没心情,什么都不想吃。”

“怎么了?”徐卉纳闷地看着周子阳,“今天工作不顺利?”

周子阳摇摇头,“很顺利。”

“还在对李佳楠的事情耿耿于怀?”

周子阳的脸上闪现出些许不耐烦,“跟她没有关系。”

徐卉玩味地看着周子阳,“你不会是吃醋了吧?”

周子阳不敢否认,他不想自欺欺人。

若说他刚刚与徐卉偶遇的时候,他的心底的确是被徐卉勾起了对以前美好回忆的憧憬,而且徐卉也表示过她仍旧怀念过去那些甜蜜的日子,所以周子阳飘飘然了。他一直以为徐卉就应该是自己的,如一只小鸟时刻地围绕在自己身旁,不离不弃。这种虚荣感让他忘乎所以,可直到易非特的出现,他才发自内心地感觉到了危机,并不是没有人追求徐卉,而是她视而不见,这些追求者当中任凭哪个都不会比他周子阳差,他周子阳又算什么?

周子阳承认他离开李佳楠一部分原因是因为结婚的各种繁杂琐事包括父母的阻挠让他无所适从想要逃跑,但还有一部分原因则是因为他心底仍旧留着徐卉的位置。当徐卉出现的时候,周子阳就知道自

己的心再次沦陷了，而他与李佳楠分手之后并没有马上要求徐卉做自己的女朋友却是保持着若即若离的关系还不都是为了他那点儿可笑的自尊？他不想让徐卉以为他是在用感情和物质进行交换，用他的感情换来颂创集团技术部总监的位置。

事到如今，这可笑的虚荣仍旧在他心里作祟，但佳人就在眼前，周子阳的直觉告诉自己，他若是再不把握住的话，她很可能在今后的某一天悄悄从自己身边溜走。

看着周子阳在发呆，徐卉纳闷地用手在他眼前晃着，"不会是真的吃醋……"

徐卉的手摆到一半却被周子阳忽然抓住急匆匆地往公司外面走。

"你干什么呀？喂，别跑……"

两个人一直跑到了停车场，周子阳仍旧紧紧抓着徐卉的手，一脸认真地看着她，"徐卉，做我女朋友吧？"

徐卉本是被他拽着一溜小跑有些上气不接下气，猛的听到周子阳说这句话，并没有感到特别惊讶，她侧目看他那一脸认真的表情，忍不住捂嘴笑，"就这个事儿？"

"难道这不重要吗？"周子阳眉头凝结地看着徐卉。

徐卉的脸燃起一抹绯红，她的双臂攀上了周子阳的脖颈，"当然重要。"

"那你是……"周子阳有些焦急地看着她。

徐卉淡淡一笑，"我一直都认为我才是你的女朋友，难道你不知道吗？"

周子阳心中一紧，他一脸不可置信地看着徐卉的眼睛。她的眼神中充满了温情和爱慕、激情和崇拜，周子阳的心头就像有一把火在不停地燃烧，燃烧的火焰中充满了占有的欲望。徐卉的笑让他沉醉了，他此时的一颗心全部系在了徐卉的身上，"我一定不会让你失望。"得到了徐卉的肯定，周子阳的心里燃起汹涌的斗志，他在心底坚定地告诉自己，一定要作出一番成绩证明自己的实力。

坐在王春和的办公室里，李佳楠泰然自若，静静地听王春和对这次的项目进行评价。无论别人的赞许有多少，只有李佳楠自己心里清楚这个项目耗费了她多大的心血、多大的精力，甚至还葬送了她的爱情。

"佳楠啊，这一次你为公司作出的贡献是有目共睹的，上一次我对你承诺的提成我现在就写条子，你稍后去财务领。另外我还有一件事情要宣布，你认为是好事还是坏事？”

李佳楠觉得王春和够无聊，但表面上仍旧作出一抹期待，“员工都希望老板能够告诉自己些好事，譬如加薪、升职，但这对于老板算是好事还是坏事？”王春和一怔，他没想到李佳楠居然会这般回答自己不由得哈哈大笑，“好一个伶牙俐齿，我也不卖关子了，公司决定升你为项目部的部长，邹部长已经提交了辞呈，我也不准备再从其他的大公司高薪挖人，就用你李佳楠了，一切的待遇都按照现在邹部长的实行，你看如何？”王春和仍旧是那副笑容，就像是一张模具，连嘴角咧开的幅度都没有多大的变化。

李佳楠知道此时自己应该表现出起码的惊喜，毕竟邹部长在圈内是小有名气的人，自己虽然完成了一个大项目但在名声上却不能与之相比，能够与他同等待遇实在是高抬她李佳楠了，可她却实在是笑不出来，表情僵硬地咧咧嘴角，“谢谢王总的提拔。”

“你最近脸色还是很苍白，想必是上一次劳累过度身体还没完全恢复好，我特批你三天假，好好休息休息然后再来上班。”王春和若有所指地看着李佳楠。李佳楠领情地笑笑。她昏迷过去的那晚王春和也曾到过她家，想必是孙洁打了一通电话把能找的人都给找来了，所以李佳楠猜测王春和应该知道她和周子阳的事，也知道今天来的这位周子阳便是她以前的男朋友。

“谢谢王总关心，我想我能够全力投入到工作当中，可这三天假您不能收回了，我先存着，或许跟年假一起歇？”李佳楠算是婉言拒绝了王春和的好意。她如今单身一人，难免会对像王春和这样本就有些不明意图的人产生本能的抗拒。

王春和是一个晓得分寸的人，他淡然地点头同意，“那也好，今天就到这儿，明日我们继续谈下一个项目。”

揣着那两万块钱的提成，李佳楠感觉这钱太过沉重，压得她喘不过气来。看着那一张张红得耀眼的钞票，她心中五味繁杂，一股股说不出的酸涩涌上心头。

以前盼这两万块钱，为的是用来经营爱情，为她的爱巢添枝加叶，为她的婚礼添光加彩；现在这两万块钱，却是用来弥补失败爱情的漏洞，支付筹备婚礼的各项违约金。李佳楠心中怅然，下了班却不知道自己能去何处，索性算了算刨出去违约金的钱这两万块还能剩下多少。自己只是交了一点儿定金也都不是太多，若是过期她没有再去确

定付款大不了拿不回来定金就是了，所以两万块钱还能剩下不少。李佳楠抄起电话打给聂美娜，“陪我去购物。”

李佳楠花钱花得疯狂，她甚至有些爱上了拿出一沓红灿灿的人民币拍出去的感觉，颇有些暴发户的气质。她在这一刻忘了自己是个一无所有的人，没有房子、没有车、没有美好的青春，连准新郎也从她身边溜走。她深刻地体会到不用算计钱过日子是多么舒坦的一件事，周子阳现在过的就是这般日子吧？

聂美娜除了在一旁帮她拎包之外并没有提出什么可行性的建议，因为李佳楠买的都是给她父母的衣帽鞋袜和营养保健品，没有花一分钱在她自己身上。

聂美娜得到了一份慰劳的冰淇淋，但这时她毫不客气地要求到李佳楠父母家蹭饭，“我想吃你妈做的红烧肉。”

“都这么胖了还吃红烧肉？小心嫁不出去。”李佳楠调侃她的同时拿出电话打回父母家，说明了聂美娜的无理要求。

“佳楠，怎么买了这么多的东西？这得花多少钱啊？”宋惠凡看着李佳楠和聂美娜两个人大包小包地进了屋顿时惊诧地瞪大了眼睛。李佳楠一件一件往外拿，宋惠凡在一边满眼心疼钱的模样。

“妈，别舍不得钱，你舍不得花钱给自己买我就给你们买。”李佳楠拿出给两位老人买的衣服和鞋，一一展示，宋惠凡连忙召唤李佳楠的父亲，“老李你快出来吧，佳楠给你买了衣服和鞋，来试试。”

李大友从房间里走出来，依旧是因老毛病轻微地咳了几声，李佳楠拿出一大堆营养品，“爸，妈，这都是现在最高级的补品了，专门针对老年人骨质疏松和缺乏营养的毛病的，你们一定要按时吃。这东西不吃可是要过期的，那我就白花钱了。”李佳楠特意加了后面一句，生怕父母不舍得吃。

李大友和宋惠凡互相看了一眼，连连点头，“好，吃，一定按时吃。”

“来试试新衣服吧。”李佳楠拿起一件羊绒衫就往宋惠凡的身上比量，却被宋惠凡推开。

“我这满身都是油烟，等会儿再试，别弄脏了。小娜不是想吃红烧肉了吗？先吃饭，我可是炖了不少，吃不了你带回去，自己一个人的时候热一热。”宋惠凡用围裙擦擦手上的水渍，聂美娜也是毫不客气地搂着宋惠凡，“阿姨真好，我妈什么都不会做，连炒鸡蛋都不会。”

“有保姆管着还用自己做吗？”宋惠凡笑着看聂美娜，就像是看着自己孩子一般的慈爱。

“保姆做的一点儿都不好吃，起码没有爱心，哪像是宋阿姨做得这么有爱心。”聂美娜笑嘻嘻地看着宋惠凡，那一脸的亲昵让李佳楠颇为不屑，“你到我们家蹭饭都蹭了多少年了，每一次来都会甜言蜜语哄我妈开心，下一次再来蹭饭要收费。”

“每年小娜过年的时候都会来给我拜年送礼物，还打电话给我问好，就当我亲闺女一样的养着又怕什么的，你呀这是嫉妒。”宋惠凡一边摆筷子一边笑着说，“小娜，你也不小了，也该张罗着找男朋友了吧？”

一提这个话题，聂美娜和李佳楠顿时全都没词了，聂美娜嘟嘟囔囔地嘀咕，“没合适的。”

宋惠凡看着两个人的情绪不高，也不再说这个话题。知女莫若母，宋惠凡知道李佳楠现在并没有完全从那段阴影之中走出来，单是从她今天买了这么多东西回来，宋惠凡就知道李佳楠就像是一只倦鸟，在外受伤之后第一件事总是会想到回家，而她真正的家除了自己这里还有何处？

“阿姨，你做的肉真是香。”聂美娜吃得满嘴流油，赞不绝口。这个时候什么减肥啊，要绿色环保吃健康食品的口号全都忘到脑后去了。

“好吃经常来，阿姨给你做。”

“妈，我升职了。”李佳楠说这话的时候脸上没有丝毫喜悦，“工资比以前多了一倍，各项待遇也都提高了。”

“这是好事儿啊。”宋惠凡看了李大友一眼，不善言辞的李大友连忙点头，“好事儿，好事儿。”

“我以前预定的那间婚房我打算自己买下来，我不想再飘来飘去地生活，我想让自己有个栖息地。首付的钱我可能得动用你们给我的那笔钱，月供我自己能还得上。”

李佳楠的话让宋惠凡轻皱眉头，“回家住多好啊？我还能照顾你呢，你自己一个人吃饭都不规律，容易把身体弄坏。”

李佳楠摇头，“我看上的那套房子是两室一厅，虽然空间不是很大，但比咱家现在的房子要好很多。我准备等房子下来之后，让你和我爸都搬过去住，这套房子你们要么卖掉，要么租出去给你们添点儿养老的钱。”

宋惠凡和李大友都不由得一怔，显然李佳楠做出这样的打算意味着她暂时不会考虑结婚的问题了。

宋惠凡略带试探的语气问她，“想好了？”

李佳楠很是肯定地点点头，“想好了，我知道你们担心什么，一切随缘吧，若是真的有缘再遇上一个合适结婚的人，我不会反对，你们为我付出了一辈子，就让我偿还你们这一次吧。”

宋惠凡的眼睛有些湿润，李大友低声呵斥，“好事儿，你哭什么，这说明咱们佳楠长大了。”

聂美娜在一旁看了半天，终于逮着一个机会插嘴，只可惜嘴里的东西还没完全咽进肚子里，嘟着一张沾满油的嘴还要抢着说话模样甚是奇怪，“那你把你现在的房子退了吧，先搬我那儿住去，一个月能省不少钱呢。”

“佳楠跟你去住会不会不方便？”宋惠凡倒是希望李佳楠能去，毕竟同龄人在一起无话不谈，而且有聂美娜在她身边做伴宋惠凡也放心些。

“不会，不会，我巴不得她跟我住一起呢，起码有人给我做好吃的了，我现在也就是达到个温饱水平，至于食物的好吃程度基本上保持在零水平。”

看着宋惠凡担心的眼神，李佳楠不忍再让父母担心也只好点头应了。

第十二章　新人·旧人

李佳楠临搬走的那天，孙洁做了几个菜请她吃饭。李佳楠为了表示自己对上次昏倒事件的感谢，特意去商店选了一件高档的羊毛衫送给孙洁，孙洁并没有推辞而是大方地接受了。

“佳楠，你很优秀，年轻，漂亮，工作能力又强，但是你并不懂男人。”孙洁笑着说，“我说这话没有别的意思，只是想跟你讲明白一个你暂时还很懵懂的道理。”

李佳楠已经熬过了那段最艰难的日子，此时的心理承受能力也已经恢复大半，对于孙洁提起这件事她只是一笑，“孙姐你说。”

“我记得跟你说过，你的那个男友配不上你，其实一直到现在我还是这么认为，但唯独有一点是你的失误。”孙洁比画着一根手指故作神秘地看着李佳楠，“无论多么强势的女人都要学会在男人面前示弱。”

“示弱？”李佳楠有些纳闷。

孙洁继续说了下去，“对，示弱，当你把一切都料理得太完美的时候，男人会失去方向，他们期待着被女人依靠来显示他们的存在感和安全感。男人有童心不假，他们期待着自己的另一半如母亲般呵护他们，但更多的时候他们希望得到自己另一半的仰望和肯定，这就需要女人酌情地示弱，只有让男人产生了保护欲的女人才会让他们真的动结婚的心思。”

“看来这真的是一门很高深的学问。”李佳楠仔细品味着孙洁说的这番话，忽然觉得很有道理，"这的确是我最大的问题，我一直以为我将一切料理妥当他能够轻松些，没想到他觉得更累，看来这是我意识上的错误。"

"有句话讲，男人就像是一捧细细的沙，你攥得越紧，流失得越快。你付出百分之九十，不要指望你的另一半能够付出同样作为回报，他顶多能够给你百分之十，若是你退后一步，给他百分之六十，他或许会回报给你百分之四十，这是一个平衡点，需要你不断靠自身的感悟去经营，这样才可以长久下去。"

孙洁的话让李佳楠捕捉到一丝解开她迷茫的线索，可这些话还需要她不断消化之后才能够完全理解，"我想我还需要慢慢思考才能完全明白。不管怎样，谢谢你孙姐。"

孙洁没有再继续针对这个问题展开讨论，只是笑笑，"希望我的这番话能够对你以后的生活有所帮助，有机会咱们常联系。"

搬家公司的车从这个小区缓缓驶出去，李佳楠回头看着跟自己摆手再见的孙洁，她忽然觉得这个女人并不是如自己以前所想的那么不堪。若是从另外一个角度讲，她或许是个智者，当生存成了最大的危机时，谁会期待奢侈的爱情？

聂美娜欢欣鼓舞地看着李佳楠搬了来，上前忙里忙外兴奋个不停，待两个人坐下休息的时候，聂美娜才终于道出了自己的心声，"我现在看着你就像是一只饿狼看着汉堡包。"

"我没有汉堡包的体形。"李佳楠不由得对她的比喻产生很强烈的抗议，"小时候语文学得太差，也不知道你们公司的老板怎么想的，居然会让你做策划总监，简直是没天理。"

聂美娜丝毫不顾李佳楠的嘲讽，猛的扑上来搂着李佳楠，大声宣布，"我终于和你同居啦！"

李佳楠大呼："我没有同性恋倾向……"

李佳楠的日子开始忙碌了，不但因为她升职之后要负责项目部所有的事务，还因为一件她一直梦寐以求的事情真的实现了，她今天在回家的路上接到一个电话。

"你好，请问您是哪位？"李佳楠习惯性的语气。

"是李佳楠小姐吗？我是隆恩文化出版公司编辑，我姓林。"

出版公司？李佳楠心中纳闷，"请问您有什么事情吗？"

"您的《拼婚》这本书的简体出版版权还在您的手上吗？我们想跟您商谈一下出版这本书的事宜。"

“出版？”李佳楠没有想到居然是这件事情，她当初心血来潮将已经完成的一部分小说内容投稿给许多地方，现在也想不起是否有这家公司了。其实她投稿之后就没有对此抱太大的希望，而且经历过这次失败的感情之后她早将这件事情忘在了脑后，当初想出版这本书还是因为跟周子阳筹备结婚事宜的时候，发自内心总结了一些心得，不料此时已经人去楼空，现实中的爱情已经不复存在，留在书面上的东西还能永久流传吗？李佳楠的心里不由得苦笑，“我的小说还没写完，而且可能……你们能给多少钱？”既然如此，她莫不如干脆点儿直接谈钱也省得自己花费太多的心思挖掘自己的伤感。

“是这样的李小姐，我们出版公司还将您的这本书推荐给了一个影视公司，他们对您的这个题材很有兴趣，还想和您谈一下影视改编权的出让，若是您有兴趣的话可否约定个时间，我们三方坐在一起面谈一下？”林编辑的声音甚是和蔼，让李佳楠略微感到有些不好意思，她潜意识里有些抗拒这段过往的历史，毕竟挖掘自己的伤痛是一件很残忍的事情。

李佳楠驻步停留，“我平时要上班，周末可以吗？”

“那星期六下午两点可以吗？”

“可以。”

“那我们就这样说定，我稍后会把我们见面的地址发送到您的手机里，若是约定时间有变希望在头一天的下班之前能够通知我们。”

“好的，拜。”挂了电话，李佳楠不知道这算是一件喜事还是愁事，既然已经应了，到时候看情况再定吧。

李佳楠没把这件事当回事，但回家和聂美娜一说，聂美娜却是“嗷”的一嗓子蹦了起来，“佳楠，你要成女编剧啦？”

“想什么美事儿呢？能不能谈成还是回事，你这么高兴干什么？我总觉得这事儿有点儿不靠谱呢？要不然你替我去。”李佳楠看着聂美娜有些哭笑不得。

“我又不是你的经纪人，能出版一本属于自己的书多好啊！你居然还这么不理不睬的，万一拍成电视剧就你这模样兴许还能在里面客串个角色呢，万一成了明星该有多好！”聂美娜的幻想开始越飘越远，似乎有点儿花痴倾向。

“哪来那么多的万一？再说了，明星有什么好的？我看整天在镜头面前摆 pose 就够累的。暂时是约了星期六下午两点见面谈，还不知道那天是否加班，若是加班我就不去了。”李佳楠此时的脑子里能够想起自己当时写这本书的时候的每一个情节，那是多么富有朝气地一件一件完成，然后一笔一笔记下，到现在她都无法想象自己当时怎么会有那么大的冲劲儿。

“你这个人真没趣，星期六我有空陪你去。”聂美娜手舞足蹈地在地板上比画，“没准许还能有点儿艳遇，若是能就此促成一段好姻缘那是多么浪漫的事……”

李佳楠正喝着水差点儿一口喷了出来，“你都快三十的人了能不能别总跟十七八小女生一般的情商？还好姻缘，我看别促成一段恶孽缘就是烧高香。”

“真没情调。”聂美娜不再理睬李佳楠，独自一个人去看电视剧了。李佳楠一个人站在阳台上仰望天空，在月亮的旁边总有那么一颗最亮的星围绕着它闪耀，围绕我闪耀的那颗星又在哪里？

周子阳从徐卉那里得知李佳楠升职的消息并没有表现出太多的惊诧，反而有些索然无味地看着徐卉，“都是过去的事了，你还总关注她做什么？”

徐卉颇玩味地看着周子阳，“我很欣赏这个女人，如果她要是再现实一点儿或许会更出色。”

周子阳不敢苟同地低头不语，他并不想再提起李佳楠。每当提起这个女人的时候他的内心都会产生愧疚，相处四年毕竟是有感情的，只是现实的繁杂和无味抹煞了那段感情的颜色，让它变得苍白无力直到最后如浸水晒干的薄纸一般轻脆，他的自私便是打破这片轻脆的罪魁祸首。

“她再出色也与你我无关。”周子阳的语气很冷漠，俨然对徐卉的做法有些不满。

徐卉看出了周子阳的不耐烦，将对他的心理试探告一段落，“晚上去哪里吃饭？”

“没有时间，今天新下来一个项目，晚上要开会研讨，估计会做到很晚。”周子阳无奈地耸耸肩膀。

“愁眉苦脸做什么？公司是按照规定给加班补助的，又不是白用你不给工资。”徐卉并没有对周子阳的拒绝感到失落，反倒是很赞同地看着他。

“这是我在公司接受的第二单项目，我想好好作出一番成绩，加班也是必然的事，好在还有加班补助可以领，我的心里更加平衡了。”周子阳疲倦地伸了个懒腰，“晚上你早点儿回家休息，不要再去酒吧喝酒了，你现在是有男朋友的人了，知道吗？”

徐卉从周子阳的办公桌上跳下，“别给我压力，你知道我心里只有你一个人。”

周子阳知道她这是在推辞，但徐卉的表白让他的虚荣心得到了极大的满足，也只能妥协退让，“那记得不要独自一个人去，不然我会很担心。”

徐卉略带敷衍地说了一句，“行了我答应你，真不知道你是我男朋友还是我爸。”

徐卉刚刚出门，周子阳就接到了他父母来的电话。

“妈，您刚刚出院还不好好在家休息怎么又去学校了？”来电显示的是王凤琴的学校办公室，而不是家里。

“你知道我这个人除了教学生不会做别的事情，在家里呆着也是难受。小阳啊，明天就是周末了，要是有时间的话把你的新女朋友带回家里来啊？”王凤琴表现出异常的热情，这股子热情在李佳楠的身上从未表现过。

周子阳心里忽然涌上一股莫名的逆反感，特别是听着王凤琴不同于以往的惦念让他倍感烦躁，“我跟她还没有正式交往，你就先别惦记着有个大款的儿媳妇了。”

周子阳明显感觉电话那边的王凤琴一怔，随即听她说，“既然遇上了好女孩儿就要抓紧，你跟李佳楠分手为的是什么你自己心里明白，凡事都要心中有数，都三十岁的人了还整天浑浑噩噩这么没有计划。”

“我知道了。”周子阳很想挂掉电话，可是面对自己的妈他又不敢这样做，听命于父母已经成为他的习惯，大脑都不需要过多的思考就会形成条件反射的应对。

“既然你们都忙，那就赶在下个星期你父亲过生日的时候带她一起来吧，不管怎么样我们也要见一见这个女孩子。”王凤琴的语气不再像刚才那般和蔼，带着些许命令的口气。

周子阳终究是妥协了，“我尽量争取，可以吗？”

“好了，那就这样，我去给学生上课了。”

未等周子阳再说什么，王凤琴的电话已经挂断了，周子阳懊恼地将自己的电话扔得远远的，将整张脸埋在自己手中沉思着。他知道若是自己在周山的生日时不带徐卉回去的话，那么他未来的日子也将不大好过，自己的妈自己了解，王凤琴不会这样轻易放过他的，早晚都要见，既然如此也只能跟徐卉商量商量了。

周子阳之所以不想带徐卉回去见家长是他暂时还不想和徐卉谈婚论嫁，毕竟他刚刚到公司任职不久，连一点儿成绩都没有做出来，这时冒昧地提出结婚的话，以后在徐卉的父亲面前必然是抬不起头的。而且，周子阳来这个公司已经有一个星期了，可是徐卉的父亲，也就是颂创集团的董事长从未找他去谈过一次话，甚至连因为徐卉的原因而见见他的念头都没有，这让周子阳的心里产生一种被轻视的感觉，让他本就强烈的自尊心受到很大打击，改变这一状况的最佳途径就是出类拔萃，以实力说明一切。

停止了自己漫无目的的思绪，周子阳继续开始手边的工作，而此时，在顶层的董事长办公室里，周子阳的助理张平正在向自己的上司也就是徐卉的父亲徐洪波汇报着周子阳这一个星期以来的工作业绩。徐洪波皱着眉头，听完张平汇报的最后一句时，徐洪波缓缓地抬起眼皮，淡然地说了一句，“争强好胜，自私自负，棱角过于鲜明，锐气实在是太盛了。”

李佳楠这个周末并没有加班，早上她还在香甜的美梦中就被聂美娜摇醒，“佳楠快起床了，好好梳妆打扮一下，下午要去跟出版公司编辑和影视公司的人谈你的小说啦。”

“出本书又不是选美，我干嘛要起来打扮啊？我好不容易遇到周末不加班，你让我睡到自然醒好么？”李佳楠搂着枕头不肯松手，眼皮都没有睁一下。

聂美娜缠人的功夫实在是有一套，索性直接掀开了李佳楠的被子，一股冷风吹得李佳楠打了一个寒战，睡意顿时消失了大半，睁开眼睛就看到聂美娜那张得意的笑脸。李佳楠极不情愿地从床上爬起来，嘴里还不断地埋怨：“真受不了你！早知道你这个样子我说什么也不搬来和你同住了。”

“快点儿起来吧，我准备了好多合适你今天出去谈事的衣服，试试看哪一件更好看。”

李佳楠无奈地看着聂美娜在房间里上蹿下跳，就像是看着一个低智商的儿童，“真不知道哪个男人最终倒霉会娶你。”

当李佳楠和聂美娜准时出现在和林编辑约定的咖啡厅时，李佳楠有些愣住了，连聂美娜也不由得一怔，“不会这么巧吧？是他？”

李佳楠缓步走过去，对面的男子似乎也认出了她，朝着她快步走过来，“佳楠？真的是你？”

李佳楠只感觉这个世界虽然大，但是能够偶遇的人还真是不少，她看着走到自己眼前的这个男人，伸出右手客套地问好，“程刚，你好。”

“程刚，真的是你呀？”聂美娜在一旁若有所思地看着程刚，“这世界真是小。”

在一旁看热闹的还有一个人，此时他终于有了机会插嘴，“李小姐，我是出版公司的编辑林风，没想到你们居然和程总认识，真是太巧了。”

程刚看着李佳楠伸出的手，自然而然地轻握住却没有放开，“我本来好奇这个作者的名字和你一样，真没想到居然就是你。四年没见了，你还好吗？”

“我很好。”李佳楠不着痕迹地从程刚手中抽出自己的手，此时气氛也略显尴尬。林风似乎看出了两个人之间的微妙关系，他赶紧张罗着，“咱们坐下谈吧，两位女士喝点儿什么？”

“佳楠喜欢喝柠檬汁，不加糖的，聂美娜你喝什么？”程刚说着话眼睛却始终没离开李佳楠。聂美娜顺嘴接话过去，“我要一杯卡布奇诺。程刚你不会就是那什么影视公司的吧？”

程刚点点头，“还真让你说对了，这家公司是我开的。”

李佳楠不知道该如何面对程刚炽热的目光，眼神不由自主地有些逃避。那个在大学里追了她四年的男孩如今已经成长为一个很成功的男人。她仍旧显得拘谨，就像是四年前一样，不断地躲闪着他的目光、他的追逐。李佳楠虽内心纷乱，但还是大方得体地说，“恭喜你完成了自己的心愿。”

“我还有个最大的心愿没完成。”程刚看着她，炙热的眼神代表着他的答案。李佳楠却不想问出口，因为这个问题在四年前就已经问过了。

林风轻咳了两声，“李佳楠小姐，既然您跟程总是老相识，那么多余的话我也不说了，这本书可以出版，不过您要修改其中的部分段落，并且尽快完成全稿。至于稿酬，您可以拿到百分之十的版税，我们预计两万册起印。若是这本小说成功改编成电视剧的话，我们还将根据收视的情况出版影视版，您还有什么要求可以提出来。”

“我没有其他的要求。”李佳楠不知道还能说些什么，“本来这本书我并不大想继续写下去的，我现在工作很忙，基本没有什么多余的时间来写作。”

林风的脸上闪过一丝惊诧，“现在能够拿到这样条件的作者已经很少了，特别是您第一次出版小说。若不是有程总这边准备投资改编成电视剧的话，我们肯定不会出这么高的价格的，普通作者也就只有百分之七的版税可拿，起印多数在一万册以内。”

“说这么多我们还不知到底能拿多少钱呢。”聂美娜刚刚光顾着看李佳楠和程刚两个人脸上的表情变化了，没有过多关注这个见缝插针的编辑。她知道李佳楠现在一定全乱了，只能由她提这个最实惠的问题。

“这个……”林风似乎没有想到她会问出这样的问题，不由得苦笑着回答，“这要根据出版书籍的定价来计算的，而且，李小姐还没有完成书稿，所以……至于程总会出多少来购买您的影视改编权那需要你们再谈了。”

“佳楠，林风给出的条件不算高也不算低，比普通作者强许多。若是你有时间的话，我还是希望你能够将这本书完成。依照我的经验，它会是一本很受读者欢迎的书。无论年纪大小，准备结婚的人似乎总是很迷茫，而这本书或许会成为他们的指路者，让他们有一个正确的方向，这也是一件好事，你说呢？”程刚的声音依旧温柔，他看向李佳楠的目光依旧充满了爱慕。

李佳楠淡淡地回答，“给我几分钟考虑的时间。”

“好。”

李佳楠捧着一大杯的柠檬汁陷入沉思，林风看着她喝不加糖的柠檬汁感到从心里发酸。程刚不时跟聂美娜攀谈两句，他也意识到对聂美娜太冷落了。

李佳楠其实并没有思考那本书的问题，而是试图让自己平静下来，她之所以被程刚追了四年都没有答应他，就是因为李佳楠不知为何总是害怕面对他，这种感觉她自己也说不清楚。潜意识中，李佳楠并不想再跟程刚有什么交集，否则她不会在大学毕业之后就与程刚断了联系，她知道程刚曾经托人打听自己的联系方式，但四年都过去了，一切物是人非，或许他已经成家立业了吧，自己这样是不是有点自作多情了呢？

“佳楠想好了吗？”大约过了五分钟，程刚打断了李佳楠漫无目的的思索，李佳楠点点头，“我想我可以继续把这本书完成下去，就当是……给年轻人的一个警示吧。”

“那太好了，我这就回去准备合约，星期一我会发一份合约的电子版到您的邮箱之中，您抽空看一下。希望您能尽快完成全稿并按要求进行一些修改，我们就可以进入出版流程了。”林风掏出纸和笔，“您留一个邮箱给我，晚上我把修改意见发给您。”

李佳楠随手写上自己的工作邮箱，林风夹在笔记本内，“既然如此我先回公司了，尽快把这件事情落实我心里也踏实，程总、李小姐你们慢聊。”林风是个聪明人，从程刚说话的语气他便能够看出他和李佳楠的关系不仅仅是大学同学那么单纯，他既然把事情敲定了何苦在这里充当电灯泡？

聂美娜最先反应过来，这下子她成了超级电灯泡了，不过看着李佳楠那警告的眼神，聂美娜乖乖地坐回座位，装傻充愣地翻起咖啡厅的杂志。

“佳楠，你结婚了吗？”程刚的眼神中闪过一丝急切，能够看得出他刻意让自己保持冷静。

李佳楠苦笑着摇头，“还没有。”

“我也没有。”程刚不问自答。聂美娜在一旁忍不住“扑哧”一笑，“我说你们俩也不是少男少女了，别弄得这么扭捏行不行？程刚，这都好几年过去了，你怎么还是一点儿长进都没有？”

程刚略感尴尬地摊手，“面对佳楠，我总是拿不出对别人的果断和洒脱，我本以为四年都过去了我会有点儿长进，可这一见面才发现我好像还退步了。”

李佳楠也被程刚的表情逗笑了，“别开玩笑了，说说你的影视改编打算吧，今天来就是谈这件事情的。”

“可以，你开价，但有一样你得答应我。”程刚略露出些顽皮的笑容，让李佳楠似乎又看到了四年前的他，“什么要求？”

“晚上希望两位女士赏脸让我请你们吃顿便饭如何？”

“这还不好说，免得我俩回家做饭了，答应你了。”聂美娜又开始犯起了神经大条的毛病，被李佳楠在桌子底下偷偷踢了一脚，连忙捂住嘴巴。程刚笑看着这两位，“聂美娜你还是那么……充满活力。”

聂美娜自然听得出程刚话里有话，面带不悦，“别以为你们当初在学校里给我起的绰号我不知道。”

李佳楠侧头问她，“什么绰号？我怎么不知道？”

聂美娜嘟着嘴，“反正不好听，你那时候忙着在校外打零工，怎么会关注这些事情。”

"好了好了，我没有讽刺你的意思，你的确是充满活力，这并不是贬义。佳楠，一起吃顿饭如何？"程刚看着李佳楠，"就当……老同学聚一聚。"

刚刚聂美娜都已经答应了程刚的邀请，若是此时她拒绝程刚岂不是显得很扭捏，尽管她一再告诫自己要远离程刚，可是李佳楠还是点头答应了，"好吧。"

程刚率先叫来服务生买单之后，三个人离开了咖啡厅。外面飘起了洋洋洒洒的雪花，随着轻微的风在天空中漫无目的地飘零，就好像空中一只悲伤的天鹅在叼啄自己残碎的羽毛，有着淡淡的感伤，还有着淡淡的忧郁。

程刚脱下自己的大衣塞进李佳楠的怀里，眼神中略带着点儿埋怨，"我才发现，你怎么穿这么少，在这里等着，我去把车开到门口。"未等李佳楠推辞半句他已经冲进了漫天的雪花之中。

李佳楠看着聂美娜苦笑，她为什么穿这么少？还不都是拜这位聂大小姐说什么美丽"冻"人的谬论。而此时的聂美娜似乎很是幸灾乐祸地看着李佳楠，"喂，他好像还惦记着你呢。"

李佳楠微微摇头，"他这个人很强势，让我总是感觉到压力，当初在学校就是这样，现在依旧没变。"

"别想那么多了，你跟周子阳的日子过得就好啊？有一个把事情都替自己办好的男朋友多省心啊，别身在福中不知福啊。"聂美娜惯性地撅嘴，"我都羡慕死了。"

"羡慕什么？我跟他不太可能。这世界真是小，做点儿什么事都能遇上熟人。"李佳楠的心中颇多感慨，周子阳遇上徐卉，而她现在又遇上了程刚，难道她和周子阳的分手是月老当初牵错了线吗？

程刚已经把车开到了门口，聂美娜第一个冲了过去打开后面的车门坐上去并且迅速将车门关上。程刚是个聪明人，他知道聂美娜这么做是在有意帮自己，他下车绕过车身帮李佳楠打开副驾驶的车门，李佳楠隔着车窗瞪了聂美娜一眼，坐了进去。

程刚问聂美娜和李佳楠想吃什么，但她们全都没什么主意，程刚只好自己做主，最终选了一家他还比较熟悉的清真菜馆，很普通，店面很小。聂美娜有些失望，李佳楠倒是诧异地看了程刚一眼，眼神中多了一分好奇。

程刚走在前面，李佳楠和聂美娜稍落后几步，聂美娜用蚊吟一般细小的声音在李佳楠的耳边嘀咕，"还老板呢，就请我们吃这个。"

李佳楠但笑不语，随着程刚走进菜馆。

看见来客，店主立即笑脸迎了上来，“程总您又来了？咦？这次带了客人？”

那店主的脸上充满了好奇和惊讶地打量了一番李佳楠和聂美娜，“还是两位美女呀，快请进包房吧。程总，还是老规矩？”

程刚笑着竖起两根手指，“老规矩，但是来双份。”

说是包房，其实不过是一间五六平米的小屋，里面放了一张四角桌子，店主又送来两把椅子，他们三个人才得以全部落座。

看着聂美娜一脸的不满，程刚略显尴尬地解释，“平时在外面应酬吃腻了那些海鲜酒楼和什么各式各样的餐厅，这里是唯一我隔三差五一个人来改善生活的地方。今天也实在是想不到什么新奇的地方了，就带你们来尝尝。店主的手艺很不错，每一次我来都是坐在这间小屋里，一个人关起门来使劲儿吃上一顿解解馋。”

李佳楠点头，“我也很久没有吃过这类菜，听你一说倒引出馋虫了。”

聂美娜双手杵着脸斜眼睛看着程刚，“不好吃你就死定了。”

程刚并没有跟聂美娜一般计较，反倒是被她逗笑了，“你什么时候才能长大？”

李佳楠也跟着笑，“程刚，吃饭之前还是先说说我那本小说的事吧，免得吃饭耽误了嘴。”

“也对，吃饭的时候谈公事很容易消化不良，”程刚从随身的公文包里拿出一份合约，“这是合约样本，你拿回去看一看，改编权大体的意思就是我掏钱一次性买断你的权益，版权归我，我找什么样的人改成什么样的作品或者我倒手转让给其他公司进行商业炒作你就无权过问了，所以你可以先开价。”

李佳楠对这类事情并不懂，也不知道应该如何谈，倒是聂美娜毫不客气地开始跟程刚侃价，“程刚你说的这个我们都不懂，你总要给我们个出价范围吧？”

程刚苦笑，“这东西真的没办法给你们划出什么范围，我也是在凭借我的嗅觉来判断这本小说是否有商业价值。有的作者为了获得小说改编成电视剧的机会，甚至会白送给我们影视改编权，也有很多名家作者的小说改编权卖出天价。”

程刚谈起工作来似乎和他平时是两个人，李佳楠也不是傻子，在这种关头她更懂得利用自己的优势。两个人你来我往几个回合，最后

敲定为20万元。

"那就这么说定了，你先仔细看一下合约，若是没有问题的话，我定一个日子跟你正式签约。"程刚摩拳擦掌，"现在就期待着我们香喷喷的食物吧，我真是有点儿饿了。"

正说话间，店主接连送来了他们的菜。李佳楠和聂美娜有些目瞪口呆地看着，两只烤羊腿、两份蒜泥羊肋排、两份手扒肉、两份水爆肚、两份干炸牛里脊……"怎么点了这么多？能吃得完么？"聂美娜闻着菜的香味不免咽了咽口水，"倒是挺香的。"

"其中一份是我的，另外一份是你们俩的，这可不是我小气，你们俩能吃光这其中的一份就很不错了。"程刚毫不客气地下手去抓自己面前的那只烤羊腿，迫不急待地狠狠咬了一口，"香，真香！快吃。"

李佳楠看着他那狼吞虎咽、风卷残云般的吃相，既好笑又感觉很真实，想着，她也略微感到饿了，正准备用筷子夹菜却看到一旁的聂美娜早已经啃光了一根羊肋排，正举着一手的油朝着她笑，"真的很香。"

一顿饭吃了大约两个小时，李佳楠感觉自己很久没有吃到这么可口的饭菜了，聂美娜更是不客气地要求店主再打包一份带回家吃，付款的自然是程刚。

他们三人出来的时候，地面上已经积了一层半指厚的雪，踩上去会留下一个个清晰的脚印。得知两个女孩儿住在一起，程刚的脸上多了一抹心安的微笑，主动要求护送她们回家。李佳楠本不想让他知道自己的住处，但是天气的原因，这路上根本没有待客的出租车。

"大衣还给你。"临下车，李佳楠脱掉了程刚的外衣，却被他阻止了，"一热一冷更容易生病，你先穿着上楼下一次见面的时候再还给我吧。"

李佳楠哭笑不得，程刚的眼神中有些得意。看着他开车离开，聂美娜在一旁独自感慨，"情节虽然狗血了点儿，但现实中看到这一幕还真让人感到很温暖。"

"你今晚很反常啊，总是少言寡语的。"回到家聂美娜不给李佳楠逃避的机会。

"看到他我总会变成这样，四年前是这样，四年后还是这样，我自己也想不出这是为什么。"李佳楠淡淡地说，"可能是心里总不踏实。"

聂美娜并没有继续这个话题，她认识李佳楠也不是一天两天了，程刚追了她四年都没同意，不可能这一次相遇就碰撞出什么火花。她只是自怨自艾起来，"我妈今天来电话了，说下个星期天还让我去相亲，我现在对相亲充满了恐惧，已经快出内伤了。”聂美娜面向天花板感慨，“你说我这辈子还能找到婆家么？”

“没听说谁嫁不出去，我也纳闷怎么到你这儿找个男朋友就这么费劲呢。”李佳楠并不是故意调侃她。聂美娜是个很开朗、活泼甚至是带点儿童心的女孩儿，她长得俊俏，身材火爆，按说这类女孩儿都招男人喜欢，可自李佳楠认识她开始，聂美娜的身边就没什么男孩儿追她，这也算得上是挺奇怪的事儿。

“我妈给我下了最后通牒，让我明年务必结婚。她以为我不想结婚吗？”聂美娜的语气听上去有点儿凄凉，“怎么嫁人就这么难呢？”

“你还是交往的圈子太小了，多认识些朋友对你很有好处。”

“你觉得我这个性格像是朋友少吗？可我真的真的就没有找到一个合适的，人家孩子都能满地跑了，当然，除了你之外。可你毕竟从上学就开始有人追，我连被人追的滋味儿都没有尝试过。”聂美娜嘟着嘴，“唯一一个对我印象不错的就是那土大款，可我跟他真的没共同语言。”

“那就再去相亲看看，万一是个如意郎君呢？”李佳楠也不知道该如何劝慰她，相亲这种事她也没经验。

“那就去吧，我本来是严厉拒绝的，但我妈再三跟我保证这一次绝不会出现上次相亲那种情况了，说这个是她朋友家的孩子，年轻、英俊，人品没得说，家里条件还好，可我真都不敢相信她了。”聂美娜一脸愁容地看着李佳楠，“我会嫁出去的，对吗？”

“会！肯定会！”

这一夜李佳楠睡得并不踏实，她总是在半睡半醒之间徘徊不定，脑海中总是闪现出几个人影，徐卉、周子阳，还有程刚。当她醒来的时候才发觉，自己不知什么时候却已是泪流满面。

第十三章　交　换

如果不是王凤琴再次打电话，周子阳已经忘记了第二天就是他父亲周山的生日。他又接到了王凤琴的命令，必须带徐卉回去跟他们见面。已经临近下班，周子阳有些不知所措地靠在办公桌上抽烟，这些日子他忙得快忘记自己姓什么了，空降到这公司之后他把所有的精力都投入到工作当中，可当他想要发挥自己的专长干一番事业的时候却发现束手束脚的地方实在是太多。

踟蹰了半晌，周子阳还是主动给徐卉打了个电话，晚上请徐卉吃西餐。

“怎么这么好想起请我烛光晚餐了？”徐卉抿了一口红酒淡笑着看他，微醉的女人最美，周子阳现在心里便是这般评价徐卉的。她红润的面颊在昏暗的灯光下显得格外暧昧，一双如水晶般剔透的眼睛散发着爱慕让周子阳的心停跳了半拍，差点儿因失神而忘记回答徐卉的提问。

“照你这么说好像我请你吃饭是有什么目的似的。”周子阳的语气中带着一丝埋怨和一丝心虚，他的确是有目的，可眼下这种情形他却还不敢直接说出口。

徐卉淡然一笑，“难道是对这段日子冷落我的补偿吗？”未等周子阳做出回答，徐卉继续说了下去，“这不是你的风格啊？以前在学校的时候，你忙正事从来都不会因为冷落我而安慰半句，有什么事就直说吧？"

徐卉的眼神好像充满穿透人心的魔力，让周子阳感到有些不自在，却不知如何开口，只能挠挠头。

"你每次紧张的时候就会做挠头的动作，没想到都四年过去了还是没变。人的习惯总是能够经历岁月而保存下来，这世界上变得最快的或许就是人心。"徐卉挑眉看了看他，"我不过是有些感慨，并没有特指谁，你不要往心里去。"

周子阳并没有将自己对号入座，他满脑子都在想怎么约徐卉去见父母。他装作恍然想起什么事的模样，随意地说，"对了，明天是我父亲的生日，我希望你跟我一起去。"

"我不去。"徐卉很干脆地拒绝了周子阳的提议，弄得周子阳一怔，脱口而出，"为什么？"

"我为什么要跟你一起去？你给我个理由。"徐卉的眼神充满不解和疑惑。周子阳放下手中的刀叉，双手环于胸前靠在椅背上，"因为你是我的女朋友。"

"可那与你父亲过生日有什么关系？我和你的爱情与你家庭无关，我也不希望它们之间产生什么关系，那会成为你和我爱情的牵绊。"徐卉认真地阐述她的观点。

尽管之前有心理准备，但徐卉的反应还是大大出乎周子阳的意料，"可是他们想要见你。"

"那如果他们都不喜欢我的话，你就不再爱我了？"

"他们怎么会不喜欢你？他们关心我，想要见一见我喜欢的女人，这难道很……很难让人理解吗？"

"我觉得这很可笑，我不想像一个犯人一样被人问长问短，被人当做宠物一样评头论足，我不喜欢，很不喜欢。"徐卉的语气坚定，"中国有太多的家庭都是这般，谈恋爱就要回去向父母汇报听从父母的意见，有太多的爱情葬送在这样无谓的家庭纷争之中，所以我不会让这样的事情发生在我身上。"

周子阳有些挠头，他深刻地意识到一个很严重的问题，徐卉的家庭观念似乎与自己格格不入。他不知道该如何跟徐卉解释清楚，因为连他自己都不清楚自己的观念是对是错，他和李佳楠的那段感情就是徐卉口中的家庭纷争的牺牲品。

"我不强迫你接受我的观念，我也不干涉你的思想，但有一点，你现在是我的女朋友，而且我希望你陪我参加我父亲的生日聚会，你答

应还是不答应?”周子阳只好摆出这样的态度来对待她。似乎他的这一做法还比较奏效,徐卉并没有马上反对而是陷入了思考。

大约两分钟过后,徐卉才俏皮地一笑,趴在桌子上看着周子阳,“我可以答应陪你去,但是我有个交换条件。”

“什么条件?”

徐卉的眼睛滴溜溜地转,带着妩媚的羞涩,“下个月我要去欧洲考察,你要陪我一起去。”

周子阳看着徐卉那闪烁着狡黠和挑逗的目光,怎可能不明白她的心思,一起去欧洲旅行岂不是要坐实他和徐卉之间的亲密关系。虽然他们两个人现在交往,可周子阳无论是在四年前还是现在都没有越雷池一步,顶多是拥抱和吻别,不是周子阳坐怀不乱,而是他没有做好足够的心理准备。

“我能不能陪你去也要听从公司的行程安排,这可不是我说了算的。”周子阳仍直接将这个皮球踢回到公司,他不知为何,对此事总有些莫名的不确定感。

“公司方面用不着你操心,你只说答应不答应?”徐卉倒是撒起娇来,“反正你不答应的话,明天你父亲过生日我肯定不去。”

“那……好吧。”周子阳有些无奈,或许在其他人眼里他这般的作为有些伪君子嫌疑,他不清楚自己在逃避什么,可他却真是有些不太情愿。

这天是聂美娜第N次相亲的日子,虽然嘴上说痛恨相亲但当这一天到来的时候,天性乐观的她仍旧是很早就起来梳洗打扮,不停地在穿衣镜前面换装扮让李佳楠帮忙参谋。任凭李佳楠是个耐性再好的人也被她磨得濒临崩溃,最后严重警告她,若是再没完没了时间就要过了。聂美娜最终选了一套粉色的套装,系一条纯白色的小丝巾,配上她白皙的皮肤和披肩的长发显得格外靓丽清纯,美丽可人。

“别光美丽冻人,记得穿上大衣,今天外面可是零下十度。”李佳楠窝在沙发上看着聂美娜那单薄的小套装不由得浑身打哆嗦。抬头看了一眼布谷鸟挂钟,已经快下午四点了,聂美娜打扮这一身足足花了六个钟头,若是这六个钟头给自己,李佳楠宁可用来补充她短缺的睡眠。

让李佳楠最终崩溃的是,聂美娜凝眉回头看着自己,“我这么打扮真的行吗? 会不会还有哪里不妥当?”

李佳楠忍着把怀中抱枕扔过去的冲动，咬着牙再次点头，“可以了，真的很漂亮了，我相信你一定能够把那男的迷得神魂颠倒连自己姓什么都忘了。”

“我就怕我妈又骗我。”聂美娜嘟着嘴等着她妈妈来电话接她，刚刚涂了唇膏的她连喝水都小心翼翼。这一次相亲两家似乎都很重视，由男女双方的母亲全程陪同，表面上是重视，实际上是为了防止相亲的两个人哪一方忽然黄牛中途落跑的情况出现，况且两家父母都是朋友就当一次聚会也未尝不可。

约会的地点定在了一个综合娱乐场馆，这里有餐饮、有电影院、有酒吧，有夏日经常举行晚间派对之类的广场，只可惜现在是冬季，少了喝啤酒、看演出的好机会。

聂美娜随着自己母亲上了餐厅的二楼，心中略有些忐忑不安，可当她看到那相亲的对象时，眼睛差点儿瞪落在地上，好像有把大锤猛地敲上自己脆弱的心脏，“我滴天啊，怎么会是他呢！”

顾新宇感觉今天很倒霉，从昨天晚上他被骗回了父母家之后就被严令出门，失去了人身自由，恢复自由的条件是，今天参加这可笑的相亲。

当他看到来人是聂美娜的时候，震惊之余嘴角忽然扬起一抹坏笑，这世界还真是小，连相亲也很娱乐。

聂美娜的眼睛好像是一柄弯刀，狠狠地剜着顾新宇。顾新宇平日里吊儿郎当的模样此时也全都收了起来，故作不认识聂美娜。

两名母亲热络地打了招呼之后开始为对方介绍自己的孩子。

“小宇呀，这就是你陈阿姨的女儿，叫美娜。”

顾新宇一副彬彬有礼的样子朝着聂美娜和她的母亲微微欠身，“陈阿姨好，美娜好。”当他看向聂美娜的时候，他眼神中的那丝玩味的调侃被聂美娜看在了眼里，当即给瞪了回去，却被自己母亲当做不懂礼貌在背后偷偷掐了一下。

聂美娜暗自叫苦，只能乖乖站在母亲身后，“美娜，这是你刘阿姨和小宇哥哥，早就听说小宇一表人才，今日一见果然是青年才俊啊。”

聂美娜听了自己母亲的夸赞直想吐，就顾新宇这么个人，别人不知道她可知道得清清楚楚，花花公子、无所事事、泡吧玩 onl，好事儿没干过坏事儿占全了，还青年才俊！尽管聂美娜很想当面揭露顾新宇的丑恶嘴脸，但碍于自己家和顾新宇家还有些生意往来，她不可能这样没礼貌地当众揭短，而顾新宇似乎和她一样，并不想将两个人认识的事情说出来。

聂美娜想:这一顿饭吃得肯定很闹心。

顾新宇在想:今晚上是这辈子遇到的最大的乐子。

落座之后,两个母亲开始不停地扯着闲篇,当中自然少不了聂美娜和顾新宇两个人的事。

“我们家小宇啊,就是贪玩,他父亲总说让他早点帮着照料家里的酒楼,可他总嫌束手束脚,宁可整天宅在家里看书啊,学习啊,太我行我素了。我看就缺一个好太太来管管他,如今我这个当妈的说话是不管用了。”

聂美娜忍着心中的爆笑看向顾新宇,他在家看书学习?学习目测花花公子杂志上的女人三围吗?看来他这个妈要么就是不了解自己儿子,要么就是太掩盖他的恶劣行迹了。顾新宇也觉得这夸赞和他不怎么沾边,有些无奈地承受着。

“我们家美娜啊,也是从小就特别爱学习,刚毕业的时候她爸就想让她接管家里这点儿生意,可她却还想到外面历练两年。这个孩子啊,别的优点没有,就是为人善解人意,性格也温柔、有耐心,从来不跟人大声说话,也不跟人争吵。”

听完这两句夸赞,正在喝果汁的顾新宇差点儿喷出来,也不知道在大庭广众之下泼周子阳一身冰块果汁的人是谁?叉腰骂徐卉狐狸精的人是谁?她温柔?不跟人争吵?顾新宇自觉好像每一次见到聂美娜都会被她无缘无故的挤兑一顿。看着顾新宇投来的满脸笑意,聂美娜只觉得脸上发烧。

“我们家小宇啊,对感情是很专一的,而且特别有爱心。我还记得小时候家里养了一条小狗,后来得病死了,他哭了一个晚上,到现在都不肯再养宠物。”

感情专一?聂美娜觉得这四个字放在顾新宇的身上简直就是讽刺。

“我家美娜也是太专注于事业了,到现在都没正经谈过一次恋爱,倒是有不少追求她的小伙子,可惜她一个都没看上,我们做父母的也不知道是喜是忧,整天就盼着她找个合适的婆家嫁出去,幸福地过日子也就知足了,家里什么都不缺她的。刘姐,你说咱们都这一个孩子,奋斗的这点儿产业还不都是他们的么。”聂美娜的妈妈似乎很看好顾新宇,言语之中已经有意撮合。

聂美娜发现顾新宇的眼神中有一丝惊诧的坏笑,那眼神显然是在笑话自己没谈过恋爱，她狠狠地瞪了回去，顾新宇的笑容却更加浓郁了。

“那是，只要孩子能过得好就行啊。我就怕小宇太单纯，找一个不知根底的女人把家业败了，要是能有美娜这样的好女孩子当儿媳妇那简直就是天大的造化了！我就这么一个儿子，儿媳进了家门肯定就当闺女一样疼。现在是什么年代了，可跟咱们过去不一样，过去我嫁给小宇爸爸的时候，那婆婆凶着呢，现在咱们这一代将心比心，绝不会亏待了孩子们的。”顾新宇的妈那炽热的眼神看得聂美娜脸滚烫滚烫的，而聂美娜的妈看顾新宇一脸笑意地瞅着自己女儿也是只有暗自开心的份儿。

聂美娜感觉自己要崩溃了，可坐在她对面的顾新宇却在脸不红心不跳地听着两位母亲在不停地谈论他们，就快连结婚的日子也一并定了……

聂美娜偷偷掏出电话发了一个短信给顾新宇，“快点儿想个办法离开这里。”

顾新宇翻看短信的时候，他母亲开始讲述他小时候的历史，“我家小宇啊小时候特别老实，就是嘴馋，那肚子好像填不满似的。那还是在小学的时候，有一次被一个小女孩儿给打了，回家跟我哭，结果是因为他偷吃了人家碗里的香肠。所以啊，将来的媳妇儿只要能管住他的胃，我估计他就没跑了。”

“我家美娜从小就懂事，什么家务都会做，还很会做菜呢。”聂美娜的妈妈马上接过话茬，其实聂美娜只会炒鸡蛋。

聂美娜眼见顾新宇没有动静儿，赶紧又掏出电话补了一条短信，“你要是再不想办法离开这里，你就死定了。”

马上，她就接到了回信，“我在想办法。”

两分钟左右，尽管顾新宇脸皮再厚也实在是无法忍受他母亲对他的夸赞了，而且话题俨然已经转移到他小时候的一系列囧事上去，他连忙打断了两位母亲的攀谈。

“妈，我想……”

“你想干什么?”顾新宇的母亲面色忽然一恶，摆明是警告他不许擅自离席。

顾新宇连忙解释，“我想请美娜去看电影。”

两位母亲面色一喜，聂美娜连忙答应，“好啊好啊。”

眼见两个人如此配合，两位母亲的心中虽然高兴可都不是好骗的

主儿，为了防止他们串通离席，顾母说，“这里就有电影院，我跟你陈阿姨再聊会儿，你们看完电影再来找我们。”

顾新宇有些犹豫，可眼下这情形也不得不答应，“好吧。”

聂美娜二话没说以最快的速度拎起了自己的手提包和大衣，随着顾新宇的脚步而去。

刚刚走到一楼大堂，立刻聂美娜就要逃跑却被顾新宇一把拽住，聂美娜用力拍开他的手，一脸厌恶地呵斥，“你干什么？别拉拉扯扯的。”

“看电影啊。”顾新宇一脸的坏笑，“小心她们俩在楼上看着咱们。”

聂美娜一怔，余光偷偷地往二楼餐厅瞟去，只可惜玻璃窗反光，只有餐厅内的人能够看清外面，她却看不清里面。

“看个鬼！我才不要和你看电影。”聂美娜搂着自己的包就像是面对着一个无耻的窃贼。

顾新宇无奈地摊手，“别太自恋了，我也不想跟你这个母老虎看电影，我也是没办法。”

聂美娜幸灾乐祸地瞧着他那张苦瓜脸，“没看出来你还挺怕你妈的。”

“我那是为了我的精神着想，这次若是再不依她，我就别想再有自由的生活了，不然我宁可告诉她我是个gay，也不愿意被她拉着跟各种各样的女人相亲。”顾新宇说得很风轻云淡，聂美娜却捂嘴大笑，“你刚刚为什么不说你认识我？”

“你不是也没说。你今天倒是打扮的挺漂亮的，只可惜啊，唉……”

聂美娜有些悻然，这件事她早后悔半天了，狠狠地瞪了一眼顾新宇，“我……算了，回家去了。”

“不行，一会儿你妈找我要人怎么办？”顾新宇向前跨了一步拦在聂美娜面前。

“你死了才好，关我什么事？”聂美娜很不屑地看着顾新宇，“你这种人渣少一个都是对社会的巨大贡献。”

顾新宇拽着聂美娜，“别走别走，不然我真的不好交差，怎么说也算是相识一场，不然我就告诉你妈我们以前就认识，你还偷偷发短信让我带你走。”

“无耻。”聂美娜一脸愤恨地看着他。

“我带你去打游戏，这楼上有个游乐场，看电影实在是太无聊了。”

顾新宇一副用棒棒糖骗小女孩儿的模样，聂美娜有点儿犹豫，左顾右盼地寻找着，“游乐场？在哪儿？”

当顾新宇带着聂美娜进了游乐场之后，他才发现女人若是贪玩起来比男人还疯狂，如果这个女人超级笨却还不愿服输，譬如聂美娜，那就更可怕了。

两个小时，顾新宇不知道掏了多少次钱包去给她买游戏币，但很快她就会输个精光。

“真是个败家的女人啊……”顾新宇看着自己逐渐减少的人民币心里不断嘀咕着，看她这个模样若是再不赢一局的话恐怕一晚上都不会挪地方了，顾新宇走上前硬着头皮央求她帮忙打一局赚回点儿游戏币。幸亏聂美娜的妈妈来电话催促他们回去会合，聂美娜才恋恋不舍地离开游乐场。

“喂，我都陪你打了一晚上的游戏了，咱俩是不是可以商量商量串通起来在父母面前装装样子？你肯定也不愿意整天被拉着像猴子一样去相亲吧？”顾新宇送聂美娜回家的时候嬉笑着看她。

聂美娜很不客气地拒绝，“没门，我才不会像你这种人似的去欺骗父母呢，更不会让我妈以为我跟你这种人渣有什么发展的可能性。”

“太绝情了吧？怎么说我这一晚上在你身上也投资了几百块人民币呢，连这么一个小小的要求都不答应？”顾新宇央求着看她。

聂美娜一阵风似的下了车，转过头朝他做了一个很丑的鬼脸，大声说：“No！”

“喂……”等顾新宇再想叫住她的时候，聂美娜已经没影了，他悻悻地看着空无一人的街巷，忽然坏笑着自言自语，“哈哈，没谈过恋爱的老处女。”

若是聂美娜听到顾新宇如此评价自己铁定会被气死，但她如今已经进了家门大呼小叫地跟李佳楠控诉她今天的遭遇了。李佳楠虽然对她能够遇上顾新宇也感到惊讶，但更多的还是对聂美娜讲述的过程捧腹大笑。

“今天晚上是我最失败的一次相亲，我发誓我再也不参加任何相亲了！”聂美娜还来不及把外衣脱掉就开始不停地发牢骚。“再也不能受我妈的欺骗了。”

“这一次你妈没有骗你啊，顾新宇长得是不错，家世也挺好。”李佳楠一双眼睛布满了笑意的看着她。

“可是他人品太差，谁要是嫁给他这种花花公子就等着哭吧。”聂

美娜断言。

“难道不出去玩的男人就一定可靠吗?”李佳楠,似乎在自言自语,“周子阳平时多规规矩矩,可又怎样?顾新宇贪玩了点儿,可能是还没遇到真的拴住他心的人。”

聂美娜一怔,细细品了品她的话,“你说的也有那么点儿道理,但我跟顾新宇是不太可能的,我从心里对他这类人感到厌烦,还人品,他有吗?居然还想让我跟他串通起来骗他父母,我跟他一毛钱的关系都不想有。”

正当聂美娜不停抱怨的时候,却被她忽然响起的电话吓了一跳,看了来电显示之后,她刚刚的嚣张气焰顿时少了一半,甚至带着点儿恐惧地举着电话,“我妈。”

刚刚接听起电话便听得聂母在电话中大嚷,“跟小宇谈得怎么样啊?我可告诉你啊聂美娜,这也就算是你烧高香了能碰上一个条件这么好的,你要是再挑三拣四的,以后就等着当老姑娘一辈子窝在家里没人要吧。”

“我怎么着就没人要了?”聂美娜有些不服气地反驳,只可惜她的反驳十分没有底气,就像是消磁了的录音带。

“废话少说,我刚刚问了你刘阿姨,小宇对你的印象还不错,你老老实实地跟他好好相处,不许再给我耍什么花样,都快三十的人了还不嫁,别人怎么说你知道吗?会认为你心理或者生理上有缺陷才没人要的,好赖话我可都跟你说了,怎么办你看着办,就这样了。”聂母自己说完便把电话挂了,聂美娜气得差点儿把电话扔出去,“顾新宇个王八蛋,居然真的拿我当挡箭牌了,以后不要让我看到他,否则他死定了!”

李佳楠看着聂美娜有些哭笑不得,她不知道这对于聂美娜来说是福还是祸,她能够跟顾新宇擦出什么火花么?李佳楠无奈地摇头,轻轻地嘟囔了句,“真是一对冤家。”

周山的这个生日过得很不顺利,甚至可以说让他气愤。

夫妻俩鲜少在家里起火做饭,这一次算得上是破了一回例,一桌子饭菜摆得琳琅满目,香味飘逸,中间一个偌大的生日蛋糕上已经插上了六根蜡烛,上好的红酒也落上了杯,所有一切都已经准备完毕,唯独周子阳和徐卉迟迟未到。约定的时间已经过去了半个钟头,周山的面色就如同这桌子无人动筷的饭菜一样逐渐在变冷,王凤琴打了第三个电话催促。

“可能是真的堵车，你也别生气，饿了的话先吃点儿吧。”王凤琴在一旁劝慰着。不提这事儿还好，刚刚提起倒是惹出了周山一肚子的火，“年轻人太没有时间观念了，堵车难道要堵到八点钟吗？都是你，非要在家里吃什么饭，简直就是自讨没趣。”

“我这不也是想见一见子阳的新女朋友吗?”王凤琴面色也有些不悦。

“这个臭小子越来越不像话!”周山把火气全部转移到了周子阳的身上，“都临近结婚了，他说换女朋友就换女朋友，连问都不问咱们俩，为所欲为，我行我素，简直就是个逆子!”

“行啦，他都已经跟李佳楠分手了，你说也没有用，何必呢？这个女孩儿据说家里条件和本人条件都比李佳楠好得多，咱们也应该跟着高兴才对。”王凤琴的面色上露出一份期待，“你别板着这一张脸了，一会儿就来人了。”

周山冷冷地继续端起他随身带着的书，王凤琴则不时地看家里的钟，有些不知所措。

周子阳说谎了，其实他这时还在公司没有出门。徐卉的项目部一直在开会，他也打过电话催促了几次，徐卉才在过了约定时间四十分钟左右从办公室走了出来。也不顾徐卉抱怨什么公事为重之类的话，他赶紧拉着徐卉往自己家里赶去。因为已经过了约定的时间，他也来不及带着徐卉再去商店买什么礼品，当机立断，他准备了一个红包往里面塞了一千块钱。

待周子阳领着徐卉到自己家的时候，已经比预定的时间过了一个小时，周子阳心中忐忑不安，可他仍旧怀着一份期待。当周子阳进屋看到满桌子已经凉了的菜的时候，心中难免有所愧疚，这是父母第一次筹备这么丰盛的晚餐，也是自己第一次迟到。

周子阳不知该说些什么，只好赶紧介绍，“爸妈，这是徐卉。”

王凤琴很热情地把徐卉让进了屋子，“快进来坐吧。”

徐卉看着王凤琴有些尴尬，勉强挤出一丝笑容，随后悄悄跟周子阳嘀咕，“有没有干净一点儿的拖鞋？我这双上面都是灰。”

周子阳一怔连忙又替她换了一双，才带着徐卉走进屋。

“爸。”周子阳看到父亲端坐在饭桌前，上前打了个招呼。还未等王凤琴等人落座，徐卉已经率先坐在了饭桌前，“叔叔阿姨，咱们就四个人做了这么多菜吃不了吧?”

王凤琴忽然一怔，“你叔叔过生日，你又是第一次来家里，我就多做了几个菜。”

“医生说吃剩饭剩菜对人的身体是很有害的。”徐卉的直截了当让王凤琴的面色略有不快。周山从头到尾都只是用余光扫了一眼徐卉没有说什么，周子阳把一切都看在眼里，私下捅捅徐卉示意她不要多说什么。“爸，我们这路上堵车，所以来晚了，我先敬爸爸一杯酒，祝你福如东海、寿比南山。”

“生日快乐。”

周家三个人端杯一饮而尽，可徐卉只是闻闻那杯红酒便放下了，王凤琴见状连忙问，“小卉是不是不喝酒啊？家里还有饮料。”

“这红酒不太……好喝。”徐卉赔着笑说，“要是有饮料的话自然好。”

王凤琴到厨房的冰箱里拿了一听可乐，“那就喝这个吧。”

“碳酸饮料？有没有纯果汁啊？我不喝碳酸饮料。”徐卉连连摆手，王凤琴本是一张热情的脸逐渐变得很冷，“家里只有这一种饮料，要不然喝矿泉水吧。”

“是哪一种矿泉水？我只喝法国依云的。”

周子阳看着王凤琴的表情连连使眼色，他没想到徐卉会这般的挑剔，“家里没准备那么多东西，你凑合喝吧。”

徐卉努努嘴，“好吧。”

“这种红酒品质很不好，下一次我送给叔叔阿姨一瓶我从法国带回来的拉菲，每日定量喝一些红酒虽然对人的身体很有好处，但也要分等级，这种平常超市里卖的红酒多数都达不到标准。”徐卉拿起那红酒瓶子一皱眉头，“这种不能喝。”

周山冷哼了一声不再说话，王凤琴瞟了两眼徐卉也不知该说点儿什么，周子阳眼见气氛越来越不对，连忙在其中打圆场，“我父母平时都不喝酒。”

徐卉一怔，随即耸耸肩膀。满桌子的菜她只吃了几口，鱼和肉却是不肯动一口。

王凤琴不再多嘴问她什么，这一顿饭吃得甚是冷清，只是偶尔周山会问周子阳几个问题，周子阳除了如实回答也不知道该说点儿什么好。到最后切蛋糕的时候，徐卉又因为蛋糕是劣质奶油做的一口也不肯吃。

周子阳觉得这顿饭对他来说就是煎熬，徐卉对吃食很挑剔这他是知道的，即使在公司吃工作餐，徐卉的那一份都是她家里的保姆每日定时送来，平时周子阳没太注意，今天算是领教了。他的心中一直惴惴不安，生怕周山火气爆发把桌子掀了。一顿饭小心翼翼吃完之后，周山就回他自己的房间关起门来看书去了，王凤琴则在厨房里收拾碗筷，徐卉和周子阳被冷落在客厅之中。

“妈，我……”周子阳尴尬地到厨房想要替徐卉解释解释，却被王凤琴打断，“我什么也不想听，你好自为之吧。”

周子阳被这一句冷淡的告诫噎得一句话都说不出，听着厨房刷碗的流水声，他的心就如同水一样的冰凉，“那……那我们走了，我没给爸买什么礼物，这个……你帮我转交给他。”周子阳从兜里掏出他早已经预备好的红包放在王凤琴的面前。

“拿回去，我们不缺你这点儿钱，我一会儿还有学生来上课，你赶紧走吧。”王凤琴看着那红包的眼神冰冷，语气更是生硬。周子阳无奈地挠头，“妈，你不能指望有一个如李佳楠那般孝顺、有徐卉这般家世的女人出现，即使这世界上有这种女人，那也不会属于你儿子我。你们先忙，我改天再过来。”

王凤琴浑身一震，继续着手中的动作没有再看周子阳一眼。

听着家中大门关闭的声音，周山从自己的房间走出来，慢慢踱步到他从未跨进过的厨房，带着些自嘲的语气说，“这样的儿媳妇你想要吗？”

王凤琴抬头看着老公，有些木然，只有“哗哗”的流水声在替她做着答案。

出了自家大门，周子阳看着一脸无辜的徐卉实在不知道该说些什么。指责？埋怨？似乎只要徐卉说一句“是你让我来的”他就全然无语。

“子阳，明天要召开公司的软件开发立项会议，你的材料准备好了吗？明天我父亲也会出席。”徐卉没有注意到周子阳的落寞，似乎那一顿饭对于她来说毫无意义，甚至已然没有再讨论的价值。

周子阳意兴阑珊地点头，“我已经把拟定的开发策略下发给副总监和其他相关技术人员看了，明天的会上重点讨论。”

“你们技术部的副总监王越是个很有经验的人，你应该多听听他的方案，我父亲很信任他，而且董事会的成员也很看重他。”徐卉似乎在提醒着周子阳，可周子阳缓缓摇头，“这一次的开发策略我和王越略微有一些分歧，明天的会议之前我会找他沟通一次，实在不行也只有等上层定夺了。”

“这样？”徐卉有些意外，“王越虽然年龄不大但是个保守派，想必你的策略过于激进了吧？”

“人不能总走保守路线，那会让目光和意识僵死在同一条路上。”

“明天见分晓吧，我支持你。”徐卉没有多说什么，周子阳也有些心不在焉，他一直惦记着回去要给父母打个电话。可到家之后，他拿出电话都没有勇气按下拨出键，犹豫半晌他还是放弃了这个念头，他心里很清楚，这个电话得到的只能是父母的冷嘲热讽，他如今已经被工作搞得焦头烂额，索性回房间去整理开会材料，明日他周子阳定要在颂创打出第一个漂亮的重拳！

第十四章　碰　壁

“我不会同意你的策略，下午的会议上我也会提出自己的看法，希望你不要介意。”王越说。

尽管周子阳磨破了嘴皮子，王越还是不肯点头同意周子阳递交的那份策略计划。

“为什么？颂创集团已经拥有了很雄厚的根基，在这个程度上做一些创新的俏路线是最恰当的时机，而且是机不可失。”周子阳仍不肯放弃，昨晚徐卉已经提醒过他，董事们对王越的意见是很看重的，只有得到王越的支持，他的策略计划才有可能真的实行，否则便是技术部内部先闹起了内讧。周子阳不想刚刚上任就出现这种尴尬的丢人局面，但王越似乎并不肯配合他的工作。周子阳有些恼火，他在王越的脸上看到一丝不自然流露而出的蔑笑。

“你既然也知道颂创的风格就是走保守路线，何苦还要玩这些花哨？说的不好听点儿，你现在的做法就是要动颂创的根基。”王越差一点儿就开始跟周子阳拍桌子了，“请你要以公司的大局为重。”

“我的策略一切都是以公司为重，我仍旧会坚持我的看法，无论你同不同意。”周子阳捏着策略计划的手有些颤抖，他已经很诚恳地前来商讨，可是这王越一点儿面子都不给不说，反而开始教训自己。王越的年龄和周子阳差不多，他也不过是比周子阳多在颂创待了几年，无论从任何一方面说，王越摆出来的架势都让周子阳不能接受，他总觉得这王越压根就没把自己这个总监当回事。

“做事要看整体，不要太一味追求自己的出彩。在大公司做事不比你以前的小公司，要更加重视团队意识以及企业文化的传承，你的这份策略计划不单单是我一个人不同意，整个技术部的资深技术人员都觉得不妥。若是你自己坚持要在今天下午的会议上做汇报我不反对，但是我同样要递交我和技术部其他成员共同拟定的开发策略计划书，希望周总监不要放在心上，我这个人向来是对事不对人。”王越的语气很淡漠，还带着些许的不耐，周子阳的心里气愤不已，他的手在不停地颤抖。

周子阳没有再看王越一眼，愤然地离开了王越的办公室。外面技术部的人似乎都在窃窃私语，想必周子阳刚刚和王越的谈话他们也都隐约听到一些。周子阳关起自己办公室的门，一连喝了三杯咖啡才逐渐平复心情，他低沉却愤怒地骂了一声：“混蛋。”

周子阳平日对自己的情绪控制得很好，这个时候也忍不住在心底怒骂。他有一种莫名的直觉，王越似乎在故意针对他，难道是因为自己的空降断了他的升职道路？或许只有这一种说法能够解释王越对他的所作所为。

周子阳缓缓点起一支烟，他来到颂创之后似乎过得太惬意了，让他有些忘乎所以，认为自己的事业发展能够一路平坦。阎王好过小鬼难缠，周子阳暂且把王越这笔账记在了心里，捻灭了烟头，开始埋头工作。即使王越率领整个技术部跟自己作对，他也不会这样罢休的，若遇上这么点儿小挫折他就开始示弱，那以后的日子还怎么过？周子阳始终相信一点：是金子总会发光的。

中午稍微跟徐卉通了个气，周子阳也没多说什么，只是告诉徐卉技术部有可能会出两份策略计划，下午的会议材料他已经准备得十分充分。但是过于自负的胸有成竹显示出他的不安。下午，周子阳和王越一起走进公司的大会议室，他们的材料早已经由助理影印十几份摆在了各参会人员的面前，董事长的位置上也有一份，只是徐洪波还迟迟未出现。

周子阳用余光看了一眼王越，王越正在与其他几个部门的总监欢颜攀谈，只有几个刚刚进门的部门负责人偶尔会跟周子阳象征性地打个招呼，他有种被孤立的感觉。看着徐卉和那个易非特两个人边说边笑着走进会议室，周子阳的脸色更加冷了，他感觉有几道嘲讽的目光朝着他射来，让他感到浑身都不太舒服。他一直低着头装作对徐卉视而不见，一直到徐洪波进门会议开始周子阳才平缓着心情仔细打量这位他第一次见面的徐董事长。

徐洪波看起来比他的实际年龄要年轻得多，不熟悉他的人或许会认为他只是个刚五十岁出头的中年人，六十三岁的年龄和事业上的操劳只让他的额头多了些许皱纹，那一双锐利如鹰般的眼神和挺拔的身板仿佛告诫所有的人，他徐洪波离衰老还远得很。

似乎感觉有个目光在一直打量着自己，徐洪波在会议室里扫视了一圈，最终将目光停留在周子阳的身上。他没有任何的表情，没有任何的态度，周子阳本想报以善意的微笑打一个招呼，可徐洪波的目光很快越过他的肩膀投到王越的身上。

"今天的会议议题我就不多说了，大家开始吧。"徐洪波淡淡地摆摆手，众人翻开会议桌上已经准备好的两份文案，周子阳以 PPT 形式第一个作出他策略计划的讲解。

周子阳在讲述的过程当中用余光感受着众人的态度，他刚刚开始不久，会议室内便响起了窃窃私语的议论声，徐洪波却一直在仔细地看，脸上淡漠的表情让人看不出他对这份策划的态度是满意还是否定。一直到周子阳的讲演结束，徐洪波才开口，"有创新，有新意，但是似乎与我们公司一直奉行的宗旨背道而驰，其他人什么意见，不妨都说说。"

"徐董，我们技术部今天有两份策略计划要演示，一份是我刚刚演示过的，还有一份是王副总监正准备讲演的。"周子阳对徐洪波的评价没有表现出任何的情绪，反而着重提点了王越。

徐洪波端起自己的水杯抿了一口茶，"既然都已经准备了就上来讲讲吧，王越必定是保守派的，看看你这次有什么新构想。"

王越的脸上洋溢着无比的自信，当他与周子阳擦肩而过的那一霎那，他轻轻撞了一下周子阳的肩膀。周子阳感觉肩膀一痛，回头，王越已经站在了演示台上。

王越的讲演周子阳一句话都没有听进去，尽管他的手上一直在翻看着摆在自己面前的那份计划书。周围这群高管对王越的讲演不断点头让他最初的那份自信有些暗淡下去，今天这第一拳他感觉到沉重的压力，王越讲演的这半个小时对他来说就是变相的煎熬。

"大家都发表发表意见吧，这两份策略一份比较前卫，一份比较保守，但都是很不错的提案，风险永远是和利润成正比的，我个人暂且不发表意见。"徐洪波扫视了会议室一周，没想到是法国佬易非特率先

开口。

“我个人很赞成周总监的提案，尽管有些不符合公司一直以来秉承的传统，但适时的创新是必要的。”

“创新是很好，但并不符合颂创一直以来的企业文化，易非特你也是刚刚加入颂创没多久，或许有很多情况你还并不了解。”与王越邻座的企划部总监笑着说。

“哦，这是歧视。”易非特那独有的老外腔调让众人不免笑了起来，“我保留我的个人意见。”

“还有人要发表一下意见吗？”徐洪波的眼神在会议室中肆意地扫视了一圈，眼见没有任何人再发言，他也只好有些败兴地说，“这样吧，大家举手表决一下，同意周总监那份策略计划的请举手。”徐洪波采用了最有效和最简单的办法，举手表决。

在场一共二十四位高管，只有寥寥的五位举手同意，周子阳的心有些发凉，但此时他还是礼貌地站起身朝着支持自己的几位高管行礼答谢。

“那支持王副总监的请举手。”徐洪波的声音略微有些冷漠，眼神不自主地瞟了一眼王越。

支持王越的大概有十几位，周子阳似乎已经看到了王越得意的笑容。

徐卉一直在看着周子阳，可周子阳却没有看她一眼，因为刚刚支持自己的人当中没有徐卉，她似乎保持了中立。

“这么草率的表决似乎对公司有些不负责任，我想各位还是都拿回去仔细研究研究然后再作结论，明天所有人都交给我一份针对这两份策略计划的分析报告。”徐洪波的态度让众人不免一怔，“今天就到这儿了，散会。”

徐洪波的目光落在王越的身上，王越紧随而去。周子阳的心情很不好，一直在座位上沉寂了两分钟才缓缓离席，那个外国佬易非特召唤着他的同行，而徐卉等人却早已经不见了踪影。

“王越，你不要太过分了！”在徐洪波的办公室，徐卉指着王越的鼻子高声怒骂，可王越却没有半点儿敢回话的意思。“一个副总监居然敢在全公司的高层面前故意给自己的上司下绊子，你很嚣张啊！”

“小卉，怎么跟你哥哥说话呢！”徐洪波有些不满徐卉的跋扈，出言训斥了几句，徐卉却并未因他的关系而对王越有半分客气，“我告诉你，不要以为你会在颂创得到什么，我随时可以让你滚蛋。”

“小卉！”徐洪波有些愤怒，“小越，你先出去。”

王越尽管脸色很难看却也不敢吭声，愤愤地看了一眼徐卉离开了徐洪波的办公室。

“小卉，虽然你是我的女儿，但你要记得这里是公司！”徐洪波的声音中充满了斥责和无奈，徐卉却直直地踱步到他的面前，“你也知道这里是公司？”

徐卉的质疑让徐洪波有些难堪，毕竟刚刚王越当面撞了周子阳一下是所有人都亲眼看见的，他刚刚也训斥了王越，但的确是被徐卉捏住了把柄。

“你不要说他是我哥哥，他不配，一个野种而已！而且还是生在我这个有名分的女儿之前的野种！一个私生子也想在我徐家兴风作浪是不可能的。徐洪波我告诉你，家里的产业是我妈一手创办的，也是留给我的，你想留给你的这个不知道哪个野女人生的儿子门都没有！”

“你就嘴下积点儿德吧，行不行？”徐洪波甚至是带着点儿恳求的口吻。

“那今天这是怎么回事？他王越想在颂创培养自己的根基，二十四个高层有一多半全都被他收拢，凭什么？还不是你在后面替他撑腰他才敢这么做？你当我是瞎子吗？”徐卉有些歇斯底里。

“你那个什么周子阳也不过是如此，你难道为了他就跟你的父亲和哥哥翻脸吗？”徐洪波的声音低沉而愤怒，却又无可奈何。

“不要找任何借口，我和周子阳之间的关系用不着你们品头论足。而且我也告诉你，即使我结婚了你也休想拿到我手里的股份！你也告诉王越，正常的竞争我不管，但是他要是再敢在背后做小动作，别怪我不客气！别忘了我在颂创也是说得上话的！”徐卉怒吼的警告让徐洪波那双犀利的眼睛顿时黯淡了许多，看着徐卉摔门而去的背影，他的心不知道有多么难受。半晌，他的助理才轻轻敲门，“董事长，您有什么吩咐？”

“叫王越晚上去老地方等我，唉，锋芒太露啊。”徐洪波的眼神中出现了些许苍老的惆怅，他这一辈子唯一做错的一件事让他痛不欲生。王越是他和另外一个女人的儿子。徐洪波承认自己重男轻女，想要把王越栽培出来，可是徐卉的母亲在去世之前就将她自己的股份全部留给了徐卉，而且遗嘱上表明为了不让外人夺权，徐卉结婚的时候有一半的股权才会转到徐洪波的手里，但徐卉若是有了孩子的话，所有的

权益全部转移到这个孩子身上。

徐卉虽然如今在公司的职位仅仅是项目部的总监，可是她是公司的第二大股东，仅次于他。

徐卉的冷酷和愤恨是徐洪波最感意外的，他没有想到王越的出现会让她如此疯狂揽权，而这也成了他们原本亲密无间的父女关系变得如此恶劣的导火索。

周子阳……徐洪波陷入了思考，他对这个年轻人没有什么太好的印象，或许是潜意识中的排斥。如今徐卉已经是拼命地在把自己的人脉往集团内部安插，但这个周子阳能够让徐卉如此歇斯底里看来并不是一件好事。思索了许久，徐洪波又叫了他的助理，"晚上让周子阳也去，就说我有事找他谈。"

李佳楠这个星期已经是第三次接到程刚的电话了，关于小说影视改编权的公事早已经谈完，可程刚似乎根本没有对李佳楠的拒绝感到有半分的气馁，反而隔上一两天就会打电话邀请她吃饭，凑巧的是李佳楠这一个星期连续晚上加班，让她在劳累之余也庆幸自己找到一个拒绝程刚的借口。整理好办公桌上的物品已经是晚上八点了，李佳楠和同事一起走出公司的大门往公交车站走，一个身影站在公司大门口正看着自己。

李佳楠终究是走了过去，"你怎么来了?"

程刚没有说什么而是笑着打开车门，"你可算出来了，再不出来我准备叫外卖送上去了。你们老板实在是太黑心了，这么晚还让员工加班，上车吧，为了补偿你的辛苦我请你吃饭。"

李佳楠心中虽然仍有意拒绝可看到程刚冻得哆哆嗦嗦的模样也有些不忍心，"聂美娜还在家里等着我回去做饭呢。"

"放心吧，我已经打过电话通知她准备下楼一起吃，我接走了她的饭碗还让她饿着，岂不是会被她骂得狗血喷头。"

看着程刚做了一个很无奈的表情李佳楠笑了，她还真没有想到程刚是个如此细腻的人。与自己的同事告个别，李佳楠上了程刚的车。

聂美娜上车的第一句话就是："程刚，还算你不是重色轻友，不然你死定了!"

"今天很冷，咱们吃火锅，"程刚笑看聂美娜，"行吗?"

"又不是请我，佳楠吃火锅行吗?"聂美娜朝着李佳楠挤眼睛，李佳楠点头，"好吧。"

之后的一个星期，李佳楠每天下班都能够看到程刚准时出现在她公司的门口，俨然成了专职司机和长期饭票，李佳楠的心里开始有点儿不知所措。

“佳楠姐，那个男人是你的新男朋友吗？”公司同事八卦地问，“天天来接你真是体贴。”

李佳楠淡淡一笑，她不知道该如何解释她和程刚之间的关系，换句话说，李佳楠不想面对，她在逃避，以至于到最后连聂美娜都不停地劝她。

“佳楠，你就真的不考虑考虑他吗？”聂美娜很认真地看着李佳楠，“不要再想着过去了，周子阳现在已经跟徐卉如胶似漆了，连人都已经到颂创去上班了，你又何苦还在这里不能自拔呢？程刚无论是在事业上还是对你的态度上我觉得比周子阳好太多了。”

李佳楠苦笑，“我也不知道为什么，这都一晃四年过去了，还是感觉到心中有压力，每一次跟他在一起我都悬着一颗心不敢放下。”

“不要把你四年前的感觉延续到现在了，我现在都觉得你这样对待程刚有些不公平了，这绝对不是我吃人嘴短，我是站在公平的立场上说话。”聂美娜嘟着嘴碎念着，“拿得起放得下，你总不能因为周子阳就一辈子都不结婚吧？”

李佳楠被聂美娜这一通训斥搞得哭笑不得，“我可不是因为放不下他，这才过去多久就投入一段新的恋情，你总得让我好好想想吧？”

“这还有什么可想的啊？你可小心过了这村就没这店了。程刚如今经济条件也好，用不着你像以前似的，为了挣个房子累得像条狗，凡事都要自己动手，踏踏实实地享福多好。”聂美娜正说着，忽然听到自己的手机响，“啊？是刘阿姨呀，您好您好，小宇？啊……是啊，是啊，没关系，再见。”

挂了电话，聂美娜的一张脸就好像火山爆发一样憋得通红。李佳楠纳闷地看着她拨通电话就开始痛骂，“顾新宇你个王八蛋，你要是再拿我当你妈的挡箭牌我跟你没完！”

挂了电话，聂美娜气呼呼地捽着怀里的灰太狼抱枕，好像那抱枕就是顾新宇一般。

“怎么了？你干吗气成这样啊？”李佳楠好奇地问。

“都是该死的顾新宇，他跟一个女孩儿在酒吧出来遇上了他妈妈的同事，结果他居然说那个女孩儿是我！刘姨不相信他打电话来找我求证！我……我以后没脸见人了！”聂美娜就像一只扎在沙堆中的鸵鸟一样将头埋在沙发之中,“我恨死他了!”

“那你刚刚为什么没跟他妈妈说清楚啊?”李佳楠纳闷地劝慰着。

“我……我今天刚骗了我妈,说我晚上跟顾新宇一起吃饭!”聂美娜俨然是哑巴吃黄连有苦说不出,哭丧着一张脸一肚子的憋屈。李佳楠先是一怔随即哈哈大笑,“你们俩啊,真是让人笑死了,互相利用,也怪不得顾新宇啊!”

这一晚李佳楠没有睡踏实,她的脑子里总是来回翻转着聂美娜说的那两句话。要说程刚的追求她并不是无动于衷的,她只是在分辨自己到底是因为单身一个人寂寞才有些动心还是因为她真的喜欢程刚。或许这个问题她永远也无法想明白,因为感情这个东西就好像是癌症,它既然产生了你就无法不去关注它,无论它是什么原因形成的,唯一能做的只有割舍或者面对。

周子阳接到徐洪波助理的电话感到很惊奇,听说徐洪波要见自己的时候毫不犹豫地答应了。他心里忽然燃起一丝希望,这是他来颂创之后徐洪波第一次主动要求见他,而且还是在休息时间,在公司外的某一个咖啡馆,无论是他作为徐卉的父亲也好,公司的老板也罢,周子阳都不可能拒绝。唯一让他感到忐忑不安的是徐洪波见自己会有什么目的,因为今日在会议上的明争暗斗?还是因为徐卉?周子阳不敢擅自确定,因为对于自己的这位老板他了解得实在是太少了。

当周子阳看到徐洪波和王越同时出现在自己面前的时候,不由得一怔,“董事长好,王越也在。”

王越的表情不咸不淡,看了他一眼没有吭声,周子阳虽然心中有气却也没有表现出来。

“王越你先去其他座位,我跟他交代两句话。”从周子阳一进门,徐洪波的眼神就没有从他的身上移开过,周子阳也有些浑身不自在,反倒使气氛显得有些尴尬和僵硬。

“不知道董事长今天找我来有什么吩咐?”周子阳率先开口打破了僵局。

徐洪波靠在椅子背上,“你认为你是个什么样的人?或者说,你期望自己成为什么样的人?”

周子阳没有想到徐洪波会问出这样的问题,他思索了片刻才缓缓开口,“事业有成。”

“为了事业可以抛弃爱情?”徐洪波的语气虽淡却让周子阳心里一

紧，徐洪波那锐利的眼神仿佛能够穿透人心一般，“你不用解释什么，我不可能对亲近我女儿的人一无所知，所以你也不要介意，我今天找你来的目的只有一个，”徐洪波竖起一根手指，“我希望你能收敛锋芒，夹着尾巴做人。”

周子阳的心好像被撞裂的钟轰然崩塌，他颤抖的嘴唇已经无法表达出他内心中的疑问和不平，许久，他才皱紧眉头问了一句，“为什么？”

“因为你想要的女人是我徐洪波的女儿！”徐洪波的声音虽然很轻却坚定，脸上还闪过一丝狡黠的狞笑，“想少奋斗二十年？这世界上没有白吃的午餐。”

“我和徐卉在一起并不是觊觎你的家产，我来颂创工作也只是希望自己能够有一个事业的发展平台，证明我自己的能力！仅此而已。”周子阳很失落，甚至有些不能自已，可他的辩驳在徐洪波的眼中却是那样的苍白和可笑，甚至还有些幼稚，“想让我相信？可以，拿出你的真本事，而不是在与下属争饭碗的时候让自己的女人到我跟前大吵大闹！”徐洪波的手指点着桌面，就如同戳在周子阳的心中，重重的。

“大吵大闹？我并不知道她会为此事去和您争吵。”周子阳感觉自己的情绪有些失控，这突如其来的一波又一波的打击让他的反应迟钝了。“你不能因为这一件不受我控制的事情就否定了我的一切。”

“我还是那句话，拿出你的真本事做出来给我看看，否则你的话都只是空口白牙，一丝一毫的价值都没有。不要指望你能说服我，对于你这种人的心理我研究得比任何人都透彻，因为我也曾经走过你今天这条路，希望你能走得如我一样平坦，但我也告诉你，你的这条路会无比艰难。”徐洪波率先起身，“希望我的忠告能够引起你的反思，如果你真的是一块金子，颂创不会埋没了你，但如果你是一块毫无价值的石子儿，想要到我这里来镀金，想靠女人打天下，对不起，绝无可能！”

徐洪波没有再停留半分，露出一丝满意的冷笑之后便走出了咖啡厅。王越紧随其后，若有所思地看了一眼周子阳，嘴角带着一抹不屑的微笑，显示出他是最后的胜利者。

周子阳整个人瘫在座位上，端咖啡的手不停地颤抖着。他很期望有个人走过来抽他一个嘴巴，告诉他这是在做梦，但可惜，当他自己的巴掌落在自己脸上的时候他感受到了真实和疼痛，周子阳忽然站起来歇斯底里地怒吼一声：“这都是为什么！”

这突然的惊变引得周围的客人投来诧异和埋怨的目光，还未等服务生请他出去，周子阳已经大步走出咖啡厅，一个人狂奔在马路上。

这是周子阳第一次独自一个人喝得烂醉如泥、不省人事，若是平时跟他相熟的人此时看到他都会认不出这是周子阳。他独自一个人在一间不知名的酒吧的角落当中瘫在沙发里喃喃自语，“我是吃软饭的？我是吗？周子阳你他妈是吗？”恍惚之间，周子阳不由自主地掏出自己的电话，他不知道自己打给了谁，却在电话之中喃喃自问，“我是个废物吗？我是吗？我是个废物吗？”

李佳楠接到周子阳打来的这个莫名其妙的电话时，正坐在电脑前修改她的小说稿子，每每再看到自己当时的文字她的心都不由得为之颤动，此时看到来电是周子阳，她差点儿把电话扔出去。

他怎么会来电话？李佳楠的心里翻江倒海，隔了半晌她才鼓起勇气接了电话，按下接听键的手都略微的颤抖。电话中周子阳的呢喃自语让她先是一怔，随即感觉到可能是周子阳喝醉了。难道他没有和顾新宇在一起吗？当她再仔细听清楚周子阳口中的话语时，李佳楠的心不免有些酸楚，他，周子阳，是废物吗？

李佳楠没有挂了电话，而是用聂美娜的电话拨给了顾新宇，似乎只有他才能够找得到周子阳吧……

“这个该死的周子阳，喝醉了不找他的新女人打电话骚扰佳楠干什么？顾新宇你赶紧找到他抽他俩嘴巴，这种男人，喝死了都活该！”聂美娜很不积德地又诅咒了周子阳半天，李佳楠故作镇定地继续修改她的小说，可是她无论如何都无法平静下来，直到过了一个多小时，顾新宇打来电话报平安，李佳楠的一颗心才算是暂且踏实了下来。

周子阳迷迷糊糊醒来的时候就看到顾新宇在皮笑肉不笑地看着他。“怎么了？”

“怎么了？周子阳啊你可真能耐！”顾新宇的话里充满了嘲讽，“还学会一个人出去买醉了？我跑了十几个酒吧才找到你，我现在累得腿还疼呢。”

周子阳揉着自己的太阳穴，他的脑袋疼得好像炸开了一般，“哦，我喝多了。”

“你这是撒什么癔症呢？跟徐卉闹别扭？你怎么想起给李佳楠打电话了？”

“我给她打电话？”周子阳一愣，“我为什么要给她打电话？”

“你问我啊？我怎么知道你为什么还给她打电话？”顾新宇把周子阳的手机扔给他，“不信你自己看看通话记录。”

周子阳纳闷地接过电话，面色有些尴尬地把通话记录删除了，“我……我跟她都说什么了？我喝多了，自己都不知道。”

“我怎么知道你都说了什么，你这个人现在变得有些莫名其妙，跟以前简直判若两人。如果我是你的话，我根本就没有这个脸问出这句话。你跟我说实话，你心里就真的把李佳楠抹干净了？”顾新宇盯着他的脸，想要看出一丝端倪。

周子阳心虚地躲闪着顾新宇的目光，“我自己的事会处理好的。”

“好，这可是你自己说的，刚刚徐卉还来了电话，可能一会儿就来了，我把这一亩三分地儿让给你们俩，我劝你好好想想，别因一时的私心毁了自己一辈子。”顾新宇拎起自己的衣服出去了。周子阳独自陷入了沉思之中，他在不停地喃喃自语，“我怎么会想起她了呢……”

徐卉进门的时候差点儿吓了一大跳，周子阳那一张惨白颓废的脸让她不由得皱紧眉头，“子阳，你怎么搞成这个样子了？”

“你怎么来了？”周子阳随口一问。

“我打了一晚上电话，你都不接，后来我给顾新宇打电话才知道你喝多了，干吗一个人喝这么多的酒？是不是因为下午项目的事？最终的裁决还没有出来呢，也不见得你的提案就被否定，你干吗作践自己啊！”徐卉放下手中的东西给周子阳倒了一杯水放在他的面前。周子阳没有马上回答他的话，一个人把脸埋在手中沉思着，他的酒早就醒了，徐洪波跟他说的那些话仍响彻耳畔，那好似判决他死刑的场景历历在目，如尖锐的针扎在他的心里一般，不能忍受。

许久，周子阳才缓缓抬起头，“徐卉，咱们结婚吧。”

“结婚？”徐卉被周子阳忽然提出的要求吓了一跳，“你怎么想起要结婚了？”

周子阳诧异地看着她，“你不想结婚？”

徐卉苦笑着摇摇头，“我觉得结婚无非就是多了一张纸，在法律上对两个相爱的人加以约束，一旦他们其中一方背叛了另外一方，这张纸又会成为一把沉重的枷锁，让本是相爱的两个人从此形同陌路，成为仇人。”

周子阳的眼睛在徐卉的脸上扫过，他好像看到徐洪波和徐卉的影子重叠在一起，他拼命揉眼睛才看清面前的人。周子阳脱口而出，“你不想结婚是不是怕我为了你们家的财产？”

徐卉心中一怔，柳眉一凝，“子阳，你怎么能这么想呢！我从来都没有这么想过！”

“算了，”周子阳连连摇头，“你当我今天什么都没说过。”周子阳的脸上闪现着无限的落寞，他准备起身送徐卉回家去，却被徐卉一把拽住！

“子阳，你相信我，我是真的很爱你的！”徐卉忽然一头扑进他的怀里搂住他，手臂圈得紧紧的，仿佛怕只要一松开便会失去他。她红润的眼圈泛着晶莹的泪花，“我知道我的这个想法有些自私，但我希望你能相信我，我是真的很爱你，永远都是，我心里永远都只有你一个人。”

周子阳看着徐卉这副楚楚可怜的表情，任凭他对徐洪波有再大的怨念，任凭他对徐卉的想法有再多的疑虑，也都随着徐卉这一声声表白消散了，他缓缓伸出自己的双臂搂住徐卉，“我也爱你。”

两个人就这样静静地拥抱着，虽然周子阳不知道徐卉的心里在想些什么，但是他的心却没有那般的平静。如今看来，徐卉并不知道她父亲找过自己的事情，而且，她有着这般对婚姻的态度想必和她的经历也分不开。徐洪波当初便是借助他妻子的家世铸造了他如今的成就，但他的所作所为为何会让徐卉有这么强的阴影，周子阳却无从得知。

周子阳甚至都不能够想明白他刚刚为何会突然提出结婚，仿佛只是一念之间的冲动，不由自主。但这一次贸然的求婚却让周子阳发自内心地有些局促不安，他开始重新审视自己的心，尽管还没有任何的答案。

第十五章　野花是为所有人绽放的

周子阳的策略计划如他所料被全公司的高层驳回了，王越的那一份策略被采用。尽管徐洪波当着全公司的面让周子阳在王越的那份策略计划上加以修改，但他心里明白，他输了。

虽然是预料之中的事，周子阳仍旧感到心里不服，甚至有些愤怒。下班后他独自一个人在大街上闲逛，他不想回家，也不想跟徐卉约会，只想一个人好好静一静。不知不觉地在大街上漫步，猛一抬头他心中一紧，自己怎么走到李佳楠公司的楼下了？

正欲转身离去，他忽然看到一个异常熟悉的身影从写字楼中走出来，天气较冷，她很快上了一个男人的车。那辆豪华款的奔驰车扬长而去，留下一个错愕的周子阳，他惊呆地站在原地，不可置信地自问，那个人，是李佳楠吗？

如平日里一样，程刚准时在李佳楠公司的楼下出现。

“你不需要应酬吗？每天都请我吃饭，我倒是省了饭钱了。”李佳楠嘴上虽然看似玩笑，但她的确是对程刚每日准时出现感到诧异，他好歹也是一个公司的老板，怎么会这么闲？

“你若是同意，我愿意请你一辈子。”程刚若有所指地笑着说。李佳楠尴尬地一笑，程刚也很识趣地并没有针对此话题继续下去，对待李佳楠，他仿佛有着无限的耐心，“美娜今天不跟咱们吃饭了，她公司今天晚上有应酬。”

李佳楠心中暗自嘀咕，这死丫头肯定是故意的！心中这般腹诽，面子上她自然不会如此表露，只是微微点头，“她最近工作也比较忙。”

“不管她了，晚上若是她公司没有工作餐，咱们吃饭之后给她打包带回去，现在还是想你今天吃什么？”程刚每日例行的询问。

“你随便选吧。”李佳楠仍旧是没有什么意见，“但我今天很想吃川菜。”

“哦？”程刚诧异地看着她，“这太好了，不然我又要为你的食谱冥思苦想了。”略微思索片刻，程刚在路口转了一个弯，朝着他熟识的一家川菜馆驶去。

李佳楠不知道今天为何好像很饿，平时她虽然也喜好吃辣的东西，但今天格外贪嘴，一大份水煮鱼和水煮肉片几乎全被她自己包圆了，程刚只是随意吃了几口，在一旁笑着看她。李佳楠有些尴尬地擦擦嘴，“我今天忽然食欲很不错。”

“每天都能看着你这么胃口大开地吃饭是一种幸福。”程刚笑着替李佳楠倒上一杯果汁，李佳楠诧异地看着他。她不得不承认，四年未见，程刚更加成熟和细腻，仿佛能够看透人心一般，李佳楠想要做什么，他总是能率先感应得到并且替她完成，就好像刚刚李佳楠很口渴，程刚马上送上果汁。

两个人就这样专心吃饭，偶尔说两句，没有热络的攀谈，一切都如白水般平淡，但李佳楠心中很感激程刚，虽然他时常言语中表达他自己的爱慕后被无声拒绝，可没有一丝的威逼和抱怨，李佳楠似乎也逐渐放松了面对程刚时的紧张心情，从容以对。

“喂，您好。”李佳楠忽然接到了一个陌生的电话，当她听清电话的来意时，脸上不自觉地流露出一丝难以抹去的伤感和哀痛。

“李佳楠小姐，我是加菲婚纱行的，您定制的婚纱已经做好了，能确定您什么时候来取吗？喂，喂，李小姐您还在听吗？”

李佳楠从那种哀伤中猛然惊醒，“好的，我知道了，谢谢您，我会去取的。”

挂了电话，李佳楠有些魂不守舍，静静地发呆，尽管她努力掩饰，心中的伤却如何都无法掩盖。她退掉了婚宴，退掉了婚庆，退掉了所有婚礼上的项目，唯独忘记自己定制了婚纱，这个电话揭开了她尘封的伤疤，让她心渗出了血。

“佳楠？佳楠？”程刚看着李佳楠接完电话后那惨白的脸色不免有些担忧，“你怎么了？”

李佳楠的脑海里呈现着一幅又一幅周子阳抛下自己独自而去的画面，她的眼泪不由自主地往下掉落，就好像一串断了线的细碎珍珠，让人看了不由得疼惜和酸楚。程刚有些慌了，眼瞧着李佳楠颇有越哭越凶的架势，周围餐桌不明原因的顾客也纷纷投来诧异的目光，程刚连忙结账，拉着李佳楠出了饭店，回到他的车上。

离开了嘈杂的饭店，李佳楠的眼泪更加汹涌，这段日子以来的委屈和憋闷以及时不时探听到的周子阳的消息都让她感到发自内心的酸痛，她很想大哭一场，哭个昏天黑地，让她好好发泄一次，做一个与过去的彻底诀别。

看着心爱的女人哭成这般泪人，程刚不是傻子，他自然能够猜出几分端倪，他静静地揽过李佳楠的肩膀，让她靠在自己的怀里哭。李佳楠在不停地颤抖，她没有拒绝程刚温暖的怀抱，一头扎进去哭了个痛快！

程刚把外衣脱下盖在她的身上，打开车内的空调，放着淡淡舒缓的音乐，试图让她的情绪逐渐有所缓解。李佳楠只感觉有一个坚实的臂膀环住她，给予她空虚和无助的心一种支撑的力量。

不知过了多久，李佳楠终于止住浑身的颤抖，止住了眼泪。看着她从自己怀中挣脱出来，程刚递过来一张纸巾，默不作声，什么都没有问。

李佳楠看了他一眼，淡淡地说了声，“谢谢。”

“能陪我去一个地方吗？”李佳楠红肿着眼睛看程刚，就像是一只惹人怜爱的小白兔，让程刚无法拒绝。拍拍李佳楠的头发，程刚的眼神中充满了怜爱，“当然可以，但我要先带你去洗把脸，免得外人看到还以为我欺负了你，我会很自责。”

程刚带着李佳楠先寻着附近的美容院洗漱了一番，还化了淡淡的妆，尽管如此，她脸上那抹淡淡的忧伤和紧拧的眉头仍旧没有散去。程刚开车朝着李佳楠指定的地点驶去，他没有想到，李佳楠想要来的这个地方是个婚纱店。程刚是个聪明人，他只管随着李佳楠进去，没有多言一句。

“李小姐，穿上试一试吧！”婚纱店的服务员拿出李佳楠的那套婚纱递给她笑着说。

李佳楠有些迟疑，甚至有些胆怯。

“看先生的眼神，肯定希望看到穿上婚纱的您，而且若是有不合适的地方我们还可以当场为您修改！”

程刚在一旁看着她，伸手接过这件婚纱，“不用试了，这婚纱即便

合身，款式也已经不适合她了。”

牵着李佳楠的手，程刚大步流星地走出了婚纱行，留下一脸错愕的店员。

上了车，李佳楠不知道程刚要带自己到哪里去，此时她也没有心思问，她本想说些什么，可是看到程刚那一脸坚毅的表情，也暂时放下了这个念头，为什么要跟他解释？这是属于她自己的感情经历。

李佳楠下车的时候有些惊诧，却被程刚拽进了一家最华丽的施华洛，这里的每一件婚纱都价格昂贵，当然每一件都非常的华丽，这是任何新娘都梦寐以求的地方。

“你这是要做什么？”李佳楠被程刚拽着走进店内，还是问出口。

程刚没有直接回答她，而是吩咐店员，“拿图册来。”

当店员将一本本图册摆在程刚的面前时，程刚很快选中了一款抹胸梦幻款的婚纱，“就这款，带她到试衣间。”

“你这是要干什么！”李佳楠眉头紧皱，她不喜欢这样不明不白地听命于人。

程刚走近她双手扶着她的肩膀，“你应该是最漂亮的新娘。”

李佳楠诧异地看着他，程刚的眼神中充满了柔情和怜惜。这是李佳楠第一次正视他的爱慕，如此的深厚和虔诚，她承认，她动容了。

当李佳楠身着程刚亲自挑选的婚纱走出来的时候，程刚不由得为之惊叹，连李佳楠都有些不敢相信，镜子之中的这个人会是自己，似乎这种感觉只能出现在她的梦中。

程刚站在李佳楠的身后看着镜子中的她，轻声称赞，“你真美！”

李佳楠的脸上燃起一抹绯红，她紧锁的眉头舒展开，连嘴角都不免挂着一抹忧伤的淡笑。这鱼尾款式的婚纱衬托出她本就玲珑有致的S型身材，让她纤细的腰身格外妖娆，下摆的拖尾上点缀着些许绒毛似的装饰，让她看起来像是一只骄傲的天鹅，华贵、高雅、不失庄重。

“这一套婚纱我要用最好的纱料，头纱、手套和拖尾的边缘要用天鹅的羽毛，婚纱的拖尾要立体裁剪的玫瑰形状，每一朵玫瑰中都要镶嵌一颗水晶，佳楠你还想有什么改进的地方吗？”程刚打量着她就好似在欣赏着一件艺术品，不停地提着他的改进意见。李佳楠淡淡摇头，脸色微红，像一朵羞涩绽放的玫瑰，让程刚的心再次为之一颤。

“佳楠，谢谢你。”程刚的眼中闪烁着炙热的光芒，此刻他就像是一个得到心爱玩具的大男孩儿，“虽然这可能听起来很可笑，但你现在就和我四年前经常梦见的你一模一样，你是我梦中的新娘，今天你让我亲眼看到了，谢谢你。”

李佳楠的眼睛再次湿润了，她承认，程刚为她所做的一切让她感动得一塌糊涂，对于自己的过去他没有问一句，这就足够李佳楠感谢他了。

望着李佳楠有些动容的眼神，程刚从她的身后搂住她，“给我一次照顾你的机会，好吗？”

李佳楠没有说话，只是点点头，她找不到任何再拒绝他的借口，她已经不再去追寻自己到底为什么会动心的原因，因为那些都已经不重要，重要的是她此时此刻感受到了什么叫温暖。

付完了定金，李佳楠任由程刚牵着她的手走出施华洛的店，她忽然感觉人生变幻太快，刚刚还在忍受自己被撕裂的伤口，此时，那伤口却在逐渐愈合。

尽管程刚没有问，但李佳楠觉得有必要跟他说清楚自己的过往，她的思想里仍旧有着传统的观念，毕竟她与周子阳那一段四年的恋情是不可磨灭的过去，李佳楠要与过去做一个彻底的诀别，首先要面对的便是这段充满着欢乐与痛苦的回忆。

“程刚，我想我有必要跟你讲讲我过去的那段……”

听了李佳楠的话，程刚马上出言打断，他叹息一声，很认真地看着她，“佳楠，你的过去与我无关，我只希望你能够将你的未来交给我，这就足够了。”

“可是我已经不是四年前的我了。”李佳楠的脸色带着些许忧虑。

“傻丫头，我知道你想说什么，还是那句话，把你的未来交给我，好吗？”程刚笑着用手拨乱她的头发。李佳楠感激地看着他，她忽然发现，她想要感激程刚的地方实在是太多了。或许是他的出现，让李佳楠很快从过往的伤痛中走了出来，也是他，没有让她再一次揭开疮疤诉说她那段应该彻底尘封的往事。

看着李佳楠默不作声，程刚自嘲地笑了笑，“我可不是什么好人，所以我能够拥有你便是今生最大的感恩，老天爷无论怎么惩罚我都行，只要他把你留在我的身边，这就已经足够了。”

李佳楠有些不解地看着他，程刚淡笑，“还想吃点儿东西吗？刚刚你没有吃尽兴吧？”

“是，我想吃麻辣烫。”李佳楠忽然觉得自己很没出息。

程刚一怔，随即开着车四处转，终于找到了一个路边摊摆出来的麻辣烫小摊，看着李佳楠一口一口吃得香，程刚笑着说，“好吃吗？”

李佳楠也自觉有些不好意思，这一刻，她告诉自己，过去与自己真正挥手告别了……

周子阳回到家看到顾新宇正大咧咧地歪在沙发上看NBA，他这一路上都在想着李佳楠和那个男人，回到家也显得魂不守舍。顾新宇看了他两眼，“你这又是怎么了？一天跟游魂似的，徐卉打电话找你好几次了。”

“哦，我下班之后自己出去走走。”周子阳随口敷衍了一句，半晌，他才试探地问，“那个……最近李佳楠还好吗？”

顾新宇一怔，把电视关掉，很凝重地看着周子阳，“你怎么想起问她了？”

周子阳郁郁的不吭声，好半天才轻叹一口气，“我刚刚看到她了，和一个男人。”

“她跟几个男人在一起好像也跟你没关系了吧？”顾新宇的脸上有些嘲讽，“别看我，我不会帮你打听的。”

周子阳没有再说什么，因为顾新宇说的没错，他还有资格打听李佳楠的事吗？

还未等周子阳再多想，徐卉的电话马上就打进来了，先是埋怨了两句他又不接手机，然后通知他明天晚上有一个酒会，希望周子阳能陪她出席，届时要介绍他认识一些社会名流，周子阳暂时放下李佳楠的事，痛快地答应了。

徐卉第二天一下班便带着周子阳到商场换了一身几万块的行头，周子阳心里有些别扭，但看着徐卉一副忙碌的模样，他也不忍心拒绝只好随她的意思。酒会其实是另外一个集团公司老总的女儿订婚，众多商界名流出席，徐卉则是作为颂创集团的继承人出席这次酒会。她在这个圈子里很吃得开，不停地为周子阳介绍各位商界人士，但这些人似乎对徐卉的兴趣度更高，听说周子阳只是颂创集团的一个技术部总监之后，也只是很有礼貌地微笑，之后便跟徐卉一个人攀谈，周子阳只好独自在周围转，端着一杯红酒在角落中坐下。

每个人的脸上都带着微笑，但是这微笑的背后藏着诡诈的目光，周子阳心中有股子失落，在这个圈子的人当中，似乎只有他没有豪华的家世背景，没有让人仰望的职位，尽管穿着一身上万元的行头他也仍是与这个地方格格不入，就好像一只鼻子里插着大葱的猪想要往象群里凑合一般。

不经意间，周子阳瞧见一个中年的男人在搂着徐卉跳舞，两个人耳鬓厮磨显得格外亲热，徐卉那灿烂甜美的笑容第一次让周子阳觉得如此不堪入目。他的心中忽然涌起一股火，看向徐卉和那中年男人的目光也越发充满着轻蔑和愤怒。徐卉若有若无的眼神飘向这里，并不带着一丝应有的愧疚。

耳听旁边几个周子阳并不认识的男人在把酒谈欢，而他们的谈资似乎就是他的女人，徐卉。

“徐洪波也真豁得出去啊，凡是这种聚会都把女儿推出来，他自己从来都不出席，说是身体不好，就他那身体比咱们还强呢，不过这个徐卉对付男人也的确有两下子，啧啧……”

“徐卉的手腕可高着呢，经常是某些官员的座上宾。”

“呵呵，公关‘攻官’嘛。”

周子阳的脸色越发青紫，听得耳根子发红发烫却不敢将目光移过去看看到底是哪些人在对他的女人品头论足，他承认自己内心没有直面的勇气，而他此时看向徐卉的目光也越发犀利，甚至带着点儿怨念。

三首舞曲，徐卉已经跟着三个不同的男人跳舞，却没有回首看周子阳一眼。周子阳很想上前去把徐卉拉下来，但不知为何他却始终迈不动步，并不是他懦弱，只是他的这股冲动仅限于在大脑皮层中如昙花般闪现，却没有支配他的行动力。一股由心而发的感觉让他终于正视了自己内心和徐卉之间一直存在的隔阂是什么，那就是“安全感”，与徐卉在一起，他从未感觉到这三个字的存在，男人同样需要安全感。

如果说李佳楠是一朵孤芳自赏的家花，那徐卉便是一朵生长在旷野的野花，家花虽没野花香，但野花注定是为所有人绽放的。

周子阳暗自苦笑，将杯中的红酒一饮而尽，独自走出这让他感到压抑的地方，他没有想到徐卉会追出来。

“子阳，你怎么走了?”徐卉拎着晚礼服裙子，一直追他到电梯口，周子阳回头看着徐卉有些怨怼的眼神，回了她一句，“我觉得这地方很压抑。”

“社交场合就是这样，习惯了就好，快跟我回去。”徐卉拉着周子阳往回走，但周子阳却没有动，也没有说话。

“你这到底又怎么了? 我刚跟跃锋的老总谈一个对公司很有利的项目，你跟我一起去。”徐卉紧皱眉头看着他。

“或许我去的话你的项目就谈不成了。”

徐卉看着周子阳的目光似乎有些明白，“子阳，我所做的一切都是为了工作，你应该明白的。我必须把这些关系都抓在自己的手里，我

希望你能理解我。”

“我理解？如果换作其他男人看到自己的女人在酒会上屈颜欢笑，也会跟我是同样的感受。我理解你，所以我离开这里眼不见心不烦难道都不行？每个人都有他所能承受的底线。”尽管周子阳压低声音但仍能够显示他压抑着的愤怒。

徐卉淡淡地摇头，“你知道我的心里只有你一个。”

周子阳点头，“那又怎样？”

“子阳，你不要这么狭隘。”徐卉近似于乞求般的看着他，但是她失望了，因为周子阳的眼神中失去了对她的依恋，“徐卉，给我些时间冷静一下。”

“子阳，别离开我！”徐卉一把抱住要进入电梯的他，“别走，陪着我，好吗？”

周子阳的心化了，他的手稍一用力，将徐卉卷进自己的怀里进了电梯。

四片滚热的嘴唇紧紧贴在一起，徐卉的眼泪顺着她的面颊流了下来，两个人第一次如此热烈的拥吻，忘记了一切的束缚、忘记了所有酸楚。

“叮”的一声，电梯已经到了一层。

“跟我走。”周子阳紧紧拉着徐卉的手，却看到徐卉乞求般地摇头，“子阳，我不能走。”

周子阳愣住了，握着徐卉的手缓缓松开，两个人一步之遥却又好像是远隔千里。

周子阳恍然惊醒，他的心暗自抽紧却只能紧紧攥了攥拳。

他走了，带着他的愤怒和失望，离开了这本就不应该属于他的地方。

他最后听到徐卉在他身后的焦急地呼喊“我会跟你解释的”，只可惜，周子阳现在什么都不想听，他只想有片刻的安静，独自回家喝酒到凌晨。他接到了徐卉源源不断发来的短信，可是他都没有回。

门响，顾新宇在外边玩了一晚上才进家门，刚刚进屋就闻到酒气熏天，再看周子阳的一脸颓废，顾新宇不免厌恶地挖苦他，“想自杀也不用酒精中毒啊，这屋子有点儿火星都快能点着了。”

周子阳斜眼看了他一眼，没有说话。

顾新宇坐在他对面，“你这个人就是个闷骚，不会是看人家李佳楠找到了新归宿有点儿泛酸吧？”

周子阳的动作迟疑了半晌，紧接着就是又往自己的肚子里猛灌了一通酒。

“你这到底是怎么了？别总把自己弄得半死不活的，我看着别扭。”顾新宇从周子阳的手里把酒抢了过来，“你跟徐卉到底怎么了？她刚刚给我打电话说你突然从酒会上离席走了，而且她现在找不到你，来敲门你也没在家，敢情你是躲起来了。她让我告诉你，明天她要去上海一趟，三天就回来，回来之后会再找你。”

周子阳隐约想起好像是有人来敲门但是他没搭理，“我在你们的眼里，是不是就一个混蛋？”

“是。”顾新宇很肯定地点头，“从你抛弃了李佳楠之后我就这么认为。”

周子阳自嘲地苦笑，“我也觉得我就是一个混蛋，一个大混蛋。”

“怎么着？后悔了？”顾新宇略感诧异地看着他，也拿起一罐啤酒打开喝。

“不知为什么，这几天脑子里经常会出现李佳楠的影子。”周子阳未等顾新宇骂自己，径自说，“我承认当初是我自私，结婚、钱，包括我父母的压力，让我最终选择了逃避，这一切都是我造成的。”

顾新宇有点儿迷糊，“你这说什么呢？”

“你还没赶上要结婚你当然不懂，”周子阳瘫在沙发上，“我累了，现在很想踏踏实实过日子，平平淡淡的日子，可这些早已经被我挥霍得一干二净。佳楠，我对不起她，希望她能幸福，她是个好妻子。”

“那徐卉呢？”

“徐卉？”周子阳一激灵坐起来，“她也很好，可是她不是我想要的那种能过日子的女人。”

顾新宇冷笑，“这世界上没后悔药可吃，你现在不是想回去找李佳楠吧？”

“如果你是李佳楠，你会答应吗？”

“我不会。”顾新宇斩钉截铁地回答，“不过，即便不会也应该试一试，你说呢？”

没得到周子阳的回答，顾新宇再一抬头，周子阳已经窝在沙发里睡着了。

顾新宇长叹一声，“早知今日，何必当初啊！作孽啊！”

当李佳楠把自己有了新男朋友的事情汇报给父母的时候，两位老人欣喜之余更多的是担心。看着那辆黑色的奔驰接走李佳楠，宋惠凡

叹口气，“老李啊，你说佳楠这新男朋友靠不靠谱啊？我怎么觉得有点儿悬，你说这到楼下接佳楠走也不上来坐坐。”

李大友轻咳两声，“不来更好，家里这么寒酸让人家一个大公司老板笑话。”

“你这个老头子什么时候变得这么势利眼了？”宋惠凡埋怨着，“我可不指望着攀什么富贵，我只怕他对咱佳楠不好。”

“周子阳好？”李大友这一句话倒是把自己老婆噎得有些说不出话。两个人大眼瞪小眼地看了对方半晌，只有叹气的份儿。

李佳楠自然不会知道在她离开之后父母会有这些担忧，接过程刚送的鲜花，她俏丽地一笑，“怎么想起送花了？”

“突然打扰了你和父母的聚会，送花表示赔罪。”程刚微微一笑，趁着开车换挡的时候轻轻摸了摸李佳楠的手。“今天约我的是一个饮料厂的老板，他要投资我们公司的一部戏，他说是带着他的新女朋友，其实估计就是个新找的小蜜，我一个人去不太合适。”

李佳楠微微皱眉，“这都什么人啊。”

程刚的脸上略露出些无奈，“我也没办法，不过你放心，我感情专一，路边的野花绝不采。”

李佳楠羞涩地一笑，“怎么把车停商场了？”

“你这身衣服不太合适，我带你选一套新的。”程刚随意地说，李佳楠只是微微点头，可是心里却涌起一丝落寞，因为她今天格外用心地打扮过。

两身套装外加一双鞋和一条丝巾就上万元，李佳楠从没这么奢侈过，但程刚却执意要买。其实李佳楠并不喜欢粉色的套装，可程刚认为这个颜色让她看起来很有活力。

当李佳楠见到程刚的朋友时，目光率先看到的确是腻在他身上的女人，李佳楠差一点儿就脱口而出，“张晓茹？”

当看到张晓茹略显惊慌的模样时，李佳楠忍住满心的疑问故作不识，只听程刚为她介绍，“这位是王总，这位是黄小姐，这位是我未婚妻李佳楠。”

黄小姐？李佳楠心里略微有些明白，看来张晓茹并没有用真名，她礼貌地和他们握了握手。

程刚与那位王总寒暄了几句之后便直接切入正题谈公事，李佳楠则借由和这位黄小姐一起去洗手间，到另外的地方坐下来喝了杯咖啡。

“没想到你跟周子阳分手了。”张晓茹没有丝毫隐瞒，“不会是因为我上一次的电话吧？如果是那样的话，我觉得也没有必要道歉，或许你因祸得福了。”

“这个王总有家室。”李佳楠没有正面回答张晓茹。

“我知道，他还以为我是在校的大学生，我不但隐瞒了年龄，还隐瞒了姓名。”张晓茹没有一丝愧疚，“我想你应该知道我和王春和的关系。”

李佳楠点点头，“我是无意中听到他给你打电话，晓茹，你应该有属于自己的家，属于自己的爱情，你现在的这一位，是不会有结果的。”

“爱情可是个奢侈品，我玩不起。”张晓茹的脸上带着淡淡的笑，“我本以为你跟王春和之间有什么关系，看来我还真是误会你了，有这么个大公司的老板做后盾，王春和算什么东西。”

“程刚是我大学同学。”

“你不用解释，我知道你这种女人不会像我似的，攀什么富贵，但你离开周子阳是对的，毕竟周子阳是个穷鬼，你也省得费尽心思挣钱养家，女人不应该那么操劳。佳楠，其实我很羡慕你，有能力，有这么好的男朋友，在公司也被领导赏识。”张晓茹品了一口咖啡，瞟了一眼李佳楠身上的套装，“这一身名牌就得上万块。”

“你以后有什么打算？”李佳楠忽然感觉眼前的这个张晓茹与她曾经认识的那位迥然不同，就像是两个人，但是她和王春和闹翻似乎跟自己也有点儿关系，李佳楠对她总有点儿歉疚的感觉。

“没什么，我这位可不止我一个二奶，他说了，生个儿子给我二十万，生两个儿子就给我一笔钱养老，我现在就盼着自己的肚子争口气。他老婆生不了孩子，所以也不干涉他在外面找。”张晓茹说得很轻松，但李佳楠却看出了她的无奈。

“这样就满足了？一辈子就这么过了？晓茹，你还很年轻，靠自己的话会打拼出一番天地，拥有自己的家，有自己的爱情，有自己的生活，这种男人除了能给你钱还能有什么？会有爱情吗？连名分都没有，他朝三暮四喜新厌旧，连你生的儿子或许都不是你的！”李佳楠在不断地劝告着。

“每个人都有合适的一条路，或许这就是最适合我的，或者说目前是最适合我的。”张晓茹苦笑，“不是每个人都像你那么命好。”

李佳楠不知道还能说些什么，张晓茹看出了她是真心为自己，自言自语一般地陈述，“佳楠，我知道你是个心地善良的人，可我不敢奢求婚姻，从我第一个男朋友抛弃我之后我就再也不奢望结婚了。我父母供我念大学就期望我嫁个有钱人，然后让我在家乡的弟弟能娶上媳妇，他们现在眼巴巴地等我给钱结婚，我怎么办？我何尝不怀着满心的憧憬？但我输不起了，哪怕只有一次，没有人会娶我这样一个沉重的包袱，你明白吗？”

李佳楠终于没有话说了，她没有想到张晓茹的家庭情况是这般复杂。包袱，这个沉重的家庭包袱让她失去了获得爱情的资格，她太能够理解张晓茹的心思了。李佳楠不敢说什么女人应该自强自立的话，满口的仁义道德根本不能解决现实的问题，或许张晓茹的这一条路很残酷，但没有错误。

“有什么我能帮你的吗？”李佳楠问。

张晓茹摇摇头，“不要告诉他们你认识我，这不会在你的新男朋友心里为你加分的。”

与张晓茹和那王总分开后，李佳楠的心情一直有些落寞，程刚侧头看了她一眼，“刚才那个女人你认识？”

李佳楠点头，“她以前是我的下属。”

程刚略显意外，“呵呵，刚刚王总还跟我推荐了她，说她还是未毕业的大学生，年纪也不大，想在他投拍的电视剧中混个角色。”

李佳楠心里有些酸，“她挺可怜的。”

“别提这种烂事儿了，还是多想想咱们俩一会儿去哪儿吃饭看电影，这种女人我每天不知道要见多少个，佳楠，可怜之人必有可恨之处，如果你不认识她的话，你还会可怜这个破坏别人家庭的第三者吗？不过好像她也不是王总唯一的二奶。”

“那你答应她参演电视剧中的角色了吗？”李佳楠仍旧忍不住问。

程刚不由得用手拍拍她的头，“当然会，只要王总肯从兜里掏钱投资，我无所谓。”

“看来这个王总对她还不错，肯掏钱捧她。”

“王总也没辙，她说有了王总的孩子，像这种土大款都很重男轻女，希望儿子越多越好，她母凭子贵，现在说什么王总都会答应，她现在能做的就是尽可能从王总兜里掏钱给自己买一个安稳。”

程刚的语气中充满着对张晓茹这类女人的不屑和不耻，就好像是在藐视一只卑微的蝼蚁一般，李佳楠的心里有些莫名的无奈，她不得不承认程刚说的虽然直白却是事实。张晓茹，如果自己不认识她的话或许只会当她是破坏别人家庭的第三者而唾弃。

第十六章　回头草

周子阳这几天有些魂不守舍，连上班都不按时去，顾新宇表面上没有再问他，其实心中也明白周子阳的那点儿心思，毕竟是相处了十几年的哥们儿，就算没有心灵感应也有着不少的默契。

两个人在外边吃完饭，顾新宇借口找聂美娜办点儿事，要去一趟聂美娜家里。周子阳只是随口应和一声也没有反对，其实他何尝不知，顾新宇能找聂美娜有什么事，不过是想借机去打探打探李佳楠的事。

到了聂美娜家的楼下，聂美娜下班还没回来，顾新宇把车停在路边给她打了一个电话却被聂美娜一顿数落，"要等就等，不等滚蛋，你以为我像你一样整天无所事事啊！"

"我哪里无所事事，我这不就在干正经事呢吗。"顾新宇赔着笑。

"那就老实等着！"

顾新宇只有摸摸鼻子认栽，回到车里等着。

"有没有考虑过追回李佳楠？"顾新宇直截了当地问，"这个节骨眼儿了，若是想追也许还来得及。"

周子阳望向车窗外没有回答他的问题，外面飘着细小的雪花，落窗即化，划出一道细细的水痕，仿佛天空哭泣的眼泪。

周子阳自嘲一笑，不知何时他也有一种惆怅的凄凉感。虽然他和李佳楠分开没有多长时间，但周子阳感觉似乎已经过了很久很久，或许是他的心路走得太远，太长，回头望去，已经没有了归途的方向。

顾新宇瞟了他一眼，看到远处聂美娜的身影正在急匆匆地往这边走来，他立马开车迎了过去。

聂美娜早就看到了顾新宇的车，只是她上车的时候却没有想到周子阳也在车上，没好气地白了他一眼，朝着顾新宇骂着，“你还有胆子来找我，上一次害死我了，回家之后我妈问了我好几个小时。”

“我不对，我有罪好了吗?”顾新宇赔着笑道歉，“我也不知道你在哪个车站下车，不然早过去接你了，我把空调开大点儿，别把您冻着。”

聂美娜拍拍身上的落雪，“有什么事儿说吧，我一会儿还要吃饭去呢。”

“上哪儿吃？我请客。”顾新宇神秘兮兮地问，“佳楠回来了吗？让她一起去。”

聂美娜先是一怔，随即冷笑一声，“佳楠现在过得很好，我不希望再有无聊的人来骚扰她，她现在的新男朋友是影视公司的大老板，有房子，有车，有地位，有钱，对佳楠百依百顺体贴入微。最重要的是他们是大学同学，上学的时候他就已经追了佳楠四年，所以呢，也不缺乏感情基础，你想问的我已经告诉你了，没别的事我走了。”

“喂，你别走啊。”看着聂美娜下车，顾新宇连忙绕过去把聂美娜拦住。

“干吗？还想打劫啊?”聂美娜没好气地看着顾新宇，“以后不要让我看到那个混蛋，不然连你一块骂。”

聂美娜冷眼白了车内坐着的周子阳一眼，转身正欲上楼，却看到另外一辆车从对面驶来也停在了楼下，正是程刚送李佳楠回家。

当李佳楠下车看到顾新宇的时候，淡淡一笑，她对顾新宇的印象其实不错，尽管他这个人有时玩心过重，“来找美娜吗?”

顾新宇摸摸鼻子点点头，他也不知道该如何回答，难道说是来找你李佳楠的吗?

程刚笑着调侃聂美娜，“美娜，这是你男朋友?”

聂美娜刚想否认，可她们和顾新宇之间的关系实在是过于复杂，一两句也解释不清，只好不予回答，冷哼一声，“不用搭理他。”

顾新宇也有些挠头，他虽然很想在楼下偶遇李佳楠，没想到连她的新男朋友也偶遇了。不过毕竟是在外面闯荡的人，顾新宇笑着伸出自己的手，“你好，顾新宇。”

程刚伸过手去，“你好，程刚。”

四个人之间的气氛显得有些尴尬，特别是有些心虚的顾新宇和聂美娜，不过要说最尴尬的自然是躲在车内的周子阳。顾新宇偷偷地朝着车里瞟了一眼，他的车贴的是棕色的太阳膜，不容易看到里面，而且周子阳发现李佳楠之后就躲了起来，根本看不到他的影子。

"你回去吧，我上楼了。"李佳楠与程刚告别。

不知为何，李佳楠总有种感觉，周子阳就在顾新宇的车上，特别是聂美娜和顾新宇两个人尴尬的表情更让她确定了这件事。

程刚破天荒地拽过李佳楠的手把她紧紧抱在怀里，同时轻轻摸摸她的头发，"看着你上楼开灯我再走，明早我来接你，送你上班。"

李佳楠顺势推开他，她在程刚的目光中看到了一丝狡黠。李佳楠略有些心虚，轻轻推着他，"我知道了，你回去吧。"

李佳楠并未等程刚离去就独自转身上楼，看着楼上的灯亮起，程刚才与聂美娜和顾新宇告别离去。

看着程刚的车驶出了他们的视线，聂美娜才冷哼一声，"你都看到了，也省得我再废话了。你在这里帮街道大妈抓贼啊？还不走？"

顾新宇无奈地耸耸肩膀，悻然地转身上车。

聂美娜上了楼，正看到李佳楠跟程刚打完电话报平安。看到聂美娜进屋，李佳楠的情绪有些低落，"他怎么来了？"

"我也不知道。"聂美娜并未对她隐瞒周子阳也在的事实，她放下手中的皮包走过来劝慰佳楠："顾新宇忽然说找我有事，谁知道他也来了。可能是两个人正好在一起。"

聂美娜犹豫半天终究没说顾新宇打听李佳楠的近况，这些话说出来已经没有任何的意义。聂美娜在潜意识中是倾向于程刚的，这倒不全是因为程刚各方面的条件都比周子阳好，最主要的是她亲眼见证了周子阳对李佳楠的伤害。作为李佳楠的朋友，聂美娜的要求并不高，只要她快乐，这就足够了，而周子阳的突然出现只能给心软的李佳楠徒增烦恼。

李佳楠一笑，她怎会不知道聂美娜是什么心思，也就不再多问，聂美娜看李佳楠也没有什么太反常的行为，有些神秘兮兮地打趣道，"今天程刚临走的时候是故意和你拥抱的吧？看你当时脸都红了。不过他那个人倒是挺敏感的。"

李佳楠苦笑："说好听了是敏感，说不好听是疑心太重，以前在学校他就是这样，现在仍然是，所以我感觉跟他在一起压力很大也是这

个原因。”

“他也是在乎你。”

李佳楠摇头，沉默不语，她的心里有点儿乱，却也没有任何原因。聂美娜没有再打扰她，拿着李佳楠打包回来的菜饭闷头吃了起来。

回家这一路上周子阳都沉默不语，只听着顾新宇在他的耳边不停念叨，“这回有心想挽回也不成了，你到底怎么想的你能不能跟我说说？一个男人别总优柔寡断的，敢爱敢恨，拿得起放得下，你别让我瞧不起你。”

周子阳的心已经落到了谷底，任凭顾新宇挖苦自己也不吭一声。顾新宇说的没错，他的确优柔寡断，拿不起也放不下，特别是当他今天看到李佳楠和程刚出双入对地出现之后，他才意识到李佳楠其实在他的心里仍旧占有很重要的地位。失去了才知道可贵这似乎是很多人的通病，他也没有逃出这个魔咒，当看到程刚对她百般呵护的温柔，周子阳的心里更加不是滋味儿。

程刚比他强，尽管周子阳一直是个恃才傲物的人，他也不得不承认这个事实，无论是在个人的事业上还是在对待李佳楠的态度上都要比他强上百倍，他甚至连去碰钉子的勇气都没有了。

看着顾新宇一脸的恨铁不成钢，周子阳才说了一句话，“她幸福就好。”

“放屁！”顾新宇当即大骂，“这种没营养的话少在我面前说，别跟我玩那些三流电视剧里的烂情节，你扪心自问你说这种话你窝心不窝心啊？是个爷们儿你就去把李佳楠给抢回来，什么影视公司老板也好，有房有车也好，这些都不是主要的，李佳楠也不是个贪慕虚荣的人，关键还在于你是什么态度。你要是听我的，就马上跟徐卉断了。重新征服李佳楠，这是男人的面子问题。”

“有可能么？你不觉得这很可笑吗？”

“有什么可笑？我不觉得，再硬的钉子也总有触动的时候。”

周子阳自嘲地一笑，“让我好好冷静冷静，行吗？”

“我说最后一次，你要是想踏踏实实找个女人过日子那就抓紧跟徐卉断了。你要是想这么玩下去，那就跟徐卉也挺好，吃喝玩乐不愁，就算你不上班徐卉也供得起。”

“闭嘴！”周子阳忽然歇斯底里地大吼一声，他隐藏在心底的那根敏感的神经被顾新宇这一句话触动了，“你们是不是认为我就因为徐卉长得漂亮、家世也好才抛弃李佳楠跟她在一起的?”

“难道不是?”顾新宇可不吃周子阳这一套,“我一直这么认为。”

周子阳低吼,“不是!”

“不是?你别自欺欺人了!”顾新宇猛的把车停在了路边,指着周子阳大骂,“别以为别人什么都不知道,你不就是为了得到颂创一个工作少奋斗二十年吗?别跟我扯什么你跟徐卉几年前那点儿暧昧不清的关系,都是成年人了谁骗得了谁啊?李佳楠穷,没钱,家里条件也不好,你父母虽然不同意不也掏钱给你们办婚礼了吗?李佳楠算计着一分钱掰成两半花为的是什么?不全都是为了你!你感到有压力,你有她压力大吗?其实说白了你就是虚荣,虚荣加自私!你在别人面前装可以,少在我面前装相!周子阳,你摸着自己的良心说,你到底为了什么?你现在又惦记起李佳楠又是因为什么?”

周子阳无话可说,顾新宇将他的伤疤毫无保留地揭开,疼得他撕心裂肺却无能为力,他甚至没有还嘴的机会,因为他实在找不出一个理由来作为自己摇摆的借口。

“你不说不代表我不知道,你自己掰手指头算算,你跟徐卉在一起过了几天高兴的日子?从你去颂创上班之后,你过了几天开心日子?从趾高气扬地去到现在灰头土脸地回来一共才几天?徐洪波那种雁过拔毛的人能够轻易让别人动他的财产吗?徐卉那种精到骨头里的人会轻易地承诺婚姻吗?你好好想想吧,别当自己是情圣,谁都比谁多不了二斤心眼,现在你想回头,锅里的没了,碗里的也没了,你以为李佳楠会原地等你回心转意?真是幼稚!想要徐卉的家世和风情,想要李佳楠的贤惠和专一,这世界上没有那么完美的女人,有也轮不到你,想想你自己到底想要什么再作决定吧。”顾新宇长叹一口气,他算是骂舒坦了,眼看着周子阳的脸色越发难看,他也不忍心再说下去,启动了车子继续往家开去。

烟灰缸中的烟头多了一根又一根,这一晚周子阳不知道自己抽了多少支烟,顾新宇的话在他的心里不断翻演不断徘徊。顾新宇说的没有错,一切都来自于他的虚荣和自私,来自于他对现实的逃避。

周子阳望着窗外的月光感觉由衷的自惭形秽,如今我该怎么办?他扪心自问,却没有任何的答案。周子阳的手机在嗡嗡地震动,随即他看到一辆熟悉的红色跑车停在了顾新宇家的楼下,接起电话,正是徐卉打来的。

“这么晚了回家好好休息吧。”

只是分隔几日，周子阳忽然有种恍若隔世的感觉，他感觉面前的徐卉有些陌生，这或许是因为他的心境有所变化。

“我刚下飞机就过来了。”徐卉拉着周子阳上车，“子阳，你还在生气吗？”

周子阳摇头，“没有，我没有生气。”

徐卉拉着周子阳的胳膊，“子阳，你知道我一切都是为了工作，我心里只有你一个人，你相信我，好吗？”

周子阳很镇定地看着徐卉，“小卉，我只需要一个妻子，一个能平平淡淡与我相濡以沫的妻子，你懂吗？”

徐卉松开周子阳的手，脸上充满了沮丧，“我可以做到，你给我些时间。”

“多久？”

徐卉沉默了，因为她不知道该如何回答这个问题。

“子阳，我有我的苦衷。”徐卉怅然地长叹一口气，“算了，我还是跟你实话实说吧，王越其实……他是我父亲的私生子。”

周子阳瞪大眼睛，一脸不可置信地看着徐卉，“什么？”他不得不承认，徐卉的告知让他心中充满了惊骇。

“我父亲在跟我母亲结婚之前就已经跟其他女人生了一个儿子，而我母亲临终时把她名下的股份全都给了我，但是我结婚之后，股份自动转交给我父亲。徐洪波想让王越继承他的衣钵，毕竟我是个女孩儿，他传宗接代的观念很重，而且……”徐卉有些难以启齿地看着周子阳，还未等她开口，周子阳便接下去说道：“而且嫁出去的女儿泼出去的水，他害怕你嫁人之后颂创改姓。”

徐卉点点头，“子阳，你能理解我吗？”

“那你把我介绍到颂创工作，也是为了在各部门安插自己的人脉吧？让我当王越的顶头上司，”周子阳苦笑，“但我这个上司被下属挤兑得无处躲避。你从一开始就没有想过和我结婚，是这样吗？”

徐卉猛的抬头看他，“子阳你不要误会，我没有这个意思，我答应跟你结婚，你再给我些时间。”

“几年？”周子阳的心底有些失落，而且很是失落，他从未想到事情会是这般的复杂，复杂到他无法理清头绪、无法思考，“徐卉，我承认我的心里有你，但是我更期望过平淡的日子，你的父亲、你同父异母的哥哥这些事情我并不想掺和，再给我们彼此选择的机会，好吗？”

徐卉不可置信地往后退了几步，冷冷地看向周子阳，“连你也要离开我?”

“我帮不上你。”周子阳站在原地未动,如果刚刚独自思考的他还有些犹豫,那么当徐卉对他坦白这一切之后,周子阳的心里已然有了他自己的选择,就好像顾新宇跟他说的那样,周子阳已经想明白他到底想要什么了。

“你想要什么?我都可以给你,要钱?要地位?我可以介绍你去其他的公司工作,离开颂创去其他大公司?你想要爱情,平淡的日子,可以!我给你,除了结婚我现在什么都可以答应你!”徐卉有些疯狂,清冷的街道充斥着她的怒吼,“我不明白就那么一张破纸有那么重要吗?”

“有!”周子阳斩钉截铁地回答,“你说的我都不想要,我想要的你给不了,徐卉,冷静一些好吗?”

徐卉冷冷地看着他,“我无法冷静,我不会答应的,决不答应!”

“徐卉!”周子阳有些恼,“何苦呢?你知道我们根本不合适。”

“为什么不合适?”徐卉步步逼近周子阳,“你给我一个理由,仅仅是因为我不跟你结婚吗?”

“不。”周子阳长叹一口气,“我已经说得很清楚,我希望踏踏实实过日子,我不希望我的生活是在这种争来夺去的忐忑不安中度过,这让我很没有安全感。”

“是不是徐洪波跟你说什么了?”徐卉敏锐地察觉到周子阳眼神中的彷徨,周子阳不得不佩服她,但他并不想节外生枝,“与他无关。”

徐卉冷笑,“你不说我也知道,他的性格我太了解了,子阳,我最后求你一次,留下来帮我好吗?你知道我需要你。”

“我帮不了你,徐卉,你了解我的性格,这种钩心斗角的事情我很不擅长,我只想踏踏实实过日子,仅此而已!”周子阳三番四次地强调,他看到徐卉目光中的乞求,但周子阳强逼着自己硬下心肠,不去理会。

“子阳,你知道我的心里只有你一个人,你却要这般对我?”徐卉的眼中充满了绝望。

“我们彼此不了解,不合适。”

“你真的想好了?”徐卉再一次问。

周子阳肯定地点点头,“想好了。”

徐卉缓缓的退后几步回到自己的车上,以最快的速度关上车门风似的狂飙而去,周子阳有些不放心地跟着跑动了几步,徐卉的车影瞬间消失在他的视线之中。

“放心吧，她不会寻死的，徐卉是个聪明的女人，懂得是非轻重，她可不是李佳楠那么柔弱的女人。”不知何时，顾新宇已经站在身后抽烟，周子阳沉默地往家走去，顾新宇拍拍他的肩膀，以示安慰。

周子阳的面色镇定中充满了无奈和沮丧，他略显无助地看着顾新宇，“我承认我是个不折不扣的混蛋。”

李佳楠再次接到周子阳的短信吃惊之余还有些愤怒，一种被戏耍的感觉从她心底油然而生。她忿忿地将电话摔在床上，所有的睡意全都被彻底驱散。聂美娜均匀的呼吸声传来，李佳楠很不客气地把她叫醒。

睡眼惺忪的聂美娜不满地看着她，“大半夜的，你怎么还不睡啊？”

“周子阳发短信给我，说明天想约我谈谈。”

聂美娜一激灵从床上爬起来，眨眨眼睛随后痛骂，“你让他有多远滚多远。”

“他和顾新宇两个人昨天是不是特意来找我的？”李佳楠的心里有点儿乱。

“周子阳没说，我都没跟他说话，倒是顾新宇问了问你最近的情况，然后就看到程刚送你回来了。”聂美娜翻身看着李佳楠，“咱可说好啊，不能搭理这种人，这周子阳太过分了，他能找你谈什么？求得你的原谅？”

李佳楠点点头，“我不知道，我已经关机了。”

聂美娜此时也全无睡意，“太没劲了，周子阳太没劲了！他不会是在徐卉那里碰壁了又想吃回头草吧？他以为他是谁？全世界好事全都让他占了？不能原谅他！”

“我知道，既然我已经答应和程刚相处，总要对他负责任。”李佳楠的语气很淡，其实她的心里有些失落。周子阳让她感到发自内心的失望，相处四年的感情要说彻底放下是不太现实的，只是李佳楠的心结已经系成了一个死结，打不开的死结。她宁可将那份感情埋藏在内心的最深处，与周子阳老死不相往来，也不想有这般藕断丝连的纠缠。

“明天我打电话给顾新宇，让他告诉周子阳死了这条心。”聂美娜已经作了决定。

李佳楠摇头，“不用了，沉默就是最好的回答，何必多此一举。”

“为什么不打？好马不吃回头草，这种人就应该打电话臭骂他一顿，让他彻底死了这条心才行！”聂美娜不依不饶。

“没意义的事情不做，不用打电话给他。”李佳楠翻身躺下，“我心里有数。”

天色有些蒙蒙亮，周子阳凄然地一笑，尽管他早已料到李佳楠不会给他回短信，但如此等了一宿心中也不免失落。他一早便递交辞呈离开了颂创集团，他的离开出乎徐洪波的意料，但他仍旧很快批准了这份辞职信，并且让财务付给周子阳一个月的薪金。当周子阳拿着自己的物品离开颂创大楼时，王越第一次向他伸出手，周子阳没有理会他，就好像绕开一个阻碍他行走的石头般熟视无睹。王越并未有半分的尴尬，而是笑着看他离开。

徐卉去了欧洲考察，没有再与周子阳纠缠不清，但她仍旧知道了周子阳辞职的消息，特意发来短信说从欧洲回来之后会再与周子阳联系。周子阳没有给她任何的回复，因为他不知道自己能说些什么，或许是她特意离开准备让彼此冷静地思考，这倒是遂了周子阳的心愿，跳出了这个圈子，周子阳才清晰地感觉到，徐卉的强势让他自卑，而这种自卑会让他越发颓废和沮丧，这些并不是他想要的。

雾蒙蒙的天气让他感到格外压抑，特别是天空微微泛白的光芒让他感到清冷无比，就好像他此刻看着默不作声的手机的心情。他想起顾新宇跟他说起他离开李佳楠时，李佳楠昏过去那晚的事情，他狠狠地抽了自己几巴掌，心里微微地抽搐，长时间的相处让他忽视了她的感受，与李佳楠相处四年的回忆在他的脑海中不断被翻出来，似乎从他们在一起开始，李佳楠就很少对他提出什么格外的要求，而一直都是在对他忍让、包容，包容、忍让，所有的一切都被他想起，但所有的一切都已成为过眼云烟。

美好的回忆就好像霎那间绽放的昙花，只可惜，李佳楠的这朵将不再为他绽放。

尽管李佳楠再三嘱咐聂美娜不要多此一举给顾新宇打电话，但聂美娜第二天一出门便打电话臭骂了顾新宇一顿，并且严重警告他不允许再来骚扰李佳楠。顾新宇还未起床就听到了聂美娜的一阵怒吼，心里十分委屈，他顾大少爷什么时候早上七点钟起来过？接完电话顾新宇又一头栽倒在枕头上呼呼大睡，他这个回笼觉的梦里女主角竟是聂美娜！

李佳楠下班之后刚一出办公楼就看到周子阳在一楼前台等她，可她的脚步却并未因此而停留，仿若他是透明的。出了门，李佳楠直接上了程刚的车。周子阳看着她离开的背影心中无限怅然，当初我跟着徐卉离开的时候，她是不是与我同样的心情？

李佳楠没有想到周子阳居然会直接找上门，尽管她不知道周子阳想要做什么，也不想去知道，但她仍旧有些心不在焉，让程刚有些不解。

“佳楠，怎么了？今天工作不顺心吗？”

李佳楠恍若醒来一般，“没什么，可能是太累了。”

“你太辛苦了，佳楠，答应我，等咱们结婚之后，你就安心在家休息，不要去上班了，我不希望你太辛苦。”程刚笑着说。

“不上班？我还是希望有工作，长时间呆在家里的人容易与社会脱节，而且我也是闲不住的性格。”

“你在家也一样可以做事，比如养花，养宠物，或者美容、购物，这些都可以，不一定非要上班吧？我希望你能够在家做全职太太。”程刚抓着李佳楠的手，“我希望回到家就能看到你微笑着来开门，或者闻着你做的香喷喷的饭菜，这是我最大的愿望，我觉得在外面多么辛苦都值得了。”

“别强迫我，你了解我的性格。”李佳楠有些不情愿，“很多女人都向往着在家当全职太太，可我不是。”

程刚颇感意外地看着她，似乎有些不悦，“我没有强迫你的意思，我只是认为这样的安排对你来说应该是最好的。如果你不愿意的话，不如我再给你介绍一份轻松一些的工作吧，你现在的工作强度太大，实在是太辛苦，我真的很心疼。”

李佳楠的表情和语气有些缓和，她知道是自己的情绪在作祟，而程刚的建议似乎都是为她着想，“让我考虑考虑好吗？我希望做自己喜欢的事。”

“好，等我选中几个合适你的岗位之后让你来挑，你想做什么行业？”程刚看着她，眼神中充满了宠爱。

李佳楠似乎也在思考这个问题，今天开会的时候还在讨论公司准备扩大项目发展方向，或许要往外地延伸，那么李佳楠很可能需要经常出差到外地去洽谈业务，如此一来她的工作强度又增加了很多，她今天疲累之余也考虑到换工作这个想法，没想到程刚先提出来了。

“只要是文化行业都可以。”李佳楠思索片刻画出了一个范围。

“好，我尽快替你安排。”程刚露出一个满意的微笑，只是他这笑容落在李佳楠的眼里似乎还包含着一种胜利者的得意。李佳楠的确是在这件事情上妥协了，这让她感到心中不踏实。

“顾新宇,你疯啦?”

聂美娜看着坐在自己办公桌上的顾新宇闷声低吼,“你要是再不走我就报110。”

“你也太敬业了吧?这都已经下班一个多小时了,你还不收拾东西回家?你们公司的老板也太苛刻了,你要是再不走我就要找他谈谈,给不给加班费啊?这不符合劳动法规定!”顾新宇故作认真地嚷嚷着。

聂美娜环顾四周的同事,他们那种暧昧不明的笑容,让她恨不能找个地缝儿钻进去。

“美娜啊,你男朋友啊?”

“周总!”聂美娜看着自己的领导僵硬地堆出了笑。

“周总您好,我叫顾新宇。”顾新宇大大方方地向着聂美娜的顶头上司伸出手,“感谢你对我家美娜的照顾,我经常听她提起您。”

“呵呵,年轻人,不错不错。美娜,赶紧收拾收拾跟着小顾走吧,别让人家等急了,今天的工作到这里也差不多了,剩下的让他们善后。”

看着自己上司那充满暧昧的笑,聂美娜也顾不得什么感谢寒暄,抄起皮包抓着顾新宇火速离开了公司。

刚一下楼,聂美娜就冲到顾新宇的车前使劲儿踢了几脚他的车轱辘,车的警报器跌宕起伏地响起。顾新宇连忙锁住聂美娜的手,“行了行了,我这不也是等急了么,你们这破公司一加班加一个半小时,我不上去找你,你现在下得来么?”

“疯了啊?我以后还怎么面对公司里的人啊?”聂美娜很想上去暴揍顾新宇一顿。

“你早上七点钟把我叫起来的时候怎么不想想我多难受?而且还是替别人挨骂?”顾新宇猛的想起自己梦里的聂美娜,面子上有些臊地打开车门,“上车吧。”

聂美娜犹豫片刻也没客气,“今天的账先记下,看我以后怎么收拾你!”

到聂美娜家的楼下,顾新宇一把抓住聂美娜没让她马上离开。

“美娜,其实周子阳现在已经痛彻心扉地后悔了,你能不能跟佳楠说说,再给他一次机会?”顾新宇其实也是硬着头皮说这话。毕竟聂美娜与李佳楠是死党,她的话对李佳楠很有些影响力,所以顾新宇准备从聂美娜下手。

“没门!”聂美娜当即拒绝,“他以为他是谁?当初他跟徐卉跑了的时候,怎么不想想佳楠多伤心?那天晚上佳楠的状况你也知道,若是她当时真的割腕了呢?他周子阳今天都没地儿哭去!”

顾新宇摸摸自己的鼻子,其实他心里又何尝不知这事儿不好开口,“毕竟相处了四年,佳楠不会对他一点儿感情都没了吧?”

“顾新宇,我要是你的话就一边儿眯着去!佳楠现在过得很好,很愉快,而且她和程刚也快结婚了,你们何苦再来骚扰她?就不能看着她幸福,看她过得好吗?”聂美娜一只手戳着顾新宇的胳膊,“你口口声声说佳楠也是你的朋友,那你站在佳楠的立场上想一想,如果你是她你会如何选择?”

“我……我可能会有所摇摆吧,毕竟相处四年的感情不是说没就没了的,杀人不过头点地嘛,”顾新宇自觉说这话没什么底气,“大不了让周子阳和程刚竞争,只要佳楠再给他一次机会。”

“我一直以为你有些脑残,但没想到你就是个白痴!”聂美娜很不客气。

“好好说不行?不许人身攻击!”顾新宇心里也憋着火。

“看你平时朝三暮四、不着四六,没想到你跟周子阳这关系还真是铁啊。”聂美娜也自觉不能再挤兑顾新宇了,毕竟这事儿他也是个局外人,“你要是为了佳楠好的话,就告诉周子阳放弃吧,不会有结果的。他怎么又不跟徐卉好了?”

“徐卉那个人……比较奔放,周子阳思想还是很保守的,其实周子阳当初跟佳楠分开也并不全都是因为徐卉,或许是因为结婚的事让他压力太大,徐卉不过是一段很肤浅的引子吧。”顾新宇也不知道该如何说,毕竟他不是周子阳。

“哼,说得比唱得好听。”聂美娜撇撇嘴,“徐卉有钱,有地位,漂亮,有才气,看来周子阳是在人家那里碰壁了吧?倒插门的日子也不好过。”

“您嘴下积点儿德吧,的确是周子阳率先提出跟徐卉分手的,他现在已经想明白他到底要什么了。”顾新宇长叹一口气,“你就帮个小忙,让佳楠同意跟他坐下来好好谈一次,行不行?我请你吃饭。”

“不可能。”聂美娜马上拒绝。

“那你说怎么样你才肯帮忙?我都答应你,行吗?”顾新宇低声下气。

聂美娜斜眼扫了他两眼,“除非你去死。”

第十七章　无法弥补的裂纹

在聂美娜处碰了一鼻子灰，顾新宇悻悻地开车离去。他长叹一口气，其实这事并不怪聂美娜，换做他自己都有些无法原谅周子阳对李佳楠的伤害，更何况聂美娜这种嫉恶如仇的性格。顾新宇没有心情出去玩而是一路开车回到家，一进门便看到周子阳耷拉着脑袋在闷头吃方便面，看见顾新宇回来周子阳也只是抬头问了一句，“吃了吗？”

顾新宇苦笑着摇头，“以前李佳楠在家做好四菜一汤等你回去吃，现在自己吃方便面，唉，这日子真是越过越惨。”

周子阳一怔，有些迟疑地说，“我今天去佳楠公司楼下找她了。”

“然后呢？”顾新宇像一只顽劣的猴子，一下子就蹿到了周子阳跟前。

“她没搭理我，就好像我是空气一样，然后就跟着……跟着那个男人走了。”周子阳的心底有点儿酸，那种被无视和放弃的感觉让他感到发自内心的疼，如果面前的人不是顾新宇他是打死也不会如此坦白自己的绝望。“其实……她现在真的过得很好，我是发自内心地希望她幸福。”

“心灰意冷了？”顾新宇难得地认真，“打算就这么放弃？”

周子阳摇头，“慢慢来吧，我会跟她表达自己的歉意以求她的原谅，但我想如果我是李佳楠，我也会选择程刚。不过，不管怎么说我也要争取一次，哪怕是她骂一顿转身就走，我的心里也能畅快点儿。”

“这就对了，男人要洒脱点儿！”顾新宇拍着周子阳的肩膀，“我支持你！”

“你这么看好李佳楠的原因是什么？”其实周子阳心中对此一直好奇。

顾新宇摸着下巴边想边说，“结婚选老婆么，反正都是往坟里跳，那就挑个舒适点儿的。再说，挪坟可是个大工程，谁死了之后还总惦记着搬家？”

周子阳一口面汤差点儿喷出来，“你这比喻太有才了。”

顾新宇笑着回答，“我可不禁夸。对了，我今天把你的简历发给了几个朋友，等等消息吧，公司肯定没有颂创那么有实力，但好歹先混口饭吃。”

周子阳点点头，“谢谢。”

顾新宇不屑地一笑，“少扯这没用的。”

拼婚第三计：以逸待劳

在拼婚的过程当中，寻找伙伴是一件很繁琐的事情，故而可以借用以逸待劳的方式，先在各大网站、贴吧上发布一个QQ群，组建拼婚小团队。而招揽拼婚新人的方式，便是你整理的筹备结婚的详细资料，包括婚庆、酒店、车队、婚纱摄影等一系列事务的详细情况与各位姐妹分享，等待她们来寻找与你合作。有了这详细的资料便可守株待兔，等待伙伴的加入啦。

适用范围：寻找拼婚伙伴

拼婚第四计：无中生有

在拼婚寻找团购最低价格的时候，可以与伙伴姐妹们事先商议好一个对策，在某个商家抬价的时候，可以暂且退一步说其他商家的折扣是多少，而之所以选这个商家是因为看重他们的服务和产品等等，商家因竞争激烈也会在有利润的情况下给出最低折扣。前提是这凭空捏造的折扣不要过于夸张，姐妹们配合要默契，一定要寻找你们共同的心理价位，并且制定出上下幅度的标准。

适用范围：婚庆、婚纱摄影等琐事

翻看着自己曾经记录结婚事项的笔记本，李佳楠仿若能够看到当时的画面，四年的时光都浓缩在其中，酸甜苦辣，百般滋味也就不过如此。李佳楠觉得这巴掌大的小册子好像有千斤般沉重，她忽然想起今天周子阳看着她离开时那寂寥的眼神，心中涌起一股畅快的报复感，但是随之而来的是落寞和淡淡的哀伤。与昔日的恋人形同陌路这是李佳楠从未想过的事，如今当它真的发生了她才知道，报复过后，她的心里更是留下了很深的痕迹，越想忘掉的越忘不掉。

聂美娜回家之后并没有跟李佳楠说起顾新宇找自己帮忙当说客的事，李佳楠反倒先让聂美娜震惊不小。

“今天周子阳到我公司楼下等我。”

“什么？”聂美娜的嘴张得像噎了个鸡蛋的青蛙，这的确让她吃惊不小。

“他没上楼，就在大厅中等着，我也是下班的时候才看到他。”

“佳楠，你不会是心软了吧？”看着毫无表情的李佳楠，聂美娜小心翼翼地问，“他也太不要脸了，这种事都做的出来，程刚看到他了吗？”

李佳楠摇头，“他应该是没有看到。我很纳闷，他怎么会变成这个样子，这样的事他以前可做不出来。”

“我听说，他倒插门的日子过得很不顺心。”聂美娜的语气中没有丝毫的怜悯，反倒有些幸灾乐祸，“不仅不顺心，简直就是水深火热。”

“哦？”李佳楠有些意外，“徐卉当初信誓旦旦地跟我说会给周子阳想要的一切。”

“徐卉？”聂美娜冷笑，“徐卉再怎么有本事她上面还有个爹呢，寄人篱下的滋味儿就那么好受？就算她爸是个瞎子也知道周子阳跟他女儿在一起是为了什么，自然不会有什么好脸色给他看。你还不了解周子阳，心高气傲的那么一个人，性格还有些孤僻，他怎么受得了这个窝囊气。”

“这倒也是，他的性格很敏感，不适合去给人低三下四，看来徐卉这次也失手了。”

聂美娜马上厉声提醒，“咱们不管他如何，你可不许可怜他啊，你这个人就是容易心软。”

看着聂美娜一脸大惊小怪的模样，李佳楠微微一笑，“你放心吧，我这又不是收容站。”

两个人正在说话间，程刚忽然打来电话。晚上刚刚说起给李佳楠换工作的事，程刚便已经列出了几个公司的职位让李佳楠自己选择，李佳楠不得不佩服他的执行力实在是很强。

看着程刚为自己列出的职位细则还有各公司概况，李佳楠最终决定去一家文化传媒公司，程刚直接让她去应聘这家公司的主管，而且第二天一早就安排好了面试。这种疾速的方式让李佳楠感到颇有些措手不及，甚至有些彷徨，她本是想往后拖延几日再去面试，程刚却没给她缓和的机会，李佳楠也只好妥协。

挂了电话已经是深夜，李佳楠来不及过多思考就抓紧睡觉以免第二天一早去面试带着浓重的黑眼圈。这一夜她翻来覆去睡得并不踏实，不知何时患上了神经衰弱的毛病，一连喝了几杯牛奶都未能缓解。

第二天一早程刚便在楼下等着她，李佳楠几乎没怎么睡，尽管打了点儿粉底却仍能够看得出她的疲惫，聂美娜让她喝了好几大杯咖啡提神，李佳楠下楼顺便递给了程刚一份。

李佳楠的这次面试让她很没有成就感，因为当她报上了姓名之后，那家公司的老板只跟她谈了两分钟就直接让人力资源部替她办理入职手续，对李佳楠的工作经历不过是漫不经心地随口问了一句，没有对她实际应变能力和文笔能力的考核，甚至连她的大学本科学位证书和毕业证书都没要，李佳楠感到这件事有些荒唐。

待她办完所有的手续之后，公司这位张总张志林很是客气地告诉她明天来上班，李佳楠仍有些感觉自己在梦里，浑浑噩噩地走出了办公楼，而程刚则在楼下边抽烟边等着她。

看着李佳楠面色略带不悦的模样，程刚连忙迎了上去，“怎么了？张志林为难你了？”

李佳楠苦笑着摇摇头，“没有，超乎想象地顺利。”

“吓我一跳，我还以为那家伙为难你了呢，那怎么还闷闷不乐的？”程刚替她打开车门。

李佳楠看着程刚有些不知说什么才好，“其实……我很想凭自己的实力做事。”

程刚微笑着看她，带着调侃，“小丫头还是这般执拗的脾气。”

“算了，不提这个了。”李佳楠自知她可能有些偏执，若是旁人得这么一份高薪、高职位而且不需要苛刻考核的工作不知会有多高兴，可她却在这里唉声叹气，实在是太矫情了。

程刚也没有再劝慰她什么，而是带她去了一家很豪华的高档礼服店，李佳楠纳闷地问，“这是做什么？”

程刚答道，“周末你要陪我出席一个活动，我来给你订做一身晚礼服。”

李佳楠眉头拧紧，“你也没问过我周末是否有时间。”

程刚忽然一愣，回头看着她抱歉地一笑，“不好意思，我还真是忘记问你了，那你周末能陪我吗？我希望你作为我的女朋友出现。”

李佳楠犹豫了半天才答应，虽然她对于程刚这种擅自做主的行为很不爽，但看到他那深情的目光，李佳楠也自知无法拒绝，作为他的女朋友，李佳楠懂得自己应该配合对方的节奏。

“谢谢你。”程刚很喜欢把这三个字挂在嘴边，李佳楠只是微微一笑。

程刚拉着她的手走进礼服店，李佳楠看着这一套一套的礼服也颇有些心动，在与程刚相处之前，这些礼服对她的圈子来说压根就用不上，但尽管李佳楠已经是奔三的年龄，在她的潜意识中仍旧怀有少女般梦幻的心理，希望自己便是那最吸引众人目光的一颗星。一款蓝色的齐膝长裙让李佳楠怦然心动，“程刚，我喜欢这件。”

程刚正在翻看各种礼服的画册，忽然听到李佳楠叫自己便快步走过来。他凝眉看着这款蓝色长裙，并不断在李佳楠和它之间徘徊，最终摇头，“这裙子不适合你，颜色实在太老，而且款式也颇旧，别这么没有品位，这件实在是太普通了。”程刚举起画册指着其中一款鎏金色的短款蓬裙，“试试这款，我觉得很能衬托出你身材的优势。”

李佳楠被指责没有品位自然心有不悦，看着程刚指的那款短裙淡漠地说，“这裙子太短了。”

“这样才能够显出你纤细修长的双腿，女人时刻都要懂得表现自己的长处。”程刚轻拥着她的肩膀，让店员拿样衣来试，李佳楠心中颇有不甘，赌气似的说：“我不试。”

“怎么了？”程刚发现她沉着一张小脸连忙哄她，“怎么突然就不高兴了？”

“我没有品位，你根本不用带着我出席这样的活动，你公司有那么多女明星、女演员，你随便带着谁去不行？何苦让我出去给你丢人。”李佳楠一股火儿从心中涌起，拎起皮包转身欲走，却被程刚硬生生地拦了下来。

“佳楠！”程刚有些挂不住了，“是我无意中说错话了，我向你道歉。”

李佳楠侧目看着他，心里仍是不爽。

“我无意中伤你，原谅我好吗？”程刚的声音很低，带着些许恳求。李佳楠看见一名店员拿着样衣走过来，她瞪了程刚一眼转身进了试衣间，其间没有再跟程刚说过一句话。

李佳楠承认在对待程刚的态度上她颇有些情绪化，甚至是随性地耍小脾气，她没有足够地用心，因为她的妥协来自于对寂寞的恐惧和对他痴心的感动，却缺少了本就应该坚实存在的感情基础。她承认自己在耍小性子，甚至有点儿奢侈地挥霍他对自己的包容，而这种事情在她与周子阳一起生活时是绝对不会发生的。李佳楠扪心自问，是我不够用心吗？还是我对待程刚不公平？

李佳楠不断地自我反省着，她心中很明白，或许在很多人的眼中她就是身在福中不知福，可为何她总是偏执地不肯松懈呢？是不肯放下那可笑的自尊心吗？程刚的大男人行事风格触动了李佳楠叛逆的神经，她似乎总是在跟他作对，而每次都为程刚的妥协而洋洋自得。这样的事情在这几天已经屡见不鲜，她尝试着让自己的心态平和下来却总是徒劳。

她深深地呼吸舒缓自己的神经，沉寂了半晌才缓缓换上那套程刚为她选的礼服走出试衣间。打开试衣间的门她就看到程刚那一副担心的面孔，心中那丝可笑的执拗也顿时消散了。程刚忙前忙后地替她料理首饰以及配套的鞋子，李佳楠却在心里告诫自己，要想跟这个男人长久相处下去，她需要改变的地方着实不少。曾经为了周子阳，李佳楠腼腆的个性变得泼辣精干，为何我不可以为了程刚改变一下我自己？

看着镜子中的自己穿着那套鎏金色的礼服，李佳楠不得不佩服程刚的眼光的确独到。而此时，程刚也正在打量着镜子中的李佳楠，眼神中满是爱恋和仰慕，他从身后搂着她，“佳楠，你真的好漂亮，这才是我程刚的女人。”

李佳楠的心弦为之一颤，这一句赞叹让她的笑容随之绽放，嘴上却嗔斥了一句，“甜言蜜语。”

“在我心里你就是最漂亮的。”程刚丝毫不吝啬自己的赞美，李佳楠俏皮地朝着镜子里的自己眨眨眼，女为悦己者容，似乎说的就是现在吧。

程刚送李佳楠回家的时候，发现在她楼下站着一个面熟的男人，那人站在角落处，李佳楠却没有发现他的存在，直接钻进了楼道。

程刚立刻说不放心，一直把她送到楼上进了门，他抱着李佳楠轻轻吻了她的额头。李佳楠面露羞涩，暗含着微笑低垂着眼帘轻轻道了一声：晚安。

周子阳又见到这个男人了，他今天很早便在楼下一直等着李佳楠，他自己也不知时间过了多久才看到那辆刺眼的奔驰车。当看到那个男人跟着李佳楠一起进去了，周子阳的心当即便是一沉。他的脚步微微移动却又停止，他苦笑着暗自咒骂，即便今日程刚不从楼上下来，他也无权过问这个人的私事，因为如今他与李佳楠已经没有任何关系了。他的心很疼，很酸，很伤，为了他自己而伤，也为了他曾经伤害了李佳楠而伤。

周子阳不知道自己为何还迟迟不肯离开，也许是他的脚步沉重得让他无法移动，又或许是他暗暗地盼着看到那个男人出来……抽完了烟盒中的最后一支烟，他用脚狠狠地捻灭地上的烟头，正准备要离开的时候却听到楼道中有脚步的声音，他回头望去，正是程刚从楼上下来。周子阳绷紧的神经顿时舒缓了许多，但是马上又绷起来了，因为他听到身后有一个声音在喊他，“你好，你是周子阳吧？”

周子阳猛然回头，发现跟自己说话的正是程刚，他从惊愕中立刻缓过神来，“你怎么知道是我？”

“这并不重要。”程刚走到自己车的跟前，淡然地看着周子阳，嘴角挂着一抹玩味的笑容，“如果我是你的话，我绝不会再出现在这里。”

“这不关你的事。”周子阳冷冷地回答。

“的确，但若是你骚扰佳楠的话那就与我有关了，因为她现在是我的未婚妻，而不再是你的。”程刚坦然地看着他，“我很不欣赏你的作风，甚至很想揍你一顿，但为了不让佳楠伤心我是不会这么做的，呵，在那位颂创集团继承人的面前碰钉子了？既然想攀高枝就要作好当孙子的准备，不要摆出一副大爷的姿态，这个世界上无论何时何地都不缺祖宗，只缺孙子。”

“你说完了没有？”周子阳的声音中透着清冷的愤怒，他的双拳紧紧地攥着，关节发出咯咯的响动，脸上的肌肉因气愤在不断抽搐，但他的愤怒在程刚的眼中与幼稚画上了等号。

“忠言逆耳，你似乎以为我的话是在讽刺你，其实不然，我不屑于激怒你来满足我的胜利感。”程刚微笑以对，“我对李佳楠的了解远超于你，我会对她很好，无论在物质和精神两个方面都能够做到她心满意足，而且我能够给她最想要的，那就是稳定的婚姻，一纸婚书。当然这更是我梦寐以求的，我不介意与她共同分享我的一切，我的钱，我的人，我的一切。”程刚双手摊开好似在向所有人宣告，“可是你，”他指向周子阳，“你做不到，你奢侈地挥霍了她对你的感情，你自私到要跟自己最亲密的人算计得失，所以你失败了。既然失败得如此彻底为何不寻找一个角落去独自反省反省，还要走出来干扰佳楠的生活？你不要再奢望你的出现能够让她瞬间改变，不可能的，即使没有我的出现她也不会原谅你。”

“我很快就会跟她结婚，我希望你不要再骚扰她，仅此而已。”程刚不屑地看着周子阳摇头，随即开车离去，只留下周子阳落寞的身影，在独自愤怒中不停地颤抖。程刚那轻蔑的眼神在他的脑海中迟迟徘徊不散，他的话就像是魔咒一般禁锢在周子阳的周围，他压抑着自己的满腔愤怒，用拳头朝着地上狠狠砸去，直到猩红的血染红了那片洁白的雪。

单纯的愤怒已经不足以形容周子阳此时的心情，他拖着沉重的脚步离开，地上散落着一行血迹，直到夜深处。

李佳楠上班的第一天便坐在自己办公桌前发了一整天呆，并不是公司闲到无所事事，除了她之外的所有员工似乎都很忙碌，而她则只能眼巴巴看着众人奋战在书堆稿件中独自一个人沉默不语。李佳楠今天一早便向张志林请示分配工作，可张志林思考半天之后，只让她先熟悉熟悉工作环境，并未分配给她具体的任务，她下属的四名员工也不过是在午餐期间诚恳地邀请她到餐厅一同用餐，之后这一天就再无任何交集。

李佳楠很失落，空前的失落，尽管这一整天她都在翻看公司以往的业务业绩，可这些东西她只用了两三个小时便全部看完，这一天她已经看了三遍桌上的资料，很多数据她都快背下来了。

下班之前，李佳楠再次决定向张志林请示交代工作，毕竟她是来打工的，可不是来养老的。

李佳楠走进张志林办公室的时候，正巧看到她的一个下属在向张志林请示工作，看到李佳楠忽然敲门进来，那名下属员工也是着实一愣，因为这种越级请示工作毕竟会让李佳楠心中有想法。

“张总，今天我已经对公司的大概情况有所了解了，我想问明天我的工作任务是什么？”待自己那名下属离开之后，李佳楠很是诚恳地问。

张志林将手中的材料往桌上一扔，起身将办公室的门紧紧关上，随即笑道，“还真没见过你这种员工，不分配工作还硬抢着要干活。”

“我既然是来工作就要对公司负责。”

张志林的笑容中有些不屑和玩味，“现在你这个部门的几名员工正在做一个策划，你若是实在闲得无聊就帮他们校对校对稿子，这是个细致的活，能做吗？”

李佳楠的心中略有些憋闷，她不可置信地看着张志林，“校对稿子？”

“对啊，能做吗？如果这个不行的话，你上网发帖子也可以，这个总应该会吧？年轻人都喜欢上网泡论坛。”

李佳楠心中哗然，敢情他们是拿我当什么都不会的花瓶养着了！

“我申请参与到策划工作当中，我以前是在一家广告公司做策划部的副部长。”李佳楠认真地要求，她不能容忍自己被当做个毫无用处的人。

张志林颇为玩味地笑笑，“那你说说，在你任职期间都有哪些业绩？”

“我完成了颂创集团今年的广告项目策划案。”李佳楠不得不把这件她最不愿提的业绩拿出来说事，好在她的话似乎起到了效果，张志林刚刚颇为不耐的表情闪过一丝惊讶，“就他们现在这个……这个广告是你做的？”

李佳楠点点头，“是的。”

张志林微微颔首，“创意不错，没想到程刚居然扔给我个才女，呵呵，这小子，明摆着让我欠他人情啊，既然在原有公司做得不错，为何要跳槽？”

李佳楠微微松口气，毕竟经过她的争取，张志林对她这个人的能力已经产生了兴趣。

“因为原有的公司要扩大市场，经常要出差。”李佳楠的话点到为止，她用不着解释得很清楚，这位张总也会明白其中的缘由。

张志林微微点头，“不过我暂且仍旧不能交给你具体的工作，并不是我不相信你的工作能力，我相信程刚建议你来我公司有他的道理，如果你觉得很不适应这种缓慢的工作节拍，你可以督导下属完成公司交代的任务，比如工作态度啊，工作效率之类的事。”

“可我很想参与到公司的策划项目当中，能给公司创造价值的工作。”李佳楠从未想过她会遇到这种硬是要求工作的时候，她适应了以前的工作强度，而如今这种漫无目的的懒散混日子，她是一天都呆不了。

张志林颇有点儿无奈，面前这位乃是程刚的未婚妻，而他在某些业务往来上还要依附于程刚，他把未婚妻塞到自己的公司里来，就算给张志林十个胆子也不敢对李佳楠呼来喝去，张志林本就想让她在这里随便做点儿什么，每个月拿工资走人，就当是给程刚一个顺水人情以后见面好办事，可没想到李佳楠还较上真了，他可怎么办？

"还是先熟悉熟悉公司业务，这一次的策划你就不要主导了，若是你感兴趣的话可以和她们一起聊聊，有什么好的想法和意见都可以提出来，我们大家互相探讨，互相借鉴，你看这样如何？"张志林不好当面驳回她的要求，也只能婉转地退而求其次，其实他说这话等于没说，李佳楠虽然心中略显失落，面子上却也不好固执下去，一味的强求会让别人感到压力，她也只得点头应和，"我会尽快进入工作状态的，谢谢张总。"

下班之后，程刚早就在公司楼下等她，见她出来，程刚风风火火地将她塞进车内，嘴上苦笑着埋怨，"说给你请假你还不同意，这晚上的活动还有一个小时，也不知道是否来得及给你做美容和造型了。"

"需要那么隆重吗？"李佳楠有些惊诧，她是第一次看到程刚如此紧张，从再次相遇到现在他总是不慌不忙好似一切都在掌控之中一般。

"今天有很多商界、政界的人士出席。"程刚的车速较快，闯了一个红灯也无暇顾及。李佳楠心里有点儿愧疚，毕竟是因为她执意要下班之后才肯陪同他出席活动所造成的。歉疚的话她说不出口，本还想跟他说一说张志林的事，但看他紧皱的眉头似乎也没有闲工夫听自己唠叨这些琐事，李佳楠暗自作罢，一切都待过后再说吧。

到了礼服店，早已经有几名员工在等待着他们，李佳楠立刻被拉到试衣间换上订制好的礼服，紧接着便是造型师、美甲师、化妆师一拥而上，将她整个人团团包围住，而程刚则一直站在旁边不断指点一二，尽可能让李佳楠符合他心中的形象。

李佳楠从未享受过如此待遇，心中倒是有些小女人的欣喜和好奇，看着整个店内的人不断地为自己忙忙碌碌，她的心里开起一抹虚荣，这是所有女人潜意识中都存在的虚荣。

由于李佳楠的主动配合，一系列的造型工作在二十分钟内便全部完成，程刚仔细打量了一番之后便将她打横抱起来塞进了车。李佳楠被他吓得惊呼一声，整个人跌进了车内，又听到程刚在她耳边呢喃细语，"我现在真想带着你回家，哪儿都不去了。"说罢，他轻啄了她的耳垂，微红的面颊，温润的嘴唇一路滑到她的脖颈。面对程刚的亲昵，李佳楠面色绯红，轻推开他，"好多人看着呢。"

程刚无奈地叹口气转身上了车，“咕咚咕咚”灌了一瓶冰凉的矿泉水，似乎在浇熄他升腾的欲望。李佳楠心中有些不安，虽然她早知两个人既然恋爱便会产生如此亲密的举动，但当这一幕真的发生时，她却仍旧怀有少女般紧张不安的躁动，她不断调整呼吸平缓着自己的情绪，偷偷看着程刚，而程刚似乎也知道这一切不适合发生在现在而不敢再看她一眼。

李佳楠跟随程刚出席的这个活动是在一家高级会所，她对这个耳熟能详却从未去过的地方颇有些好奇，可程刚并没有给她任何喘息的机会，一进门便接连不断地为她介绍着各种各样的人。她平时也算是雷厉风行的个性，此时却有些应接不暇，而真正踏入这个圈子之后，她的心中才真的感到震撼，万没有想到出席这次活动的人的身份会是这般不同凡响，她现在终于明白程刚为什么这么紧张。

“小刚。”一个很亲切的声音叫着程刚，程刚连忙过去打招呼，随即便引着李佳楠与其见面，“猛哥，这是我的未婚妻佳楠。”

“您好。”李佳楠颇为紧张地伸出手，“刘总可是名人，平时都只能在商业杂志上见到，今日能够见到真人很荣幸。”

“没想到小刚居然找了这么漂亮的未婚妻，真是好事都让你占了啊，呵呵。”刘猛客套地寒暄着，眼神看向程刚却颇有深意，“你们先聊，我先出去看看，一会儿大姐也会来。”

程刚的脸色忽然僵硬了一下，随即点头称是。看着刘猛离开，李佳楠好奇地问，“他说的大姐是谁?”

程刚有些支吾，“稍后我会为你介绍的，她是带我进入这个圈子的人。”

李佳楠默默点头，提到这个女人的时候，程刚的神色有些不安，甚至带着一丝惊慌，李佳楠看在眼中却没有表露出来，只是跟随着他继续周旋在各色人等之中攀谈。

当一个女人出现在大厅当中的时候，李佳楠才真正的感受到什么叫万般宠爱集于一身，什么叫众星捧月。

她便是程刚和刘猛口中的大姐，这女人看起来似乎只有三十几岁，但每个人都叫她大姐。她环顾一周与众人打着招呼，随即看到程刚和他身后的李佳楠，她的目光在李佳楠的身上停留了两秒，嘴角挂着一抹招牌的微笑。李佳楠朝其微微颔首，程刚攥着她的手更加紧了一分。

半晌，程刚才缓缓带着李佳楠朝着那女人走去，感受到程刚的紧张,李佳楠本来平静的心绪也被搅得有些纷乱。待走到那女人的跟前,程刚亲切地叫了一声,“大姐。”

那女人侧目瞟了他一眼,淡淡地回了句,“你来了。”

“这就是我跟你提过的李佳楠。”程刚引荐着,“佳楠,叫大姐。”

李佳楠终于近距离地看清这女人的面容,肤白如玉,皓齿月眉,她可算得上是美人,很有些古典美的气息,特别是她浑身散发出的天然的傲气并没有让人感到她的高高在上,仿若一切都是应该如此。

“大姐,你好。”李佳楠带着满心的诚恳和亲切看着她。那女人的目光肆无忌惮地打量着李佳楠,随后朝着程刚说,“不错,挺好,很适合你。”

程刚有些不知所措,李佳楠却不知为何觉得他有些心虚。

“小刚,今天你请主人跳第一支舞,所有的事我已经安排好了,佳楠,你一会儿跟着我就好。”

程刚有些发怵,“大姐……”

“就这么定了,去吧。”大姐回首看着李佳楠,“你跟我来。”

李佳楠无助地看着程刚,看他无奈地点头应和,李佳楠快步追上那女人,随着她静静地坐在一个角落当中。

李佳楠有些局促不安,不知为何她与这个女人在一起会感受到一股强大的无形的压力,不知道应该找什么话题打破这个尴尬的气氛,她在脑海中搜索半天终于想出了一句废话,“大姐,程刚跟我说起过大姐是带他入道的恩人,他在心里很感激你。”

“感激?”大姐笑了笑,“谈不上感激,我们不过是各取所需。”

李佳楠笑了笑,她也是今天才听到程刚提起这个女人,自然不了解他们之间的利益关系,大姐倒是颇有深意地看了她一眼,“他选择你看来是对的,你是这个圈子外的人,你很单纯。”

李佳楠不明所以地看着她,不知该如何回答,更不明白她话中的意思。

“你不要以为我说的单纯是夸你,单纯的女人很傻,很容易被人欺骗,在我这里是个贬义词。”大姐指着大厅中碰杯欢笑的人,“这些现在还笑着的人或许出了这个门之后就是仇人,别人携着的女伴或许是另外一个人的老婆或情人,亦或某一个星光闪耀的女人是这里所有男人的情人。程刚是个聪明人,他选择了对这些肮脏的内幕丝毫不了解的你作为他的另一半,呵呵,他实在是很滑头。”

李佳楠听得云山雾罩,尽管心中对大姐所提到的这些乱糟糟的关系感到震撼，但她此时并没有去打听那些八卦故事，只是平淡地替程刚开脱，“他对我很好。”

“他很懂女人心，似乎也很懂你，我听他提过你，你是他在我面前唯一提过的女人。其实有时候女人不需要活得太明白，那会很痛苦，只要沉醉在自己营造出的幸福当中就好。你其实就很幸福了，有句话叫难得糊涂，我觉得这四个字就是人生的真谛。”

顺着大姐目光的方向看去，李佳楠瞧见程刚正搂着一个三四十岁的女人跳舞，而那女人全部腻在程刚身上，程刚的笑容并没有半分的虚情假意，若是外人看去，会以为他与那女人才是一对热恋中的情侣。

李佳楠的心中泛起些许酸味儿，耳边忽然响起大姐的声音，“真真假假，假假真真，作为程刚的女人，这些是你要去面对的事，能忍得下去吗？忍不下去就早早放弃，但如果我是你的话，我会选择视而不见，结婚之后就好好呆在家里享清福，不要出去抛头露面给他招惹麻烦，他走到今天这一步付出的可不仅仅是辛苦。”

一支舞曲结束，程刚仿佛逃离瘟疫一般离开那舞伴，疾速朝着李佳楠走来，他有些急促就像是毛躁的小伙子，“大姐，我想……”

大姐抬头瞟了他一眼，“去吧。”

程刚仿佛是挣脱了紧箍咒一般拉着李佳楠就走，李佳楠还未来得及跟大姐告别，便被程刚迅速带离大姐身边，快速步入舞池。他紧紧搂着李佳楠的腰，有种失而复得的欣喜。

“你今天怎么这么奇怪?”李佳楠轻声问。

程刚长舒一口气，“那女人都跟你说什么了?”

李佳楠淡淡地回答，“没说什么，她只说我单纯，人生要难得糊涂之类的，我也听不懂她到底什么意思，程刚，你跟她之间……是不是……”

程刚将李佳楠搂得更紧了，轻声呵斥道，“别说话。”

李佳楠不再发问，尽管她一肚子的疑惑还没有解开，但今天这女人的出现的确让她发现了程刚的另一面，她一直以为他是顺风顺水地做事，凡事只求稳重踏实，步步为营，可今日她才感觉到程刚并不是如她想象那般轻松，还有一个女人能够让程刚如此慌乱和不安，难道只是因为大姐是带他入行的人吗？在老师面前，学生总会出现下意识的紧张情绪，似乎也只有这一条能够解释得通程刚今日的格外反常。

活动结束已经接近凌晨一点，阴沉的天气让众人在纸醉金迷之后颇感晦气，特别是冷风一吹，那股子酒气全都被闷在了毛孔里无法散

去，让人感到头晕目眩。程刚开车带着李佳楠驶出会所，他怯怯地看着李佳楠，轻声问，“这么晚了，聂美娜还会等着你回去吗？”

李佳楠心中“咯噔”一下，她刚刚还在想程刚会不会提出这种要求，没想到真被她料中了，“我……我……她可以起床给我开门。”

程刚的神色中闪现出从未有过的落寞，甚至带着些烦躁和失望，他就像是一个赌气的孩子一样，忽然狠踩油门，将车速忽然飚得很快来尽情发泄着自己负面的情绪。李佳楠有些惊慌，紧紧地抓着车门扶手，低声惊呼，“程刚，你慢点儿开！你……你慢点儿！”

程刚并未听她的话，反而将油门再用力地踩下去，李佳楠有些害怕地尖叫出声，她紧紧闭上眼睛，感觉自己的心脏都快蹦了出来！

猛的，只听一声刺耳的刹车声，程刚将车停在了无人的街道旁！

程刚伏在方向盘上不停喘着粗气，李佳楠有些惊骇地看着他，不知道他为何忽然这样疯狂。大约过了两分钟，李佳楠慢慢伸出手轻轻拍拍他的肩膀，“程刚？你怎么了？”

程刚猛的抬起头看着李佳楠，紧紧地抓着她的手用力一扯，将她整个人拽进自己的怀里，李佳楠一声惊呼。

程刚没有顾忌她的呼喊，而是调整了电控座椅，将她抱起放在后排座位上。李佳楠有些惊慌，她心中害怕程刚用强，甚至有些可笑地认为，他不会是要在这里……

四片嘴唇触碰的一霎那，李佳楠感觉到了程刚内心中的火热欲望，就像是在寻找着一股让他平和下来的慰藉。尽管她并不知道他的恐慌源于何处，但仿佛与他有感应一般，她能够体会到他的无奈、愤怒和不知所措。

李佳楠并没有拒绝他的亲热，只是将他的头搂在怀里。程刚的情绪也逐渐缓和下来，他没有进一步的动作，两个人就这样的相拥相依着，绷紧的心弦缓缓放松下来。程刚侧头贴着她的胸口，带着些许乞求的口吻，“佳楠，今天晚上陪着我好吗？我没有非分的要求，我只想跟你在一起。”

李佳楠点点头，她无法拒绝程刚的要求，因为他此时看起来就像是一个受惊的孩子，让人不由得怜爱。

第十八章　缺陷的爱情

来到程刚家里，李佳楠吃惊地发现他的家很是整洁干净，没有一丝一毫的灰尘和单身男人居住的劣迹，程刚看出李佳楠的疑惑，“家里每三天都有阿姨来打扫，今天刚刚打扫完。”

看着他一脸尴尬的模样，李佳楠笑着点点头，“饿了吗？晚上几乎没怎么吃东西。”

程刚忽然颇有兴致地冲进厨房，“我来给你做碗面。”

李佳楠略感惊讶，她本想自己下厨帮他做点儿东西吃，没想到程刚主动请缨。看着他系上围裙的模样李佳楠忍俊不禁又颇为欣慰，能够主动下厨房的男人实在是稀有动物了，特别是看到程刚那利落的刀工，就好像是一个熟练的大厨一般，李佳楠不免称赞道，“还真看不出来啊。”

“我这些年就一个人，自然什么都自己动手。”程刚笑着回答，“现在也很少自己下厨了，今天就让你尝尝我的手艺，虽然只是碗热汤面，但也很显功底哦。”

李佳楠走进厨房帮他打下手，却被程刚拽进怀里搂着，他从背后搂着她，扶着她的手一起拿着刀慢慢切蔬菜丁，一种温馨感油然而生。李佳楠会心地一笑，这种幽幽的浪漫让她有些忘情，她俏皮地将头轻轻倚在程刚的肩膀上，任由他握着自己的手做菜。此时程刚坚厚的肩膀就像是一堵遮风挡雨的墙，让她心中充满了安全感。

本是简单的一碗面却因为两个人的亲昵做了足足半个多小时才出锅，一碗面，一双筷子，却是程刚一口一口喂着她吃。李佳楠从未体会过如此的待遇，心里的喜悦不自觉地表现在脸上是那般甜甜的笑，笑得连她自己都有些陶醉于其中。

任由程刚将她抱到宽大的床上，李佳楠并没有半分的紧张，程刚只是将她搂在怀里，就这般静静地躺着，一根手指滑过她的眼睛、鼻子、嘴，面颊，就像是在欣赏一件艺术品。

“佳楠，咱们结婚吧。”程刚忽然说。

“会不会太快了?”李佳楠有些犹豫。

“我想每天都这样看着你。”程刚说。

李佳楠沉默不语，只是淡淡微笑，她挪动身子让自己与程刚略微保持一点儿距离却被他一把搂紧在怀里不容许她乱动。

“其实我早已经买好了迎接新娘的家，它现在仍旧空荡在那里，佳楠，搬过来陪我好吗?”程刚的手轻轻滑过她的面颊，就好似剥掉壳的鸡蛋那般水嫩剔透，他略显粗重的呼吸让李佳楠有些不知所措。

“我……还是再等一等吧，我觉得太快了……我没有心理准备，我不是说非要等到结婚才那什么，只是我现在还没有准备好。”李佳楠拒绝道。

“我只求你搬过来陪我住，让我每天都能看到你而已，小丫头想到哪里去了!”程刚捏捏她的翘鼻，嘲笑地看着她。

李佳楠的脸就好像一个熟透的西红柿，将头深深地埋进他怀里再不肯出来。

两个人就这样依偎着到天亮，李佳楠朦胧之间睡了片刻，待她睁开眼睛的时候已经是太阳升得老高，她猛的从床上蹦起来抬头看挂钟，发现已经中午十一点了！她急忙穿鞋往外跑，程刚被她的模样惊吓得也赶紧起身追了过去，面色焦急地问她，“怎么了?”

“上班！上班迟到了!”李佳楠慌乱中钻进洗手间洗了一把脸，用手指快速刷牙，却看到程刚伏在门口看着她不停地笑。

“快送我去上班！我迟到了!”李佳楠拉着他往外走，却被程刚搂在怀里，“上什么班啊，今天别去了。”

“我昨天刚跟张总请示完要求参与公司的项目，今天迟到也没有提前请假。”李佳楠努着嘴赌气地一屁股坐在沙发上，“这回真的让人当成花瓶看了。”

“你很介意别人看你的眼光。”程刚点起一根烟，挑起眉毛看着她。

李佳楠努努嘴，“我不想被人看成是毫无用处的白痴。”

程刚看着她眼神中的失落，不免有些不知所措，他紧紧地抓着她的手，“就在家做我的好太太不好吗？非要去上班？”

李佳楠本欲出口拒绝，却忽然想到了昨天那个女人跟自己说的话，“不要出去抛头露面给他招惹麻烦……”李佳楠虽然不知道她口中的麻烦指的是什么，但她却有一种直觉，程刚不希望自己出去上班有他自己的原因，而不单纯是希望她在家做全职太太。

“我……我害怕一个人在家寂寞。”

程刚沉沉地叹口气，“随便你吧。”

“不过今天你要陪我去一个地方，不要再想着上班的事儿了。”程刚忽然要求。

他未给李佳楠拒绝的机会便径自走进洗澡间打开喷头冲洗一番，李佳楠不敢转身，因为她发现程刚并没有关上洗浴间的门，而是敞开大门在洗澡，还大声唱歌。李佳楠羞红着脸狠狠地挥了挥小拳头，索性转身溜进厨房做午餐。

李佳楠先给聂美娜打了一个电话报平安，聂美娜更是没心没肺地让她就住在这里不要回去了，气得李佳楠直跺脚。她忽然想起昨晚程刚的提议，结婚……这两个字她曾经是那么向往，可如今再重提旧事却已物是人非。李佳楠有些迷茫，她现在不清楚自己结婚是为了什么，为了爱情？还是为了结婚而结婚？

这个问题一直在她的心中徘徊着，却没有一个能够为她解释的答案。

李佳楠打电话给聂美娜的时候，聂美娜根本无暇顾及她，此时她正跟顾新宇两个人在附近的派出所做笔录。这两个冤家凑在一起自然是什么事都有可能发生，而这种啼笑皆非的事似乎也只有在他们俩的身上才能够出现。这事要追溯到昨天晚上聂美娜回家的时候遇上了抢包的。

顾新宇那晚约了聂美娜在她家楼下见面，他是第二次来劝说聂美娜帮周子阳抢回李佳楠的，可还未等到聂美娜的人影，忽然听到了聂美娜的惊声尖叫！

顾新宇心下一慌以为聂美娜出了什么意外，顿时撒腿就朝着那声音的方向跑去。当他过去时正看到聂美娜光着脚在追一个人，看见顾新宇追来，聂美娜连声大喊，“他，快追上他，他抢了我的包！”

顾新宇二话不说就追着那抢包的贼跑了过去，聂美娜拎着自己的高跟鞋也在后面猛追，当她追上去的时候，已经看到顾新宇把那小偷摁在地上气喘吁吁地大骂，“胆大包天了，敢在这里抢劫了！你是新贼吧？不知道在北京抢劫是重罪？”

那小偷仍旧在不断挣扎着，嘴里不干不净地挖掘着顾新宇家的祖宗。聂美娜本就是一肚子的火，这时候抄起手中的高跟鞋，朝着那贼的脑袋一顿猛砸，“让你抢我包！让你抢包！”

那贼被砸得脑袋上顿时起了包，连连捂着脑袋不停求饶，顾新宇看着聂美娜的模样不由得咧嘴，下意识地摸摸自己的脑袋，眼看着她无休止地泄愤下去这贼就快惨不忍睹了，连忙拦住聂美娜，“行了行了，打两下出出气就得了，别打出毛病来，你说这贼怎么处理？”

“大哥，大姐，我也是实在吃不上饭，饿了好几天了，你们行行好放了我吧……我把东西都还给大姐还不行么？我以后再也不敢抢东西了，我求求你们了……我求求你们了……我给你们磕头，磕头还不成么？”

聂美娜拎着高跟鞋指着小偷大骂，“别跟我说这些三流电视剧的台词，要是我没追上你，你还指不定在哪儿为非作歹呢！”聂美娜眼珠子一转，“送派出所，这种人绝不能纵容！”

“放了我吧，求求你们了！”

聂美娜发话了，顾新宇自然不会理会贼的不停告饶，他拎起那贼的衣领，将其手反锁在身后，问着聂美娜：“有绳子么？”

聂美娜上下打量自己半天，实在是没什么可用的，忽然看到那贼的腰带，上去便解了下来递给顾新宇，“这个行么？”

顾新宇也没管是什么，拿过来将那贼的手紧紧捆住，随即看向聂美娜，“我说，派出所在哪儿啊？”

聂美娜茫然地摇摇头，“我估计就在这附近吧？要不然咱们找找？”

顾新宇朝天一叹，“真不知道你这日子怎么过的，连派出所在哪里都不知道，这大晚上的，路上也没人可问。”

“好像就在前面！”聂美娜指着说。“没看出来，你身手还不错啊？居然跑得还挺快，今儿怎么没开车呢？开车撞他岂不是更快。”

顾新宇感觉后脊梁骨发冷，“撞死人你偿命啊？今天限行，我是打车来的。”

聂美娜随便应和一声，她偷偷打量着顾新宇，刚刚他忽然出现救了自己，实在让聂美娜在心底对他的印象改观了不少。英雄救美虽然是俗套，但现实生活中遇上却还真的感到很神奇，有那么一点儿小欣喜。

“还有多远啊？”顾新宇不知道第几次问。

聂美娜挠头，“应该不远了吧？”这是她不知道第几次回答。

“李佳楠呢？没在家？”顾新宇故作随口问，反正两个人在寻找派出所的路上也实在是没什么话可说，他索性开始打探起消息。

“没回来，说是晚上要参加一个重要的活动。”聂美娜走得脚有些累，顾新宇一手抓着捆贼的腰带，一手扶着聂美娜，“什么活动那么重要？”

“跟程刚一起参加的，我哪知道。”聂美娜厌恶地看了顾新宇一眼，“你别乱摸我。”

顾新宇大声疾呼，“我真是冤枉，是你贴到我身上来的好不好？要不然你挎着我。”

聂美娜有些不情愿地看了他一眼，伸出两只手挎着他的胳膊，将自己的重量分担出去不少。

“周子阳这两天像是受什么刺激了，不然我也不会再来求你，他从这里回到家就再没有说过一句话，后来我再三追问，他说他遇见程刚了，而且程刚还认出了他。”顾新宇颇感无奈，“我估计是程刚让他感到自惭形秽了，佳楠就真的不能给他一次机会吗？”

聂美娜也是一怔，“程刚怎么会认识周子阳的？”

顾新宇摇头，“鬼知道。”

“佳楠跟他真的很幸福，你还是让周子阳断了这个念头吧。”

“一点儿机会都没有了吗？”顾新宇仍不肯放弃，“我感觉李佳楠其实心里还有他，不然为什么连见一面谈一谈都不肯呢？”

“如果你是程刚的话，你会不会介意自己的女人跟她的前男友会面谈天？”聂美娜没有直接回答顾新宇的问题，反倒是问了他一个问题。顾新宇回答不上来，“李佳楠的责任感很重，不过若是你的话，我肯定会同意。”

“为什么？”聂美娜纳闷地问。

“不为什么。”顾新宇可不敢说聂美娜实在是没什么心眼儿，见面除了会骂人一顿之外不会出现什么旖旎的状况，哪怕是他好心称赞也会被聂美娜当成贬义词来听。

“我一直想问你个问题。”

"什么?"聂美娜挑眉问道。

"你为什么总说我花心,喜欢 onl?"顾新宇颇感无辜,"我这个人其实很有原则的。"

"鬼才信,上一次你跟伯母撒谎说跟我在一起,当时不就是正跟其他女人鬼混吗?"聂美娜提起这件事颇感愤怒。

"那是我的一个朋友……其实……其实她不喜欢男人。"

"啊?"聂美娜震惊地捂住嘴,"你不会也是……"

"我是个正常的男人!"顾新宇大声打断聂美娜的话。

聂美娜"扑哧"一笑,随即埋怨地白了他一眼,"你是什么跟我无关。"

"你可是我妈认定的儿媳妇啊,怎么会没关系?"顾新宇忽然起了逗弄她的心思。

"少占我便宜。"聂美娜悻悻地骂着。

"我不也是你妈相中的女婿么?要不然咱俩就这么凑合凑合吧?"顾新宇一脸痞笑看着聂美娜,其实聂美娜长得很不赖,而且身材也蛮有料的……

看着顾新宇不怀好意的眼神,聂美娜红着小脸忿忿地抬脚踢向顾新宇,却一下没站住,"哎哟"一声崴了脚。

顾新宇连忙过去扶她,"还能走吗?"

聂美娜苦着脸,"好疼。"

"让你使坏,遭报应了吧?"顾新宇幸灾乐祸,但聂美娜龇牙咧嘴的让顾新宇不敢再调侃,仔细查探了一下她没有伤到骨头,顾新宇的一颗心才放了下来。

一面是贼,一面是不能走路的聂美娜,顾新宇简直是无奈到了脚趾头。他蹲下身把她背在了背上,一只手仍旧没有松开那个抢包贼。

聂美娜整个人贴在他的身上心跳颇快,顾新宇感觉有些吃不消,"你怎么长这么高啊,我都背不动你。"

"我是成年人啊!"聂美娜嘟着嘴不服气。

顾新宇担心背不住她会让她再伤一次,于是索性用腰带捆住了那贼的脖子,把腰带的另外一端扔给聂美娜,"你抓住这个,别让他跑了!"腾出抓贼的手,顾新宇两只手托住背上的聂美娜,继续寻找派出所。

聂美娜嘿嘿一笑,使劲儿拽了拽皮带,抢包贼立即呼天抢地地咳嗽,俨然有点儿奄奄一息的架势。

“你为什么紧张的时候会摸自己的鼻子？真有趣。”聂美娜趴在顾新宇的背上伸手摸了摸他的鼻子，“没什么与众不同啊。”

“还说你不暗恋我？居然连我的小动作都能发现。”顾新宇脸皮极厚地调侃着。

聂美娜嘟嘟嘴，“切，真不要脸，这么大的人了还整天吃喝玩乐，哪个女人嫁给你可真是倒霉。”

“结了婚我就要回家继承老头的生意，反正现在还没有合适的人选，我就不妨多玩乐两年。婚姻是坟墓，既然跳进去就得有跳进去的觉悟，对吧？进了坟地就得按照坟地的规矩来，结婚之后我肯定老老实实在家，绝不出去勾三搭四。”

聂美娜不屑地撇嘴，“鬼才信。”

“我很有原则的！”

耳听着他们两个人你一言我一语地聊，那贼忽然停住脚步，两腿一软瘫在地上，鼻涕一把泪一把地嚷道，“大哥，你泡妞就泡吧，不至于这样走了一个多小时还不累吧？我兜里有钱，咱打车去派出所行不？我实在是受不了了，我求求你们，给我个痛快吧！”

聂美娜脸色一红，气呼呼地看着那贼使劲儿拽了拽皮带，“闭上你的嘴！”

本是颇有些旖旎的气氛被这贼突然破坏掉，顾新宇也略显尴尬。其实他早就想到了办法，只是在这个夜晚忽然生出了陪着聂美娜一直这样走下去的想法。聂美娜似乎也有同感，两个人谁都没有点破这层窗户纸，却没想到是这贼最先受不了了。原来这零下十几度的天气里，这贼只穿了一件单衣出来，可能是为了抢完东西跑得快点儿，没想到被擒了之后还在冰天雪地里漫步了将近两个小时……

顾新宇摸摸自己的鼻子，他对自己有这么长时间的耐力也颇感惊奇，难道这就是爱情的力量？

打了110电话，未及两分钟便有一辆警车停在他们的面前。

一位警察大叔看着这三个人也不免露出惊诧的神色，接过聂美娜手中的皮带，警察大叔拍拍顾新宇的肩膀，“小伙子，有种！”

顾新宇并没有跟着他们上警车一起去派出所，“警察大哥，我女朋友追贼的时候把脚崴了，我先带她去医院看看，你看我们明天早上再到派出所去做笔录行不行？”

那警察看着聂美娜红肿的脚也不好强求，“那先留下电话，做个简单的登记吧，明天你们随时去派出所找我，我姓林。”

待警车离开，顾新宇打算带聂美娜去医院，可聂美娜执意要回家。顾新宇知道她没有伤到骨头也就只有任着她的性子，将她一直背到楼上，拿出医药箱中的红花油帮她搓药。

聂美娜是第一次看到如此细心的顾新宇，嘴上虽然一直拒绝，但她觉得他按摩的手法真的很舒服，一会儿就不再疼了。其实她不知道，她是舒服了，顾新宇的手早已经僵硬麻木了。

顾新宇本想等着李佳楠回来他再走，可是李佳楠一宿未归，他也就守着聂美娜待了一宿，彻底沦为伺候她的佣人，但顾新宇乐此不疲，尽职尽责，甚至在聂美娜的无理要求下还给她讲了个故事哄她睡觉。看着聂美娜熟睡着吧嗒着小嘴，顾新宇很有上前一亲芳泽的冲动，可是他忍住了这个念头，轻轻为她盖上被子，自己窝在沙发上睡了一宿。

第二天，聂美娜请了三天的假，而顾新宇也因为没什么正事做被聂美娜征用照顾病人，一种不言而喻的情愫在两人之间悄然而生，仿佛是冥冥之中的安排，他们没有人点破这层旖旎的关系……

李佳楠自然不知道她仅仅一个晚上不在，在聂美娜和顾新宇的身上发生了这般奇迹一样的事情。程刚在洗澡间还未出来，她打开冰箱仔细查探了一番。

冰箱中都是一些速食品，李佳楠简单做了一碗汤、一个菜和米饭，却看到程刚已经在餐桌前笑嘻嘻地看着她，做好了等着吃的架势。

李佳楠“哎呀”一声，差点儿把手里的盘子扔到地上，“你怎么不穿衣服啊？”

程刚洗澡出来只在下身围了一条浴巾，李佳楠别开头不去看他。程刚的身体保持得很完美，四块腹肌脉络清晰，看上去很有型。李佳楠涌起一股想上前摸摸的冲动，脸上立刻泛起了红云。

程刚吓了李佳楠一跳得意地窃笑起来，他起身把李佳楠放在自己的腿上，撒娇地让李佳楠喂他，就像是一个小孩子般的邀宠。李佳楠无奈地一笑，只好端起碗一勺一勺地喂他。程刚就像是一个很容易满足的大男孩儿，把下巴撑在李佳楠的肩膀上张嘴等着吃，还时不时地用满是油的嘴巴蹭李佳楠的脸。

“再蹭我的话，就不喂你了。”李佳楠厉声威胁着。

程刚索性端过碗到李佳楠的嘴边，“那我来喂你。”

李佳楠笑着跑开，到卫生间把脸上的油擦掉，却没想到程刚也尾随进来，一下将李佳楠带进了浴缸，随即他也扑了上去……

偌大的冲浪浴缸水花飞溅，李佳楠的衣衫因为沾水紧紧地贴在身上，半透明的若隐若现更容易激起人的欲望，程刚望向她的眼神充满了占有的欲望。李佳楠要逃，却被程刚一把抓住搂在怀中，紧紧地圈住。四片嘴唇紧贴，李佳楠似乎也有些忘情，欲望冲散了她的理智，让她浑然忘记了她坚守的一切……

“可以吗？”程刚气喘吁吁地看着她，仿佛只要她点头他就会马上吞了她一般，李佳楠迷蒙着双眼看着他，没有想到这个时候他还会顾忌到自己的感受。李佳楠的心中已然默许，而此时，还未等她点头，程刚家里的电话很是不合时宜地响了起来。

程刚带着满身的水败兴地起身接电话，待他回来之时，李佳楠已经以最快的速度从浴缸中爬出来，在擦着她湿漉漉的头发。

程刚并没有急着继续，拿着浴巾帮她擦干身上的水和头发，轻声念叨着，“小妖精。”

“没有换的衣服。”李佳楠苦着脸看他，“都怪你，一会儿还怎么出去？”

程刚略一沉思，打开衣橱拿出一套女士的内衣，“先换上吧，一会儿出去咱们再买。”

“你家里怎么会有女人的衣服？”李佳楠只是随口一问，程刚的脸色有些尴尬，“这是……”

李佳楠看他支支吾吾地说不出口，“算了，不想说就不说，我又不追究你的过去。”

程刚感激地一笑，“换好衣服咱们出门。”

李佳楠没有想到，程刚带她来的这个地方会是墓地。

买了一束鲜花，程刚很是认真地看着她，“佳楠，我现在很认真地问你，你愿意嫁给我吗？”

李佳楠纳闷地看着他，“这个时候问这个问题？”

“如果你答应嫁给我，那么这束花就由你来献，如果你还有些犹豫，那么这束花便还是我来拿。”程刚看着远处一排一排的墓碑，眼神中颇有些雾气和哀伤，“这里是他们的家，我今天是想带着媳妇见公婆。”

李佳楠的心如同被大锤撞了一般，“程刚，你的父母……”

程刚点点头，“他们已经过世好几年了。”

李佳楠心中泛酸，因为她看到程刚的眼中有着晶莹的泪花没有掉

下。她从未想过程刚会是孤苦伶仃的一个人。李佳楠伸手接过那一束绽放的黄菊，淡淡地道，“咱们走吧。”

程刚颇为满足地看着李佳楠，在墓地工作人员处买来了描红的颜色和笔，带着李佳楠走到一个墓碑前驻足停下。

看着他一笔一笔认真地描着墓碑上的字，李佳楠的泪珠滚滚而下。她能够看到程刚的手在不停地颤抖，她的心何尝不是一样的难过？

按照程刚的吩咐，李佳楠将墓碑上的土轻轻扫掉，将鲜花的花瓣轻轻洒在墓碑的上面。

程刚呆呆地看着那墓碑好久，最终感叹一声，“爸，妈，我带着媳妇儿来看你们了。”

程刚跪在墓碑前，很是认真地磕了三个响头，没有再说一句话。

离开墓地的时候已经是两个小时之后，李佳楠感到有点儿体力不支，头晕目眩，程刚本打算带着她去看一场音乐会，却因此而告吹。

程刚带着李佳楠回到自己家便让她躺下睡了一会儿，李佳楠朦朦胧胧之中好像听到程刚在电话中与谁争吵，待她起身走过去的时候，只听得程刚说了一句，“我不会再跟你妥协，不要以为我忌惮你你便可以对我的婚姻指手画脚，出尔反尔。若是你期望我的婚姻能够遮挡住你，不让你我的事在你男人面前曝光的话，那就不要阻止我娶她。我不会按照你的安排娶一个我没有感情的女人。”

程刚忽然挂断电话，他直觉感到后面有人，一回头，正看到李佳楠在看着他。

快步走过去，程刚轻轻地摸了摸她的额头，“好些了吗？”

李佳楠点点头，“你在给谁打电话？”

程刚面色上的怒气仍旧未消，“大姐。”

李佳楠不再言语，她知道这个女人对程刚有知遇之恩，有提携之恩，而按照刚才电话中的内容来看，似乎她与程刚的关系却不是那么简单，李佳楠不想多问，“你会处理好的，对吗？”

程刚紧紧抱着她，“我不会让任何人来伤害你的。”

李佳楠微微一笑，“我想带你见见我的父母。”

她本以为程刚会满口答应，没有料到程刚却颇有些犹豫，“我们结婚一定要经过他们同意，是吗？”

李佳楠一怔，随即想到程刚的双亲已经去世，他似乎对家庭这个词并不敏感，“是的，我希望得到父母的祝福。”

“好，那晚上我请他们吃饭，我去找个合适的饭店订位置。”程刚催促着李佳楠回去休息，李佳楠仍有些不舒服便又沉沉睡去。程刚留下她一个人在家就匆匆出了家门。

周子阳依旧在楼下等着李佳楠，没想到李佳楠没有等来，却等来了背着聂美娜到处溜达的顾新宇。

眼看着这两人，周子阳恍然有些明白，难得地露出微笑。聂美娜看在顾新宇的份上破天荒地跟周子阳说了句话，“你走吧，佳楠不在家。”

周子阳一怔，随即点头道谢，“小宇，我明天正式上班，你在这里好好照顾美娜吧，有事情需要我帮忙的话就来电话。”

“跟女朋友谈情说爱这种事儿不需要你帮忙。”顾新宇仍旧是往常的痞笑，聂美娜故作生气地轻轻捶了他几拳头，却没有拒绝顾新宇给她安的名分。

周子阳看着二人不免欣慰地一笑，转身拖着疲惫的身子慢慢离去。

看着他落寞的身影汇入行走的人群之中，聂美娜也起了些许怜悯之心，“早知今日，当初何必负佳楠呢?”

宋惠凡、李大友夫妇接到李佳楠来的电话之后便有些莫名其妙，而现在他们已经在饭店等程刚有半个小时了，他仍然未出现。

李佳楠也颇感纳闷，平时程刚是很有时间观念的一个人，今天却格外反常，先是打电话回家让她一个人去饭店，这会儿又迟迟不来。李佳楠看着父母略有些不满的脸色，替他解围说，“刚刚来电话公司有点儿急事，可能也是突发情况。”

宋惠凡看了李佳楠一眼并没有埋怨，“我们多等一会儿无所谓。”

李佳楠看着自己母亲的眼睛垂下了头，她何尝不知道宋惠凡的意思，那就是不要让她自己受委屈才是。

又过了十多分钟，程刚才风风火火地赶了来，与李佳楠父母客套地谈了两句之后，程刚便直奔主题，“叔叔阿姨，我追佳楠很多年了，或许你们并不知道有我这个人存在，但其实在大学的时候我就很喜欢佳楠，一直到我们在前些日子重逢，才又给了我这个机会让我照顾她，我希望你们能够答应我娶她，有什么条件你们可以尽管提。”

宋惠凡看了李大友一眼，李大友闷不吭声，宋惠凡说，“我们没有什么条件，只要佳楠过得幸福，我们作为长辈就只会祝福你们。只要你对她好，这就是我们的条件。”

程刚似乎没想到宋惠凡会说出这样一番话，顿了顿之后继续说，“我在京郊买了一栋别墅，作为我和佳楠的新家，离你们二老有些远了，如果你们愿意的话，我可以在附近再给你们置办一套房产，配一辆车，我公司有司机，你们想佳楠的时候可以随时来看她。”

“程刚。”李佳楠低声呵斥了一句。平时程刚是个非常圆滑的人，可今天不知是为何，一直不停地跟自己父母谈这些事。李佳楠了解自己父母的脾气，宋惠凡和李大友的脸色此时都不怎么好看。

“给我们置办房产就不用了，我们现在住的地方很好，佳楠想我们的话也可以回来看我们。”

“佳楠是个很孝顺的人，如果我怠慢了你们二老她肯定会不高兴，为了她我什么都可以放弃。如果你们二老不想要房产和车，那我先拿出一百万作为你们的养老金，算是对二老的一番心意。”程刚的语气颇为急躁，宋惠凡脸色更难看，“我们不是卖女儿，要你的钱做什么？”

李佳楠眼看事情有些不妙，连忙拉着宋惠凡的胳膊，“妈，其实他不是那个意思。”

“佳楠啊，只要你自己认可就行了，我和你爸爸没有任何意见，只要你将来别后悔。”宋惠凡看着程刚颇感不爽，拽着李大友站起身，“这顿饭我是吃不下了，你们吃吧，我们回去了。”

任凭李佳楠如何给程刚使眼色，程刚就是无动于衷，气得李佳楠直跺脚。送走二位老人之后，李佳楠心中的怒火即刻倾泻而出，“你到底要干什么？你知道我很在乎我父母的感受，你却将他们气走？”

程刚颇为不耐，“因为你在乎他们，我才要买房子买车送给他们，既然他们不要那就拿钱为他们养老，这又怎么了？”

李佳楠忿忿地看着他，“你以为谁都很在乎钱吗？他们在乎的是我的幸福。”

“幸福？没有钱有什么幸福可言？吃不上饭的人就认为拿着包子的人幸福！你没有体会过那种感受，可我有！这世界上任何一件事情都离不开钱，你明白吗？”程刚似乎心情很不舒畅，“其实只要我态度再诚恳一点儿，说得再低三下四一点儿，他们肯定会点头答应，不是吗？”

李佳楠颇感无语，她实在是想不通早上还含情脉脉的程刚为何会突然变得如此疯狂，“你跟我说实话，你到底是怎么了？”

程刚有些颓废地抓着自己的头发，“我……我对不起你。”

一个念头猛的从李佳楠的脑海中蹦出来，她盯着程刚，“你跟大姐到底是什么关系？”

“关系？”程刚冷笑，“她是我的恩人，我的救世主，现在是我的主人。”程刚说得自己很不齿，李佳楠的心被狠狠撞了一下。程刚仿佛自言自语一般的叙述，“没有她或许我早已经饿死了。在我大一的时候，我父母意外双亡，我无依无靠，上学没有学费，吃饭没有饭费，走投无路时偶然遇见了她。她看上我年轻，而且对生存充满欲望，她只要掌握住我的经济便掌握了我的命运，于是她让我跟着她做事，做一些很肮脏很无耻的勾当，否则凭我一个穷得连饭都吃不上的大学生在短短四年内成为拥有几千万资产的成功人士，你觉得可能吗？现在你明白了？”

李佳楠恍然，她今天听程刚打电话的时候便已经有这个预感，只不过她不敢往那方面想而已。当程刚亲口说出这话的时候，她还是那么震撼，“那，你要跟我结婚，也不过是为了遮掩你们的关系，对吗？”

程刚看着李佳楠，“对，我的婚姻是遮掩我和她之间关系的最好保护膜，只可惜我选择的结婚对象恰恰是你，恰恰是一个我深爱的女人，一个我不容许自己伤害的女人，这便是那个疯女人不能容忍的事。你知道吗？就在刚刚，她打电话要我离开你……佳楠，你知道我多么在乎你吗？我甚至连我最忌惮的人都得罪了。她一句话我就会身败名裂，所以我带着你去见她，希望得到她的认可，得到她的祝福，我为她做了这么多年的脏事只求她能够放我一条生路，只可惜，她比我想象中要狠毒得多。你知道我刚刚去见她的时候，她说什么吗？”程刚来回踱步，他的声音显得格外歇斯底里，“她说她一手塑造了我的成功，也会一手毁掉我的幸福！你知道我当时第一反应想到的是什么吗？那就是你！”程刚抓着李佳楠的胳膊，“我害怕她会伤害你，她知道如何报复，只有伤害了你我才会真正发自内心地痛。当时的我，真的害怕了！”

“你，你把她怎么了？”李佳楠发现程刚的眼神中露出了凶光，让她不得不往坏处去想。

“她没死。”程刚忽然冷静下来，整个人瘫在椅子上，“但是我有逃不掉的罪责，佳楠，我真的很想只要平静的生活，跟你结婚，跟你生孩子，过我期望的生活。你知道我为什么会对你如此锲而不舍吗？”

李佳楠摇头，这是她一直百思不得其解的问题。

“因为在学校没有人瞧得起我的时候，只有你无私地帮助我。你

把自己一个星期的饭票送给我，我三天只啃了一个馒头都没有用那些饭票，直到现在我还保存着……尽管当时我饿得头晕眼花，却仍旧告诉我自己，我要凭自己的本事挣钱，娶最善良的你，那是我当时很原始的冲动，也正是这股子劲头支撑着我走到今天。"

"你真傻。"李佳楠蹲在程刚的旁边，她感觉到程刚的无助。他期望将他心中的美好全都加在自己的身上，尽管这有些一意孤行却是一片真情实意。她在可怜他，仅仅是可怜，就好像她当初将自己的饭票给他一样，看他饿着肚子还拼命学习而可怜他而已。

李佳楠终于明白自己对待程刚的心，其实一直是被感动和可怜他，她与程刚之间有情，却没有爱，只有单方面的精神寄托和天性善良的施舍。

"佳楠，如果我一无所有了，你还会跟我在一起吗？"

李佳楠点点头，"我会。"

程刚的嘴角勾出一抹微笑，他伸出手将李佳楠抱在怀里，"谢谢你，这已经足够了。"

第十九章　迷茫中求生

李佳楠没有跟程刚走，而是让他去处理好这些事情之后再做打算，程刚似乎也是这个意思，李佳楠在身边只能牵扯他的精力。对李佳楠千叮咛万嘱咐之后，他充满激情地抱了她许久许久都不肯松手，李佳楠总觉得就此一别便永无再见之日。

这次李佳楠的第六感又准了，程刚一直没有消息，三天之后，李佳楠却接到了出版公司林风编辑的电话。

“程总因为一些私事放弃了您的小说改编权，我个人十分看好这部小说，但是在稿费方面我们可能不会给的这么高了，不知道您有没有什么想法?”

李佳楠的心猛的一沉，“稿费无所谓，我要重新改这个故事的结局。”

“好，一切都依你。”林风没有再跟她讨价还价，落井下石毕竟不是什么好事。

“你……你能告诉我他出了什么事吗?”徘徊半晌，李佳楠缓缓开口问道。

“我也是听说的，他好像是因为恶意伤人吃了官司。”

李佳楠没有再问，寒暄了几句就挂了电话。就如同程刚所言，大姐不会放过他的。李佳楠到现在都不知道这位大姐的真实身份，只知道她的地位很特殊，而在她的眼中，程刚、李佳楠都是渺小的蝼蚁，可以任意踩捏，一旦这渺小的蝼蚁有所反抗，她便会肆无忌惮地报复，李佳楠只期待她的报复不会让程刚陷入万劫不复之地。

李佳楠开始忙碌着重新找一份工作，尽管王春和知道她的情况之后又打来电话希望她能够回到华新去，但李佳楠委婉地拒绝了。华新与颂创签订了两年的合作协议，李佳楠不想再面对徐卉，不想再面对过去那段让她痛彻心扉的回忆。

招聘会的人山人海之中，李佳楠拿着自己的简历寻找适合她的工作。这几日总是有她从未投过简历的公司打来电话让她去面试，李佳楠很是莫名其妙。虽然也参加了这些公司的面试，但是薪金和职位对她都不是很合适，她只能再一次投入到茫茫的应聘大潮中去。

转身，一个熟悉的身影正投入了简历后离去，李佳楠轻瞟了一眼他投简历的公司，竟然是一家广告文化传媒，纳闷和好奇心作祟，李佳楠走过去看了一眼那人投放的简历，心中着实震惊不已，这几日心中的谜团也因此而解开。

仿佛有着心灵的感应，那人回头看到李佳楠颇感惊讶，随即便是无言的尴尬。

“这些日子是你在帮我投简历？你怎么知道我要找工作?”李佳楠看着周子阳语气甚是平淡，她对眼前这个男人早已经没有了恨意，经历了程刚这件事，她对人的情感已经有了新的感悟。

周子阳尴尬地挠挠头，“我……我是听顾新宇说的，我公司正好也招人，我就顺便，顺便而已。”

李佳楠拿过他手中的简历仔细翻看着，似乎跟她作出的简历一模一样，心中百感交集，颇有些酸楚，她淡淡道了一声，“谢谢。”

聂美娜这几日早已经将周子阳最近的事情跟她汇报得连渣都不剩了，李佳楠自然也知道周子阳离开了颂创，离开了徐卉。虽然只是过去了短短的两个多月，李佳楠却感觉过了很久很久，经历了很多她做梦都想不到的事，她甚至有些迷失，很多痛苦都变得模糊了。

“佳楠，我……我可以跟你谈谈吗?”周子阳终于鼓起勇气说出了这句话，在等待李佳楠的这些日子里，他把这句话演练了无数次，可今日说出口时，还是那么局促和不自然。

李佳楠看看手中的简历，周子阳已经把能适合她做的工作职位都投放完了，她再转一遍也没有任何的意义。

“好吧。”

两个人坐在附近的一家咖啡店内，周子阳点了一杯咖啡，他把餐牌递给李佳楠,“你喝什么?”

李佳楠苦笑,她忽然想起每次都为自己点柠檬汁的程刚,很随意地埋怨,“在一起这么多年,你都不知道我喜欢喝什么?”

周子阳倍感尴尬和惭愧,李佳楠没有接他手中的餐牌,直接点了一杯不加糖的柠檬汁。

“佳楠,我知道你恨我。”周子阳低沉着头不敢看她,像做检讨的学生面对老师一般。

“我不恨你。”李佳楠反驳道,“没有爱也就没有恨。”

“我很惭愧,我独自一个人的这些日子时常想起我们刚在一起时的事情,我发觉自己真的是一个彻头彻尾的混蛋,这四年多的日子,一直都是你在迁就我,包容我,而我则一次又一次地放纵、逃避责任。我的自私让我在面对压力时选择了逃避,伤害了我最不应该伤害的人,所以我现在这个样子,也算是老天对我的惩罚,我认了,我只求你再给我个赎罪的机会。”周子阳搅拌着咖啡,仿佛是喃喃自语。

“现在再做这样无谓的检讨也没有什么意义了。”李佳楠品味着酸涩的柠檬汁,一股入口的畅快让她头脑清醒了些许,“你的临阵脱逃只能说明一件事。”

“什么?”

“我们曾经的感情不够稳定。”

周子阳无言以对,因为他没有反驳的理由。

李佳楠淡淡地说,“完美的婚姻有五个要素,第一,双方要有相同的文化背景,在这一点上,你我都受过高等教育,没有什么问题;第二,双方的家庭成长背景,在这一点上咱们的差距很大;第三,共同的兴趣爱好,我跟你在一起四年,都没有找到咱们俩有什么共同的爱好,你找到过吗?”

周子阳一怔,随即摇头。

“第四,那就是双方在经济方面是否有分歧,在这一方面不但是咱们俩有分歧,我们各自代表的家庭也出现了很大的分歧;而第五点是夫妻之间的 sex 问题,这点暂且不论。这五个要素,只要具备三个那就算得上是比较称心如意的婚姻,而咱们俩当初在一起的确是很牵强,我们没有相同的家庭成长背景,你父母认为门不当户不对,这间接地成为了我们之间经济上出现分歧的导火索,你认为我说的对吗?”李佳楠坦然地看着周子阳,仿佛她说的并不是自己,而是与她无关的旁人。

“你说的没错，其实我父母最近时常念叨你，佳楠，他们已经认识到之前对待你有些不公平，他们也希望能得到你的谅解，希望我们能够再结合。”

“你说的这‘希望’，似乎不太可能发生。”李佳楠很干脆地切断了他的念头。

“我不奢求能够马上得到你的原谅，我只求你能够给我一次机会，让我守在你的身边。”周子阳害怕李佳楠打断自己，“其实经过这次的经历，我感觉就像是走进了一片茫茫的稻草地，这稻草地一共有三段路程或许是更多的路程，走到三分之一处的时候，我就遇到一棵比较高的稻草，我想，走到三分之二处是否会遇到更高的一棵？三分之三处的稻草是什么样？会不会更高？”

“你又遇到更高的稻草了吗？”李佳楠对他的这种比喻颇为感兴趣。

“我如今不再想要更高的稻草了，你就是最适合我的那根稻草，我不想再继续走下去了，我想回到起点。”周子阳很诚恳地看着她。

“子阳，这些日子我们都经历了很多，我的事情顾新宇应该也告诉你了，无论是你，还是程刚，在我心里都留下了很深的疤痕，我的心现在已经是有百分之九十九的伤痕，仅存的百分之一我要仔细守着，不让任何人再伤害它，我会很疼。”李佳楠用“疼”来形容她现在的日子，心中凄然苦笑。

“我会让你的百分之一再变成百分之百。”周子阳热切地说，“我不要求你给我什么承诺，我也没有这个资格，我会用我的行动来证明。”

李佳楠苦笑摇头，用沉默做出回答。

“我会等着你回来。”周子阳临走的时候说。

李佳楠的书很快就出版了，而且卖得很是火爆。应出版方的要求，李佳楠要参加一次签售活动，聂美娜和顾新宇两个人更是忙前忙后地为她筹备。很久都没有看到过李佳楠笑，只在这时她才绽放出一个灿烂的微笑。而这段日子，周子阳也很忙碌。

宋惠凡在家里做家务时伤了腿，周子阳闻讯，主动到家里去帮忙做些杂事，虽然开始的时候李佳楠很不能接受他这般的喧宾夺主的行为，可不知周子阳用了什么招数，连李佳楠的父母都开始帮着他说话。聂美娜在顾新宇的影响下，也逐渐对周子阳的事松了口，只不过聂美娜并没有过多地劝慰李佳楠，因为她知道，李佳楠其实一直在等待程刚的消息。

程刚的忽然失踪是李佳楠的一块心病，尽管她正视了自己对待程刚的态度是怜悯大于爱情，对他的念念不忘不是因为爱情，而是因为伤情。但程刚在她的心里划下了太重的一笔，短暂的刹那在她的回忆中成为永恒，李佳楠无法从这种状态中找回自我，而这种状态却让她日渐忧郁，伴着夜晚隐隐作痛。

签售活动空前热烈，李佳楠握笔的手都感觉到酸痛，但她仍旧没有半分的松懈，不断地在签着每一本书，争取与自己的每一位读者攀谈上几句话。签售活动临近尾声，李佳楠略感失落，因为她有一种直觉感到程刚会在今天出现，但是她这个期望似乎要落空了。

这时林风忽然递过来一封信，他没有说是谁托他转交的，但李佳楠猛的从椅子上站起，颤抖着手将信拆开。

折开信封，刚劲有力的字赫然映入她的眼帘，这笔迹她在几年前就认得，她不知道收到过多少封这种笔迹的情书，这是程刚的字。

亲爱的佳楠：

这是我写给你的第三百二十四封情书，也是最后的一封。

原谅我的不告而别，因为我无法再让肮脏的我面对你，就如同我无法面对自己的失败。如果你没有出现的话，我的人生会很晦暗，我也许是在某个角落苟且偷生，也许是在某个高档酒店挥霍享乐，但是你出现了，让我懂得了这世界上还有一种情感：真情。

我知道你对我的感情中更多的是怜悯、是同情，是对一个弱者施舍你的爱心和善良，而我对你的感情也远远超出了爱情的范畴，时至今日我才知道，我早已经将你当成我在这个世界上唯一的亲人，而我不能容忍自己唯一的亲人受到丝毫伤害。我不为今时今日的事而感到后悔，哪怕我失去一切也要换给你安定的幸福。

虽然我们只拥有短暂的浪漫，但我已经心满意足了，这将是我人生中最美好的回忆。曾经，我希望让你成为这世界上最幸福的女人，娶你成为我的妻子便是我今生的夙愿，但是，我做错了一件事，我高估了善良，低估了邪恶。

我知道你会为我的不告而别而伤感，答应我，别哭，要幸福，我很好……

永远爱你的程刚

李佳楠的眼泪顺着面颊流下来，每读一个字她都感到自己的心被刀割了一下。她疯了一样在四周寻找程刚的身影，突然，她的身子一沉整个人倒了下去……临闭上眼的那一瞬间，她看到周子阳焦急万分的眼神和痛彻心扉的绝望……

当李佳楠再次醒来的时候，发现周围站了好大一群人，不但有聂美娜、顾新宇、周子阳，连自己父母和周子阳的父母也都在场。

看着李佳楠缓缓睁开眼睛，四位老人不约而同地站起身探望，李佳楠有些受宠若惊，"爸妈，伯父伯母，你们怎么都来了？"

"佳楠啊，"宋惠凡颇有些不知该如何开口，"佳楠啊，你……怀孕了。"

"什么？"李佳楠惊讶地嘴里能塞进一个大馒头，"怀孕了？可，可是我……我没……我怎么会……"她支支吾吾地有些说不清楚，只看到周子阳在一旁脸色惨白低头不语，而王凤琴和周山两个人也颇拿捏不准地看着宋惠凡。

"医生说已经三个月了，你一直没有来月事，难道不知道？"宋惠凡颇奇怪地问，"如果不是你这次突然昏倒了，我们还都蒙在鼓里呢。"

李佳楠仔细回忆着这段日子，"我……我好像还真的好久没来月事了，这段日子实在是太乱了，我也顾及不到自己有什么变化。"李佳楠仍旧有些不敢相信，"怀孕都应该有反应，可我怎么没什么反应？"

"你那阵子天天让程刚陪着你吃川菜，一个人能吃一条水煮鱼，我还纳闷你怎么忽然迷上川菜了，那不就是害口啊。"聂美娜在一旁忽然插了一句，顾新宇连忙捂上她的嘴，眼看着一提起程刚这个名字，满屋子人的脸色都僵硬了一分。

李佳楠一愣，不再说话。

"咱们都出去，让她和子阳单独谈谈吧。"顾新宇的提议打破了僵局，四位老人也都随声附和连声说好，匆匆走出了病房，只留下一脸茫然的李佳楠和一脸灰暗的周子阳。

半晌，周子阳才缓缓开口，"佳楠，咱们结婚吧。"

"结婚？"李佳楠纳闷地看着他。

"你总不能让孩子没有父亲吧？单亲孩子的成长是不健康的。"周子阳说这话的时候颇感酸涩，"无论……无论这个孩子是……是谁的，我都愿意做他的父亲，绝不会有半点儿偏见，我愿意照顾你们一生一世。”

李佳楠琢磨半天才反应过来周子阳话里的意思，她抄起枕头便砸了过去，大吼一声：“你胡说八道什么呢？你当我是什么人了？周子阳你就是个混蛋！”

周子阳一抬头，迎面飞来一枕头正巧砸在他脸上，可是他没有半分的怒气而是满脸惊喜地冲到李佳楠的床边，“真的是我的孩子？”

李佳楠一声怒吼，倒是让门口偷听的一干人等抹了一把汗。

王凤琴耳听到这孩子是周子阳的，顿时拍拍胸口，脸上笑开了花，拉着宋惠凡的手很是亲热，“老姐姐，您看这以前我们对待佳楠的确有不公的地方，你也多多包涵。子阳当初鬼迷心窍，现在也幡然醒悟了，而且佳楠也怀着孩子，你看咱们是不是让他们赶紧和好，把婚事办了？”

“对对，婚房重新选一个，最好能选个大一点儿的，到时候咱们轮流去照看小孙子也能住得开。”周山在一旁附和着。

宋惠凡看了看自己的老公，李大友仍旧是闷声不语，不发表意见，宋惠凡只得叹口气，“不是我不同意，关键是我说了也不算啊。这事还得看佳楠和子阳两个人怎么处理，若是他们之中有一方不肯打开心结重修旧好，咱们给他们做主也没用啊！”

王凤琴和周山也是面露难色，“唉，这倒也是，咱们父母做不了他们的主了，这也都怪我，唉……”

“让子阳留下好好陪陪佳楠吧，感情这东西还得是日久见真情，佳楠如今打不开心结也是正常的，当初差点儿因为周子阳割腕，如今没让周子阳也割一次就算便宜他了。”聂美娜在一旁说风凉话。她要么不说话，一说话就雷倒一片，听她说让周子阳割腕，吓坏了王凤琴和周山，两位老人看向聂美娜的眼神也颇为古怪。

也不知是周子阳听见聂美娜的提议了，还是自主创新学会了耍无赖，只听得病房内乒乒乓乓了半晌，周子阳怒喝，“杀人不过头点地，你想怎么样？你若是敢打掉这个孩子，我就死在你面前！”

王凤琴吓得要冲进病房却被周山一把拽了回来，“让他们俩折腾去吧，这里是医院，死不了人的。”

王凤琴的脸色仍旧挂着担心，“佳楠不会是想把孩子打掉吧？老姐姐你可劝劝她啊。”

宋惠凡何尝不盼着抱外孙，她的脸上也满是担忧……只有顾新宇和聂美娜两个人很是没心没肺地跑到一旁开始谈情说爱，没有半分顾忌李佳楠和周子阳是死是活。

如今病床上的李佳楠很想飞起一脚把周子阳踹出去，可碍于手上还打着吊针行动不便，她只能用语言表达自己的愤怒，“这是我的孩子，跟你没有半分关系！”

“可是这也是我的孩子啊，你现在说什么都没用，你肚子里的就是我的孩子，我得为我的孩子负责。”周子阳这次是彻底无赖到底，李佳楠颇感惊讶，她没想到周子阳还学会了这么一手，“你出去。”

“不出去。”

“你给我出去！”李佳楠怒吼着。

周子阳起身朝着李佳楠大吼，“不管如何，这孩子都是我的，我一定会对你们负责！你还想我怎么样？要我给你跪下吗？”

李佳楠看着周子阳心中颇为复杂，打掉这个孩子她自然舍不得，让他生下来就没有父亲，似乎也不利于孩子的成长，可是她与周子阳之间的那丝芥蒂能这么容易就烟消云散吗？

周子阳看李佳楠默不作声，“噗通”一声跪在病床前，紧紧抓着李佳楠的手，“我不求你马上接受我，但是为了孩子，你再给我一次机会，好吗？”

李佳楠别过头去，眼泪顺着她的脸颊不断地往下流，她实在是不知该如何面对周子阳，而他悔过的诚意是如此鲜明，男儿膝下有黄金，这道理她是明白的。

她心里很清楚，她对周子阳的感情并未减少多少，只不过是程刚的出现掩盖了她隐藏在心底的那份回忆，可当这回忆又被挖掘出来的时候，李佳楠很迷茫，她不知道自己该如何选择。生活不是抓阄，选错了是要付出一辈子代价的。

“你……你的心里还在惦着他吗？”周子阳小心翼翼地发问。

李佳楠没有否认，她不想回答这个问题。

“佳楠，你是了解我的，我不擅于用那些华丽的辞藻来表达我对你的感情。我承认，我过去是对此有所怀疑，可是当我离开之后就发现只有你才是最适合我的人，是我最应该珍惜一辈子的人，这种感觉就好像是用一把刀刻在我心里。无论你如何选择，我都会尊重你，你曾经为了我而改变自己，那么我同样也可以做得到。我希望你能给我一个机会，让我重新拥有这份奢侈的幸福，我一定会将你心底的那百分之一，真的变成百分之百。”

周子阳不再劝她，默默地站在病床旁边守护着。

老人们都先回去休息，李佳楠因为情绪不稳导致身体过度衰弱，医生建议她留院查看一个星期，待一切指标恢复正常之后再回家休养。

周子阳每天除了上班便是来照顾李佳楠，为她洗脚、捏背、按摩腿，而李佳楠这段日子因为情绪大起大落身体的确弱得很，但她坚持不肯让周子阳喂自己吃饭，因为那是她心底唯一隐藏起的苦涩又甜蜜的回忆。

时间总是能抚平人的伤口，伴随着周子阳的锲而不舍，李佳楠终究还是妥协了：孩子需要个爸爸，而他的亲生父亲便是最好的选择。周子阳喜极而泣，只差泪奔了。

李佳楠自这一天开始，便拿着自己的笔记本开始为一个月之后的婚礼进行紧锣密鼓的筹备！

因为时间紧、任务重，李佳楠的这场婚礼显得东拼西凑，但对她来说这却并不是一件难事，按照李佳楠的话说，“我是拼婚的先驱者，自然要选择既省钱又省钱、再省钱的拼婚了！”

让李佳楠格外感到欣慰的是周子阳的父母，王凤琴隔两天就会炖汤让周子阳带给李佳楠，而且都是燕窝、雪蛤、鱼翅等大补的补品。李佳楠这时候充分发挥了母性的光辉，凡是好东西她一概都往自己肚子里填，也就是往孩子嘴里塞，结果她食量越来越大，导致出院的时候整个人胖了一大圈。周子阳看着她如此不顾忌体态变化一切为了孩子，心中也是喜忧参半，喜的是孩子正茁壮成长，而忧的是，李佳楠越来越胖，结婚那天可怎么把她从楼上抱下来……

李佳楠《拼婚》这本书的现世带动了一阵拼婚的风潮，许多婚庆公司得知她也准备结婚的时候，特意请她来当自己店的代言人，而且价格也给到了最低折扣。李佳楠索性在网上举办了一个大型的拼婚活动，刚刚发布消息第一天便有十对新人报名要求参加，增加的人数也越来越多，李佳楠乐此不疲地统计着最终人数，然后拿着找婚庆、婚纱摄影去砍价。

结婚的前一晚，李佳楠独自坐在床上一宿都没有合眼。自己的这身婚纱，仍是当初程刚送给她的那一套，礼服也是程刚带她订做的，每当看到这些熟悉的物品，她都能够清晰地想到那个不知道身居何处的人。李佳楠庆幸他的离开，因为孩子的忽然出现最终受伤的必然会是程刚。此时的她就像是放掉了一只被禁锢的野鸟，欢喜它去展翅翱翔却也担心它是否找到了落脚的家。

周子阳知道婚纱是程刚为李佳楠设计的之后并没有表示反对，他尊重李佳楠的选择，还笑着调侃好在她肚子没开始大，不然鱼尾款就成冬瓜款了。

李佳楠白了他一眼不停地扒拉着计算器偶尔露出狡黠的笑容。

"又凑上了十对新人，婚纱照折扣让了两个点，省了不少钱。"每天李佳楠都会为省钱而大呼爽快。她成了最忙的人，有一些婚礼策划公司专程邀请李佳楠这位拼婚团的团长带领众团员去参观体验，临走附赠礼品，她不折不扣地担负起这个艰巨却有意义的工作，而且乐此不疲地忙碌着。

一场她自己满意到极点的婚礼就这样举行了。李佳楠抛出的新娘花球被聂美娜接到了，看着聂美娜高兴到头发丝的可爱表情，顾新宇搂着她的肩膀悄声问，"咱什么时候去办理你的'剩斗士'脱团手续?"

聂美娜狠狠掐了他的大腿一下，眼神中却充满了待嫁的喜悦……

一年后。这一天，周子阳早早从公司下班出来，拿着预定好的冰淇淋蛋糕、礼物和101朵玫瑰，兴冲冲地往家奔。周子阳感激老天爷，他拼回了自己的幸福。他攒了半年零花钱才足够给她买一份礼物，满心欢喜地准备与李佳楠共度结婚纪念日。虽然这半年囊中羞涩的日子过得很凄惨，但他心甘情愿。

他敲了半天的门却没有人来开门，纳闷之余他只好腾出手来自己开。刚一开门就听到儿子的哭声，周子阳一个箭步奔了过去把孩子抱在怀里，扭头看到李佳楠在一旁拿着笔记本和计算器在不停地扒拉着。

周子阳凑过去问，"老婆，你又在算什么呢?"

李佳楠一脸兴奋地看着他，"老公，咱们结婚的时候，拼婚一共省了两万三千多块钱，所以我在算儿子能不能拼着养。"

周子阳："……"